The Marriage Bed
by Laura Lee Guhrke

愛の眠りは琥珀《こはく》色

ローラ・リー・ガーク
旦紀子・訳

ラズベリーブックス

キャシー・パチェック・ウィルソン（一九五八―二〇〇四年）に捧ぐ
批評会であなたの席が空いているのを見るたび心が痛みます。
在りし日のあなたを偲びつつ。

主な登場人物

ヴァイオラ・ハモンド……………………ハモンド子爵夫人。
ジョン・ハモンド……………………ヴァイオラの夫。ハモンド子爵。
アントニー・コートランド……………………ヴァイオラの兄。トレモア公爵。
ダフネ・コートランド……………………アントニーの妻。修復師。
ディラン・ムーア……………………ジョンの友人。作曲家。
グレース・ムーア……………………ディランの妻。ヴァイオリニスト。
パーシバル（パーシィ）・ハモンド……………………ジョンの従兄弟。
コンスタンス・ハモンド……………………パーシィの妻。
ダモン・ヒューイット……………………ジョンの友人。
ロバート・ジェイミソン……………………ジョンの友人。
エルシー・ガラント……………………ジョンの元愛人。
マリア・アレン……………………ジョンの元愛人。オペラ歌手。
ペギー・ダーウィン……………………ジョンの元愛人。男爵未亡人。
エマ・ローリンズ……………………ジョンの元愛人。

愛の眠りは琥珀《こはく》色

1

一八三三年、ロンドン

社交界でハモンド夫妻が話題になるときに全会一致で達する見解がある。いわく、子爵とその妻はお互いの存在に耐えられない。

客間の歓談の場において、まるで英国の雨やアイルランド問題について話すような確信的な口調でこの公式見解は語られる。もちろん、噂話の常として、この夫婦が結婚後わずか六カ月で仲違いすることになった理由は憶測の域を出ない。だが、八年が経ち、レディ・ハモンドが慣習どおりに子爵に跡継ぎをもたらすこともなく、この夫婦が完全に別々に暮らしている今となっては、もっとも経験の浅い女主人でさえ、ふたりを同じディナーパーティに招待してはいけないことを承知していた。

子爵に跡継ぎがいないにもかかわらず、夫妻のどちら側にも不仲を解消しようという気配は微塵《みじん》も見られなかった。一八三三年三月十五日までは。この日、一通の手紙がすべてを変えた。少なくとも、子爵に関するかぎり。

　書簡は速達で、夜の十一時頃にジョン・ハモンドのロンドンの屋敷に届けられた。子爵は不在だった。ロンドンは社交シーズンのまっただ中だったから、ジョン・ハモンドも彼の地位の大半の男たちの例にもれず、街に繰りだして男の不道徳的三位一体《さんみ》、すなわち酒と賭け事と女道楽にいそしんでいるところだった。

　友人のダモン・ヒューイット卿とサー・ロバート・ジェイミソンが嬉々としてその活動に手を貸していた。お気に入りの賭博で何時間かを過ごし、真夜中になろうという頃にブルックスに着いた。そこで夜の残りをどこで過ごすか相談しながらポートワインの瓶を六本空けた。

「いいですか、ハモンド。何時でもいいから、とにかくケタリング邸の舞踏会に行く必要があるんですよ」サー・ロバートが言う。「一時間か二時間だけでいい。ダモン卿とぼくは出席すると返事してしまったし、あなたが同行しなければ、レディ・ケタリングが大騒ぎすることはわかっているでしょう？　少なくとも顔だけは出さなくては」

「では、ぼくはその前に帰るよ」テーブルからデカンターを取って自分でワインを注ぎながらジョンは答えた。「ケタリングの舞踏会にはヴァイオラが招待されている。妻とぼくが同じ会合に出席しないことはわかっているだろう」

「そもそも紳士は妻と同じ会に出席しないものだ、サー・ロバート」ダモン卿が年下の相棒に説明する。「さらに、ハモンドには避けたほうがいい理由がある。エマ・ローリンズがいるはずだから、ひと騒動起こるのは確実だ」

それを聞いてジョンは笑いたいくらいだった。彼の妻が夫の元愛人に会って、数年来夫に対して見せている軽蔑以上の感情を持つことなどありそうもない。結婚したときのあの愛情あふれた若い女性のことを思えば、悲しい結末だ。だが、結婚が幸せな結末に至ることはめったになく、ジョンは、自分がその少数派になれるなどというばかげた考えをとっくの昔に捨てていた。

「ミセス・ローリンズは美しい人だ」サー・ロバートが言う。「会えばあなたも、あの関係を終わりにしたことを後悔するでしょうね」

ジョンはエマの独占欲の強さを思った。愛人の立場では許されないような息が詰まるほどの独占欲。それがあったから、二カ月前に支払うべきものを支払って、彼女との契約を終わりにしたのだった。「どうかな。友好的な別れではなかったからな」グラスをまわし、ひと口飲む。「しばらく、女性はなしにするよ」

「きみはいつもそう言うじゃないか！」ダモンが笑った。「だが長く続いたことがない。女のことになると、きみはトルコ人なみだよ、ハモンド。ハーレムを持つべきだ」

「女性は一度にひとりで充分だ。ロマンスなどもうたくさんだと思わせる愛人がふたりも続いたからな」

エマの前に愛人だったのはオペラ歌手のマリア・アレンだ。二年前に彼女をめぐってその夫と決闘し、撃たれるはめに陥《おちい》った。アレンは長年妻を顧《かえり》みなかったあげく、突然、妻がほかの男とつき合うことに不快感を示そうと決めたのだ。男ふたりで互いの肩に銃弾を撃ちこみ合い、いちおう名誉は保たれた。だが、アレン家の和解は難航し、結局夫のほうはアメリカへと旅立ち、マリアは現在デューハースト卿の愛人になっている。

しかし、エマ・ローリンズは新しい保護者を見つけるつもりがないようだった。ジョンが与えたサセックス州のコテージから、毎週手紙を送ってよこす。彼を責め、叱りつけ、戻ってきてほしいと請い願う内容だ。丁重に拒絶の意をしたためた返事に満足せず、彼を追ってロンドンまで出てきていたが、ジョンは会うつもりはなかった。

実際、エマと別れて以来どうすべきか決めかねていた。新しい愛人を作る気にはなれなかったが、それがなぜかもわからない。男と愛人の関係は、彼の考えでは、単純で率直で、純粋に肉体的なつながりだ。だが、現実的にはそうなることは滅多になく、今ぐずぐずしているのもそのせいかもしれない。また別のごたごたに巻きこまれたくないのは、ひとえに感情的になる場面を嫌悪しているせいだ。今までもずっとそうだった。

だが、ジョンはこうした気持ちを友人たちに打ち明けなかったし、友人たちも紳士だからとやかく尋ねなかった。もちろん、尋ねられても機知に富んだ答えをするか、話題を変えるかで質問を逸《そ》らしただろう。

「いいや、わが友たちよ」首を振りながら言った。「女性たちは魅力的で心惹《ひ》かれる存在だが、さまざまな面で金がかかり過ぎる。今年は愛人なしでいこうと思っている」

「まるまる一年か？」ダモンが信じられないという声で言った。「まだ三月だ。きみ特有の冗談のひとつに違いない。きみはレディたちを愛しているんだから、一年間愛人なしは絶対に無理だ」

ジョンは椅子の背にもたれ、グラスをあげた。「愛人を持たないからといって、レディたちを愛さないことにはならないさ」

その発言は友人たちを大笑いさせ、乾杯の価値があると見なされた。三人のグラスが満たされ、女性を愛することに何度か乾杯しなければ、レディたちに対して失礼だという合意が相成り、五分も経たずに瓶が空いた。

「おい、ハモンド」ダモン卿の声がふいに真剣味を帯び、楽しげな調子が影をひそめた。「あそこの扉のところにいるのは、きみの従僕じゃないか？」

ジョンは目をあげて友の視線をたどった。たしかに、戸口の真ん中に立ち、心配そうな表情で混みあった部屋を見まわしているのはジョンの召使いだった。ジョンを見つけると急いで寄ってきて手紙を差しだした。「北部からです、旦那さま。速達だったので、ミスター・パーシングが至急お届けするようにと」

速達で来る書簡は例外なく悪い知らせだ。すぐにノーサンバーランドの地所ハモンドパークのことが念頭に浮かんだ。だが、たたんだ紙の表側に彼の名前と所書きを記した手書きの文字はハモンドパークの執事の筆跡ではなかった。それはシュロップシャーの地所に住む従《い》兄弟《とこ》パーシィの妻、コンスタンスのものだった。ということは、知らせがなんであろうと家族に関係するという意味だ。その懸念は封蠟《ふうろう》を壊して紙を広げたところでさらに深まった。

そこには四つの言葉しか書かれておらず、その字のインクは涙でにじんでいた。想像をはるかに越えた悲惨な知らせだった。といっても、その言葉を見つめ、何度読み返しても、その意味がよくわからなかった。体がしびれ、目がくらみ、読んでいるものを頭で理解することができなかったのだ。

〝パーシィが。ああ、神さま。パーシィが〟

しびれた体を痛みが貫いた。この手紙が意味することと、自分がすべきことに考えを集中させようとしたが、考えられるのはただ、この一年ほど、親友である従兄弟に会いにいかなかったが、今となってはもう手遅れだということだけだった。

「ハモンド？」ダモン卿の心配そうな声に思いを妨げられ、ジョンははっと正気に返った。手紙をたたみ、ポケットに入れる。なんとか表情を変えずに、すぐ脇で心配そうに待っていた従僕を見やった。「すぐに馬車をまわしてくれ」

「はい、旦那さま」

従僕は立ち去ったが、友人たちはまだ心配そうに彼を見守っていた。ふたりともなにも言わなかったが、なにがあったのかという無言の問いかけはひしひしと伝わってきた。だが、ジョンはなにも説明しなかった。ただグラスを取りあげて中身を飲みほし、先ほどの無感覚に戻ることを願った。

あとだ、と自分に言い聞かせ、心の痛みを押しやる。悲しむのはあとだ。今はこの手紙が彼の地所に与える影響を考えなければならない。所有する地所をなによりも優先させるべきだ。今までもずっとそうだったではないか。椅子をうしろに押しやり、立ちあがった。「諸君、残念ながら失礼しなければならない。緊急の仕事で出かけることになった。申しわけないが」

ふたりの返事を待たずに軽く頭をさげ、テーブルを離れる。部屋をあとにして通りに出ると、待っていた馬車に乗りこみ、まず、ブルームズベリーにある彼の邸宅に戻るように指示を出した。

三十分後、シュロップシャーへの旅の支度を従者スティーブンズに任せ、ジョンはケタリング邸の舞踏会に向かっていた。ヴァイオラにこの知らせを告げなければならない。

彼女と会うのがむずかしいことはわかっていた。妻は非常に感情豊かな女性だが、その最たる感情は、夫である自分に対する憎悪だったからだ。まれにしかない出会いのたびに、妻はその気持ちをはっきり示した。彼に対する妻の態度はつねに深海の底ほどに冷ややかだ。だが、先ほど届いたこの手紙によって、妻の人生も、彼女が忌み嫌うであろう方向に転換してもらわざるを得ない。

ケタリング邸の舞踏会に顔を出せば、場の雰囲気を壊すことはわかっていた。ヴァイオラも自分も、結婚生活がうまくいっているふりさえしていなかったからだ。意味のない結びつきであり、これまでの八年間もずっとそうだった。変化を起こすべきときだと、ジョンはケタリング卿の舞踏室の入り口で足を止め、心に誓った。

きらびやかに飾られた部屋は混みあっていたが、小柄な妻の姿はすぐに見つかった。今夜着ている濃いピンク色の絹のイブニングドレスは妻が好んで身につける色ではないが、それでも一瞬のうちに目に入った。これほど長い年月を別々のベッドで眠り、別々に暮らしてきても、ジョンはいまだに群衆のまっただ中にいるヴァイオラを即座に見つけることができる。

もちろん、髪のせいもある。頭上のシャンデリアにともされた蠟燭《ろうそく》の光を受けて輝くそのまばゆいばかりの金色を見て、ジョンは毎度のことながら太陽の光を思い浮かべた。

ジョンに背を向けているので顔を見ることはできないが、それは問題ではない。すべてを熟知しているからだ。ハート形の輪郭、榛《はしばみ》色の大きな瞳と濃くて長いまつげ、愛らしい口もとその端にある小さなほくろ。笑うと浮かぶ右頬のえくぼ。最後にほほえみかけてもらってからもう何年も経っているのに、なぜこれほど鮮明に覚えているかさえもわからないが、でも覚えている。ほほえまれただけで天国の扉が開くような笑顔。一方でしかめ面を向けられれば、そのまま地獄に堕ちるような気分になるのだ。ジョンはその到達地の両方を一度ならず経験していた。

ちょうど、室内の客たち全員がダンスをしているかダンスを見ているかのどちらかだったので、彼の到着にみんなが気づくまでに一瞬間《ま》があったが、気づかれたとたんに、まずカドリールが破綻《はたん》をきたした。踊り手たちが複雑なステップを踏むよりも、彼を見つめるほうに気を取られたからだ。奏者たちが諦めて演奏を中断するまでに数秒とかからなかった。会話が途絶えてぎこちない沈黙に変わり、それから不安げなささやき声が部屋じゅうを伝わった。

当然の反応だとジョンは思った。ハモンド卿夫妻が同じ社交の場に同席したのは何年ぶりかだったからだ。

妻が振り返るのが見えて、ジョンは息を呑んだ。彼女の際だつ美貌と完璧な体形にはいつもながら驚嘆する。前回会ってから一年近く経つが、彼女の姿は記憶とまったく変わっていなかった。

彼を見ると頬の美しい色がさっと灰白色に変わった。赤ん坊のときから上品な振る舞いを教えこまれてきたはずだが、彼の到着にがく然とした様子を隠すことさえできないらしかった。

とはいえ、彼がそちらに向かって歩きだせば、全員に注目を浴びている手前、気を取り直して子爵夫人の役割を務める以外に選択肢はない。ジョンが目の前で立ちどまると、妻は何年ものあいだに数えるほどしか会っていない夫婦なら当然の、冷たく堅苦しい態度で挨拶をした。

「ハモンド」頭をさげる。

彼もお辞儀を返す。「レディ・ハモンド」答えながら、差しだされた手を取った。手袋の生地越しに指のつけ根のあたりに唇を触れる。その手を離すと、身を起こして向きを変え、妻が彼の腕を取れるようにした。

妻は一瞬ためらってから、彼の腕に手を掛けた。かろうじて触れる程度だが、きちんとつかんでいるように見せている。社交の場では従順な妻を演じなければならず、夫婦のどちらもその必要性を心得ているが、私的な場での妻は従順とはとてもいえない。公爵の妹である特権のひとつだ。

妻の兄トレモア公爵もそばに立っており、ジョンは敵意に満ちた視線を感じることができた。その視線はかまどで熾《おこ》っている石炭のように熱かったが、ジョンの挨拶に対する義兄の態度は、ヴァイオラと同様冷たいものだった。無理もない。トレモアは自分の妹を天使だと信じている。ジョンは立場上、そこまで思いこめない。ヴァイオラはたしかに頭上に光輪が輝いていそうな感じに見えるが、性格は人間味にあふれている。

トレモアは、ジョンの意見では、妻を選ぶにあたってすばらしい幸運に恵まれた。この世でもっとも美しい女性とは言えないが、公爵夫人はジョンの知る女性のなかでもっとも穏やかかつ賢い女性であり、ジョンに対する表情も夫の冷たい態度とはまったく違った。「ハモンド」手を差しだす。

「公爵夫人」手袋をした手の上に頭をさげた。「お元気そうですね」体を起こしながらつけ加えた。「健康で丈夫なご子息が誕生したとうかがいました」

「ああ、もう十カ月も前のことだが」トレモアが夫人の代わりに、食いしばった歯のあいだから答えて、ジョンが生まれた甥に会いに一度も訪問しなかったことを言外に強調した。洗礼式にさえ出席しなかったのだ。

常識と正気を兼ね備えた身としては、義兄を訪問することは可能なかぎり避けるしかない。

「健康で丈夫な子どもは、男にとって祝福でしょう」ジョンは言った。「しかもご子息ならば公爵家も安泰だ。公爵、あなたはもっとも幸運な方ですね」

ジョンに跡取りがいない点を強調した発言を聞いて、トレモアは目をそらした。ジョンの腕に置かれたヴァイオラの手にぐっと力が入り、ジョンは引かれるままに公爵夫妻のそばを離れた。

「なぜ、ここへ?」手を組んで部屋の壁伝いに歩きながら、ヴァイオラが怒った声でささやいた。

「混みあった舞踏室でささやき声で説明することができない理由のためだ。笑うんだ、ヴァイオラ。それが無理でも、少なくとも礼儀はわきまえてくれ。みんなに見られているぞ」

「見られるのが嫌なら、帰ればいいのよ。ロンドンには、あなたにとってはるかに楽しい場所がいくらでもあるでしょうに。それに、招待を断ったのに来るなんて、とても失礼なことだわ」

薄緑色の絹のドレスを着た赤毛の女性のそばを通り過ぎると、その美しい女性に懇願するような目で見つめられた。彼は気づかなかったふりをしたが、ヴァイオラは即座に最悪の推断をくだした。

「なるほど、エマ・ローリンズがあなたのここにいる理由なのね。この数週間、あなたが彼女との関係を終わりにしたという噂で持ちきりだったけれど、その噂は間違っていたわけね。なんということ」ヴァイオラが言葉を詰まらせた。「わたしをはずかしめて、あなたは楽しいでしょうね」

「そのために生きているようなものだからな」毎回のことだが、ヴァイオラにさげすまれるとなぜか自分のもっとも皮肉っぽい面を出さずにはいられなくなる。「蝿の翅《はね》もむしるが、告白すると、無力な子猫をいじめるのが一番好きだ。正真正銘のスポーツだぞ、あれは」

怒りにかられたヴァイオラが詰めていた息を吐きすてて距離を置こうとしたが、ジョンはそうはさせなかった。空いている腕を反対側から伸ばしてヴァイオラの腕をつかみ、脇に引き寄せる。自分の感情を強く抑えつけ、ポケットのなかの手紙のことは考えないように、そして、苦しみを寄せつけないように努めた。そうでなくても、ヴァイオラと口論すれば平静さを失うのは必至だからだ。

「喧嘩をふっかけるのはやめて、聞いてくれ」彼はつぶやいた。「急用で北部に行くことになった。夜明けに出発するが、その件について出かける前にきみと相談する必要がある。ふたりだけで話したい」

「あなたとふたりだけで話すですって？　とんでもない」

また離れようとしたので、つかんでいた手の力を強めた。「重要な話だ、ヴァイオラ。非常に重要で、きみにも関係がある」

ヴァイオラが頭をめぐらして一瞬彼を見つめ、それからうなずいた。「わかったわ。でも、次のダンスを約束しているから、待ってもらわないと。さあ、行かせてくださいな」

つかんでいる手をまた振り払われて、今度は彼も放した。一礼して、彼女が歩き去るのを見送る。彼女のこわばった両肩が彼に対する憎悪の深さを如実に語っていた。ポケットのなかの手紙と、それが意味することを考えて、ジョンは妻の憎悪がいっさいの修復を許さないほど強くないことを祈った。もしそうだったら、彼の人生が生き地獄と化すことは間違いない。

なぜ彼は来たのだろうか？　ダンスのステップを踏んでいるあいだ、ヴァイオラの頭のなかはこの疑問でいっぱいだった。戸惑いと不安にかられて平静を保てない。ここ何年も、ジョンがなにかを相談したいと言ってきたことはない。この期に及んでなにを話し合うというのだろうか。しかも、なぜ今夜？

パートナーと踊りながらも、ヴァイオラは無意識のうちに周囲に目を走らせ、人混みから彼を見つけだそうとしていた。彼が本当にこの場にいることが信じられなかったが、これは想像ではない。なにか重要な知らせを受け取ったせいでここに来たようだが、今の彼の表情や態度を見るかぎり、普段と違う様子は見受けられない。人々に混じって、話したり笑ったり、なんの心配もしていないように見える。だが、そうだとすれば、彼がここではない違う場所にいるはずだということを、ヴァイオラは長年の苦い経験から知っていた。それに、彼の声が心なしか緊張してこわばっているように聞こえるのも、いつもの気ままな雰囲気とは相容れない。

夫のことを考えずに、ダンスのステップを最後まで踏むことに集中しようとした。ジョンのことや彼の行動について理解しようとしても無駄だと、もうとっくにわかっているはずなのに。ヴァイオラは心の古傷がうずくのを感じ、自分でも驚いた。もうとっくに克服したと思っていたからだ。

必死になっていつもの氷の表情と態度を取り戻そうとした。そのふたつにすがって、これほど長いあいだ、彼の嘘や女性関係によって傷つけられないように自分の心を守ってきたのだ。だが、不安は刻々とつのり、耐えられないほどの緊張感に変わっていった。彼の来場についてさまざまに憶測しているささやき声が四方から聞こえてくる。ロンドンでも名だたる噂好きの面々が、ヴァイオラと夫とエマ・ローリンズのあいだを行きつ戻りつさせている鋭い視線もひしひしと感じる。二十分後にカドリールが終わったときには、ヴァイオラの神経は苛立《いらだ》ちの頂点に達していた。

兄のアントニーとその妻ダフネのそばに戻ったか戻らないかのうちに、夫に腕をつかまれていた。ふたりは驚きの凝視とささやき声をかきわけるように舞踏室を離れた。

ジョンがケタリング邸の図書室にヴァイオラを引っぱりこみ、後ろ手に扉を閉めた。ありがたいことに、それ以上気をもむ必要はなかった。扉が閉じるやいなや、彼がヴァイオラを振り返り、核心を述べたからだ。「パーシィが亡くなった。息子もだ」

驚いてヴァイオラは息を呑んだ。「なぜ？　なにが起こったの？」

「猩紅熱《しょうこう》だ。シュロップシャーで猛威を振るっているらしい。先ほど速達を受け取った」

ヴァイオラは首を振り、今の情報を把握しようとした。夫の従兄弟で親友でもあるパーシィ・ハモンドが亡くなった。なにも考えずに、ヴァイオラは思わず手を伸ばして彼の腕に触れた。「本当にお気の毒に」本心だった。「あなたにとっては、兄弟のような存在だったのですものね」

ジョンはまるで熱いものが触れたかのようにヴァイオラの手を振り払い、歩いて脇を通り過ぎた。その背中を見つめながら、なぜ、彼への同情を声に出してしまったのかと悔やむ。喜ばれないことはわかっていたはずなのに。

「葬儀に参列するために、ホイットチャーチに行かねばならない」彼が背を向けたまま言う。

「もちろんそうでしょうね。あなたはもしかして……」狼狽《ろうばい》のあまり言葉に詰まった。彼女の同行を彼が望んでいるはずがない。必死の思いで質問を押しだした。「一緒に来てほしいと頼むために、ここまでやってきたの？」

彼がくるりと振り返ってヴァイオラを見つめた。「とんでもない！」それ以外の答えは期待していなかったが、それでもその激しい口調にひるまずにはいられなかった。ヴァイオラの表情を見て、彼は短くため息をついた。「きみが思っているような意味じゃない」

「そうなの？」

「もちろん違う。きみの健康が心配なだけだ。猩紅熱にかかったことがないだろう。一緒に来れば、感染の危険がある」

「まあ」ヴァイオラは申しわけない気持ちになった。「わたしはてっきり――」

「きみがなにを思ったかは想像できる」彼がさえぎった。四本の指で額をこすり、ふいに疲れた表情を見せた。「無理もないし、今は喧嘩はしたくない」そう言って、手を脇に落とした。「きみに来てもらおうとは思っていない」

ほっとせずにはいられなかったが、まだ先の話があることはわかっていた。従兄弟の死を告げることだけが目的ならば、シュロップシャーに発つ前に一筆残せば済むことだ。ヴァイオラはパーシヴァル・ハモンドとほとんど面識がないのだから。夫の表情をうかがい、次の言葉を待ったが、彼は黙って彼女の後方に視線をやったままだった。

「それが今夜ここに来た理由？」答えをうながした。「個人的にその知らせを伝えるため？」

彼の視線が戻ってきた。「息子も亡くなったんだ、ヴァイオラ。事情が一変した。きみにもわかっているはずだ」

彼の言葉とその意味することに衝撃を受け、ヴァイオラは思わずたじろいだ。急に吐き気を催し、それを隠すことさえできなかった。「なぜ事情が一変するの？」尋ねながら、自分でも声がうわずるのがわかった。「ほかにも従兄弟がいるじゃないの。バートラムもハモンド家の男性なのだから、パーシィの代わりに称号と地所を引き継げるでしょう？」

「バート？あの役立たずの愚か者は、自分のクラバットさえ結べない」ヴァイオラの言葉が言下に斥《しりぞ》けられたことで、懸念が裏づけられた。「きみと不仲だったから、ぼくは自分の地所をパーシィに譲るつもりだった。彼なら、ぼくがやるのと同じくらい緻密な管理をしてくれるとわかっていたからだ。彼の息子も同様にやれただろう。だが、バートではまったく話が違う。あいつは浪費家のろくでなしで、ぼくの父と同じくらいどうしようもないやつだ。ハモンドパークやエンダービーやその他、ぼくのすべての地所をあいつの強欲な手に任せることなどあり得ない」

「この話はあなたが戻ってからにしてはどうかしら?」なんとか話を逸らして、考える時間が欲しかった。「従兄弟が亡くなったのよ。彼のために悲しむことさえもしないわけ? 今の時点で、相続問題を話し合わなければならないの?」

彼の表情が一瞬のうちに冷酷なものに変わった。楽観的な表情と物腰で名高い男には珍しいことだ。だが、ヴァイオラはその表情を知っていた。結婚して半年のうちに何度か見かけ、そのときでさえ、どう対処したらよいかわからなかったものだ。「地所の管理はすべてに優先する責務だ」話を逸らす余地のない断固とした口調だった。「バートは破滅の元凶だ。財源のすべてを浪費し、ぼくの九年間の努力を無駄にするだろう。そうなるのを指をくわえて見ているわけにはいかないんだ、ヴァイオラ」

夫の茶色の瞳が感情を排除した琥珀《こはく》色に変わるのを見つめ、ヴァイオラは冬の寒さのように恐怖が骨の髄まで染みこんでくるのを感じた。

「ぼくがシュロップシャーから戻ってきた時点で」彼が言葉を継いだ。「別居は終わりだ。法的な意味だけでなく、実際的かつ道徳的な意味での妻に戻ってもらう」

「道徳的な意味ですって?」憤《いきどお》りと絶望感で喉が詰まり、声を出せるようになるまでに数秒かかった。「あなたがわたしに道徳を説くわけ? それをおもしろがれと言うの?」

「たしかに、ウィットに富んだ会話というのはぼくの特技のひとつだが、きょうはそんな気にはなれない。この状況で義務について議論するのは当然だ。おもしろい要素はなにもない」

「わたしがあなたの義務になんの関係があると言うの？」尋ねたものの、答えはわかっていた。

「ぼくが話しているのは、ぼくの妻であり子爵夫人であるきみの義務についてだ」

耳鳴りがして、ヴァイオラは生まれて初めて気を失うかと思った。

「そのとおりだ」彼女の頭のなかを読んだように彼がうなずいた。「きみがぼくと関わりたくないことはわかっているが、ヴァイオラ、ぼくは息子が必要だし、なんとしてでも息子を得るつもりだ」

2

この人は本気だ。なんということだろう、本気で言っているのだ。ヴァイオラはぼう然と夫を見つめた。彼の言葉が太鼓の轟《とどろ》きのように頭に鳴り響いている。彼は跡継ぎを望んでいる。今になって。長い年月を経たあとに。ヴァイオラが耐えてきた苦痛と屈辱や、彼に息子がいないことに関して社交界の人々がヴァイオラに対して向けた非難や中傷、そして、彼が楽しんできたすべての女性たちのあとに。今になって、ヴァイオラの人生に、彼女のベッドに戻ってくることを望んでいるというのだろうか？

「何千年経とうが、あり得ないわ」ヴァイオラはそう言い放ち、背を向けて歩きだそうとした。

だが、彼の両手に肩をつかまれて引きとめられた。「跡継ぎがきわめて重要なことは理解できるだろう、ヴァイオラ。パーシィがいない今、ぼく自身の息子がどうしても必要だ」

「すでにひとりいるでしょう」はっきり指摘し、手を払おうと身をよじった。「レディ・ダーウィンの末っ子があなたの息子であることは、だれもが知っているわ」

「そういう噂があることは知っている。だが、その噂は間違いだ」そう断言し、ヴァイオラが不信の声をもらすと、さらに言葉を継いだ。「それに、たとえそれが事実だとしても関係ない。必要なのは嫡出の跡継ぎだ」

「あなたになにが必要か、なぜわたしが気にしなければならないの？」

「好むと好まざるとにかかわらず、きみはぼくの妻でぼくはきみの夫だ。そして状況が変わった今、どちらも立場に伴う義務を遂行するしかない」

「あなたの状況と立場をかざしても、無理じいすることはできないわ。わたしはあなたの繁殖用の雌馬じゃない。わたしたちの結婚は道化芝居だった。それはなにも変わらない。今になってあらためようという理由がわからないわ」

「理由がわからない？　きみは貴族だ。公爵の妹で子爵の妻なのだから、ぼくたちが従うべきルールはわかっているはずだ」

ヴァイオラは負けないように断固たる態度で夫と視線を合わせた。ふた振りのサーベルがぶつかるように、ふたりの闘志が激突する音が聞こえそうだった。「名目上はあなたの妻でいなければならないかもしれないけれど、実質的に妻でいる必要はないわ。貴族の立場なんて関係ないことよ。ルールもどうでもいい。どこまでずうずうしい人なの！」

「好きなだけののしっていいが、ぼくが北部から戻ったら一緒に住む。チズイックの屋敷でそのまま暮らすか、ロンドンに移ってブルームズベリースクエアの別邸に住むか決めてくれ。もしロンドンを選ぶならば、ぼくがいないあいだに、きみのものを運びこむようにパーシングに伝える必要がある」

「あなたと同じ屋根の下ですって？　とんでもないわ！」

「同じ屋根の下だ、ヴァイオラ。そして、同じ食卓」彼が言葉を切ってヴァイオラをじっと見つめた。「同じベッド」

「もし、あなたが思っているなら……ほんとうに、わたしがそんな……あなたは、そんなことをわたしが――」あまりの怒りに言葉が詰まった。夫があれほどたくさんの女性と関係を持ったあげくに妻を抱けると思っていること自体が、あまりにもくやしく、耐えがたく、その思いを言葉にすることさえできなかったのだ。深く息を吸ってなんとか平静を取り戻し、もう一度反論を試みる。「この期に及んで、あなたが触れるのを黙って許すと思っているなんて、それこそ非常識だわ」

「好き嫌いにかかわらず、息子は夫婦の営みによって授かるものだ。それについて非常識な点はいっさいない。結婚している男女なら毎日おこなうことだし、今後はぼくたちもそうなる。過去のひどい状態も、ぼくに言わせれば、その関係が途絶えたことがそもそもの発端だろう」彼は頭をさげると背を向けて扉のほうに歩きだした。

ヴァイオラは遠ざかっていく広い背中をにらみつけた。「なんてことを。あなたはほんとうに最低な男だわ」

「事実を教えてくれてありがたい」彼が言い返した。「それは気づいていなかった」戸口で立ちどまり、取っ手に手を掛けたままわずかに体をこちらに向けた。横顔しか見えず、うつむいているせいで、茶色の髪がひと房落ちて額にかかっている。一瞬置いて、彼がこちらに顔を向けた。驚いたことに、口もとに笑みを浮かべている。だが、その笑みはふざけた様子ではなく、口を開いて出てきたのも軽薄な言葉ではなかった。「きみを傷つけるつもりはなかった、ヴァイオラ。それをわかってもらえればと思う」

彼がここまで下劣な男だとわかっていなければ、その表情によぎったのが後悔かもしれないと、あるいは、口調ににじんでいるのが誠意かもしれないと思っただろう。だが、この男は下劣で嘘つきだ。口ではなんと言おうと、妻を一度も愛したことがないのは明らか。しかも、後悔かと思えた気配も、その存在を確信する前に消えてしまった。

「いくらあなたでも、本気のはずはないわ。あなたをこれほど憎んでいるのに、今になってベッドに迎えるはずがないでしょう？」

「ベッドがもっとも快適だと思うが、きみが別な場所がいいと言うなら、ぼくはそれでもかまわない。たしかにかなりのご無沙汰だが、記憶が正しければ、ぼくたちのお気に入りのなかにはベッド以外で大胆に愛し合うやり方もあったはずだ」

激怒のあまりうめき声がもれた。だが、その怒りを言葉にする前に彼は行ってしまった。なんて傲慢な男だろう。ヴァイオラは煮えかえる思いで図書室を行きつ戻りつし始めた。彼に対する敵意が激しすぎて、一度はあの男にまったく逆の感情を抱いていたことさえも信じられないほどだ。

九年前、ジョン・ハモンドを初めて見たとき、まるで小説の世界に迷いこんだかと思うほどだった。舞踏室で混みあった人々の向こうから彼に見つめられ、ほほえみかけられて、ヴアイオラの人生は一変した。

そのとき彼は二十六歳、ヴァイオラがそれまで会った男性のなかでもっともハンサムで、琥珀《こはく》色の瞳といかにもスポーツが得意そうな体つきの持ち主だった。前年に爵位を継いだばかりだったが、たとえ彼が子爵でなく商人だったとしても、ヴァイオラは気にしなかっただろう。その晩の舞踏会で、ヴァイオラはそのたくましくてハンサムな男性に恋をした。彼の魅力的なほほえみに十七歳の心は完全にとらわれたのだった。

認めたくないが、見かけだけ取りあげれば、彼は以前よりもさらに魅力的になっている。同世代、つまり三十代半ばのほとんどの男たちと異なり、肥満や禿《は》げの兆候はいっさいなかった。年月の経過さえも、古代コリント人のような肉体をさらに増強しただけだ。夜会服の光沢のある布地の下で、胸と肩が以前よりも広くなり、長い脚の筋肉まで発達したように見える。暗褐色のくせ毛の髪も相変わらず豊かで、唯一の変化はこめかみのあたりにかすかに混じる白髪だけだ。コニャックのような瞳の色も変わらないが、目尻に皺が目だつようになった。他の女たちによって刻まれた笑い皺だ。

たくさんの女たち。

何年も感じたことのなかった苦しさに、ヴァイオラは崩れるように椅子に座りこんだ。今になっては不可解としか言いようがないが、あのときは彼を愛していた。理性を越えた圧倒的な感情だった。彼を照らすために太陽が毎日昇って沈むのだと信じて結婚した。なんて愚かだったのだろう。

愛していると言われたが、それは嘘だった。彼がヴァイオラと結婚したのは、愛のためではなくお金のためだった。愛を返してくれない男のために、愛情のすべてを浪費した。その男は、資力を伴う妻をめとるために頭は使っても心までは与えないと最初から決意していたのだ。

ヴァイオラは立ちあがった。すべては過去のことだ。はるか昔に彼の不誠実さを甘受し、自分の愚かさを認めている。この何年か、彼が次々に愛人を替えているあいだ、ヴァイオラは自分自身の人生を築くことに時間を費やした。満足できる人生。慈善活動にいそしみ、良い友人たちに囲まれた平穏な人生だ。その人生に夫は含まれていない。せっかく築きあげた人生を変えさせるつもりはなかった。妻として、あるいは夫としての義務など地獄に堕ちればいい。それがふさわしい場所だ。

「恐れるな、夏の暑さを。吹き荒れる冬の嵐を。汝この世のつとめを終え、その代《しろ》を得て家路につきぬ……」（『シンベリン』第四幕第二場）突然声を失い、ジョンは両手に持ったシェイクスピアの本の開いたページを見おろした。続けようとしたが、口が言葉を形成できないような、そんな感覚だった。

目をそらし、遠くに見えるネイ城の灰色の廃墟を見やる。あの廃墟《はいきょ》で、夏休みにパーシィと戦争ごっこをしてよく遊んだ。その頃のことを思い浮かべただけで、胸を締めつけられるような重苦しい奇妙な気分になる。ハロー校のこと、ケンブリッジのこと。五月のボート競争で毎年ボートを漕いだこと。パーシィがいつも一緒にいてくれたこと。少年時代のあらゆる窮地にも、青年時代のすべての冒険にも必ずつき合ってくれた。喜びも苦しみも分かちあった。同じ娘に恋に落ちたときも、ふたりの友情は壊れなかった。

従兄弟が亡くなったのよ。彼のために悲しむことさえもしないわけ？

ヴァイオラの言葉が静寂のなかをこだまし、ジョンの混乱した意識を貫いた。悲しむだって？　そんな質問をするとは、不当としか言いようがない。もちろん悲しみにくれているが、人々の前でところかまわずそれを言いふらすことなど考えられない。感情は個人的なものであり、これまでの人生でも、うわべの見せかけの下に隠し通してきた。ヴァイオラはまったく違う。思ったことも感じたこともすべて率直に表す。ジョンにはそれが理解できない。これまでも理解できたことはない。

軽い咳《せき》払いによって、目の前の務めに引き戻された。深く息を吸いこみ、心のなかで自分を叱咤する。みんなが待っている。自制心をかき集め、ジョンはシンベリンの該当箇所を見つけて言葉を継いだ。「富める者も貧しき者も、みまかればみな塵《ちり》と化す」

片手でパタンと本を閉じると、ジョンはかがみこみ、空いている手で土をつかんだ。墓に収められた棺桶を見おろし、司祭が朗読する祈禱《きとう》書の言葉に耳を澄ませる。

土は土に、灰は灰に、塵は塵に。パーシィは死んだ。柩《ひつぎ》の上に手を伸ばしたが、その磨かれた蓋の上に土を落とすことができなかった。手が震えだし、湿った土を持ったままぎゅっとこぶしに固まる。ふいに墓に背を向け、ジョンは歩きだした。静まりかえった会葬者たちから離れ、早春の冷たい空気を深く吸いこむ。

　ネイ城の廃墟に着くと、ジョンは崩れ落ちた小塔の裏側にまわった。片手はまだ泥を握りしめていたので、もう一方の手に持ったシェイクスピアの本を地面に落とした。思い出に導かれ、空いた手を石のひとつに置く。ゆるんでいる石だ。ごつごつした角に指を沿わせ、城の壁からその石を引き抜いた。

　やはり、そこだった。パーシィと一緒に石のうしろに作ったくぼみだ。ふたりの秘密の場所であり、さまざまなものを隠すのに使った――嗅ぎ煙草やパイプ煙草や卑猥なスケッチ、そんなものだ。一度、コンスタンスの下着を隠したこともある。繊細なレースでできたモスリンのかわいい下着で、黄色いタンポポが刺繍されていた。ジョンが彼女の家の物干しからその下着を盗んでこの場所に隠したのは、ジョンとパーシィが十三歳の夏だった。それを知ったパーシィから顎に一発くらって殴り倒されたときは本当に驚いた。そして、十二年後、ジョンはパーシィとコンスタンスの結婚式で踊った。

　泥の塊をくぼみに置き、小さな山に崩した。パーシィの遺体を入れた木の箱にかけるよりも、そこに置くほうが正しいことのように思えた。

　くぼみと小さな泥の山を長いあいだ見つめているうち、胸の奥底の燃えるような痛みがどんどん増して、ついには耐えられなくなった。石を元に戻し、振り返ってごつごつした石の壁にもたれ、深く息を吸う。悲しみのあまり、地面に座りこんで両手に顔を埋《うず》めると、ふいに、耐えられないほどの孤独感に襲われた。

パーシィはつねに頼りがいがあった。分別があり、健全な判断ができる男だった。ハモンドパークやエンダービーその他の子爵領にとっては最適だっただろう。すべてを管理し、ハモンド家の次の世代のためにきっちり守ってくれたに違いない。パーシィが必ず背後にいてくれると、そして、悲惨な結婚のせいでジョンが満たすことができない責任をいつでも担ってくれるつもりだとわかっていた。その安心感によりかかり、本来遂行すべき責任――跡継ぎを設ける――を避けるという都合のよい贅沢《ぜいたく》を享受してきた。

妻に対し、あれほど嫌がっていることを強要するという考えに耐えられなかったがゆえに、ジョンはパーシィとパーシィの息子を子爵領のための唯一の選択肢と見なしてきた。その従兄弟が、自分の親友が、この世の中で信頼するわずかな人々のひとりが亡くなってしまうとは、そして、彼の息子も一緒に亡くなり、ベトラムが次の継承順位にのぼってくるとは考えもしなかった。

その考えはどんなことがあっても受けいれられない。自分の息子を設けなければ、復旧に十年近く費やしたあげくにすべてがふたたび荒廃するのを見ることになる。なんとか方法を見つけてヴァイオラと和解し、ふたりのあいだにかつては激しく飛び交っていた情熱の火花を再燃させなければならない。長くは続かないだろうが――もし再燃したとしても、また消えるだろうから――、子どもをひとり作るぐらいはできるだろう。

「パーシィはシェイクスピアが好きだったわ。ほんとうにありがとう」

コンスタンスの優しい声に思いを妨げられ、ジョンは顔をわずかにあげてパーシィの未亡人の膨らんだ黒いスカートの裾を見つめた。黒い絹の縁がリボンでかがってある。喪服だ。胸の底から熱い痛みがまたわき出し、ジョンは顔をそむけてなんとか落ち着こうとした。

「学校では、〝フクロウ〟と呼ばれていた」そっとつぶやく。「いつも本に頭を突っこんでいたし、読むために眼鏡をかけていたから」

「そして、他の男の子たちが、それをひどくからかったんでしょう？　三人に眼鏡を取られて壊された話をしてくれたわ。それを知ったあなたが、ものすごく怒ってあとを追いかけていったことも。あなたが激怒したのを見たのは、あとにも先にもそれが一回だけだって言っていたわ」

「パーシィはぼくの背後を守っていた。ぼくを信頼し、適確な援護をしてくれた。ふたりであいつらをぼろぼろにやっつけて、そのせいであやうく退学させられそうになったんだ。そのあとも、〝フクロウ〟とは呼ばれていたが、眼鏡を壊されることは二度となかったな」

コンスタンスが彼の横の草の上に座った。「あなたはなんて呼ばれていたの、ジョン？」

振り向いて、自分とパーシィの両方が子どものときから知っている女性を見つめ、心のなかで、十三歳の夏にふたりとも恋に落ちた少女を思い浮かべた。コンスタンスは、ジョンが初めてキスをした少女だった。彼女のために史上最悪とも言える詩まで作った。彼女について、少年が思いつくありとあらゆるエロティックな空想をめぐらした。十年近く前の秋に彼女がパーシィと結婚したときには、潔く身を引き、ふたりの気持ちを慮《おもんぱか》ってなんでもないようなふりをした。実際にはコンスタンスを忘れるためにかなりの量の酒と、幾晩もの眠れない夜が必要だった。

子どものときに憧れていた女性の灰色の瞳と涙の跡がついた顔をのぞき込む。まるで自分の悲しみをそのまま見ているようだ。もちろん、彼女にとってははるかにつらいことだとわかっている。夫と息子を一度に失ったのだ。ここでふたりでうち沈まないために、ジョンはささいな事柄に気持ちを集中させようとした。「ぼくのあだ名はミルトン（英国の詩人。叙事詩『失楽園』で悪魔を描いた。）だった」

「そうだったわね。忘れてたわ」コンスタンスが帽子のピンをはずし、麦わら帽子を背後に落とした。濃い赤茶色の髪が陽光を受け、光沢仕あげのマホガニー材のように輝く。「なぜ、ミルトン？　あなたらしくないような気がするけど」

今度は、ハロー校時代のあだ名に気持ちを集中させる。つまらないことのほうが慰めになる。しかも安全だ。「いや、ぼくにぴったりなんだ。なぜそのあだ名になったか、パーシィに聞いてないか？」

「なぜかしら、聞かなかったわ」言葉を切り、それから言い継いだ。「奇妙ね。結婚した相手について知らないことがあるなんて。十年も結婚していて、夫のことはすべて知っているると思っていたけれど、間違っていた。ここ数日、たくさんの人たちが彼のことを話してくれたわ。もちろん、そのいくつかは知っていたけれど、いくつかは聞いたこともなかった。たくさんの話が――」言葉がとぎれた。黒いまつげの上で涙が光り、今にもこぼれ落ちそうになっている。

「コニー、泣かないでくれ！」ジョンはしゃがれ声で強く言った。「頼むよ、泣かないでくれ」

コンスタンスは顔をそむけ、落ち着こうとしているようだった。ジョンのために。彼が涙を嫌っているのを知っているからだ。少しするとまたこちらを向いて、心許なげにほほえんだ。「それで、あなたの輝かしきあだ名の由来は？」

「ハロー校に入学した日、ぼくは当然ながら面倒を起こした。そして、ジョンソン校長に、そんなことばかり続けていたら死んでも天国に行けないと言われてね。それはありがたい、ぼくは地獄を支配するつもりだからと答えたんだ」

「そんなことを言うなんて」コンスタンスが涙を呑みこみながらもぷっと吹きだした。「いつも勝手放題やってきたのね」

九年間の結婚のことが一瞬心に浮かんだ。自分自身の地獄さえも支配できていない。「勝手をしすぎたんだろう、おそらく。だから、きみの分別がぼくではなくパーシィを選んだ」

「分別は関係ないわ。あなたは子爵の跡継ぎで、わたしのような娘にとっては遠い存在よ。わたしは商人の娘で、お金はあっても有力な縁故はないもの。いいえ、違うわ。パーシィを選んだのは、彼がわたしを心から愛してくれたから」

「ぼくも愛していた」ジョンは哀れっぽくほほえんだ。「力及ばず、かな」

「求婚してくれたのは彼よ」コンスタンスが涙いっぱいの目でジョンにほほえみ返す。「それに、あなたはわたしを愛していなかった。ほんとうの意味ではね」

ジョンは座り直し、コンスタンスをじっと見つめた。耳にしたことが信じられなかった。

「なにを言っているんだ？　あの秋にヨーロッパから戻ってきて、パーシィにきみの心を奪われたことを知ったとき、どんなに打ちひしがれたことか。苦悩をこらえてきみの結婚式に出席したんだ」

コンスタンスが首を振った。「ばかなこと言わないで。傷ついたのはあなたのプライドでしょう？　あなたはわたしを愛していなかった。結婚するほどにはね。いつも、わたしの気を引こうとした。楽しませてくれたし、誕生日も覚えていてくれた。学校にいるときも、毎週手紙を書いてくれた。わたしの好きな花の花束もくれたし、褒めてくれるのも上手だったわ。それから、生け垣のうしろでキスを盗み、熱烈な言葉をささやいてくれた。でも、ほんとうに恋に落ちた男性ならするはずのことを、あなたはけっしてしなかった」

「なんのことだ？」

「自分をさらけだそうとしなかったこと」

ジョンは目をしばたたき、彼女の言葉を理解しようとした。「そうだな」少し考えて言う。「きみのためにとんでもなく下手な詩を書いた。それは数に入れてもらえるかな？」

「そうだったの？」驚いた口調だった。「いつ？」

「ケンブリッジに行っていた頃だ。きみには見せなかったが」

「それこそわたしが言っていることよ。そのうちの少しでもわたしに読んでくれていたら、たとえ一回でも、すべてがまったく違っていたでしょう。わたしはあなたに夢中だったのだから」

　意外な言葉だった。「そうだったのか？」

「ええ。でも、あなたにほんとうに愛されているわけではないとわかっていたから、あなたが大陸への旅行に発ったときに諦めたのよ」

「パーシィの助けを借りてだね」今になってみれば気軽に言える。苦々しい気持ちはとっくに消えていた。それだけ長い年月が過ぎているということだ。

「彼はわたしを愛してくれたわ、ジョン」

「わかっている」ジョンは肩越しに目をやってくぼみを隠している石を眺め、あの下着を見つけたときのパーシィの表情を思った。「彼は昔からずっときみを愛していたよ、コニー。さっきも言ったとおり、彼を選んだきみは非常に分別がある」

　コンスタンスがかすかに笑った。「あの人、五月祭のときに、信じられないようなめちゃくちゃな求婚をしたのよ。モンクリーフ卿ご夫妻とミス・ダンソンズと教区司祭の前で。ほかにもどれほどたくさんの人がいたかしら。とにかく、村の広場にいた全員の前で、ひざまずいて、聞いたこともないような情熱的な言葉で永遠の愛を告白したの。そして、わたしが彼と結婚して惨めな状態を終わらせてくれないならば、鉄砲自殺でみずからその状態を終わらせると言ったのよ」

　ジョンは信じられない気持ちでコンスタンスを見やった。「ぼくらのパーシィが？」

「ええ、分別くさくて堅苦しくて冷静で合理的な、あのわたしたちのパーシィが。彼の本来の性格を考えれば、あんなプロポーズを断れる女性はいないと思うわ。少なくとも、わたしは断れなかった」

ジョンはパーシィがひざまずき、愛の告白や捨て鉢の脅し文句を並べたてている姿を思い浮かべようとした。まったくできない。そもそもそんな光景自体を想像することができないのだ。たとえ、コンスタンスという褒美を勝ち取れるとしても。

「彼はわたしを幸せにしてくれたわ。このうえなく幸せに」

「そう聞いてうれしいよ、コニー」本心だった。「きみたちふたりだけだ。ぼくのことを気にかけてくれたのは」

「奥さまは？」

優しい口調で発せられたその質問がナイフのようにジョンを切り裂いた。ヴァイオラのことは、だれとも、とりわけコンスタンスとは話したくない。きょうはとても無理だ。適当な言葉でごまかそうと口を開いたが、生まれて初めて、なんの言葉も浮かんでこなかった。

コンスタンスはなにも言わずに永遠とも思えるほど長くジョンを見つめていた。それから片手を彼の腕に置いた。「わたしがあなたのために願うことはただひとつ、幸せな結婚生活を送ってほしいということ。女性たちや、あの噂は——」

「耳を貸す値打ちもないものだ」コンスタンスの言葉をさえぎる。「頼むから、陰口屋たちの噂話に耳を貸さないでくれ。あることないこと吹聴《ふいちょう》しているだけだ」

「あなたのことを心配しているのよ」

「そんな必要はない。ぼくは満足している」

「満足しているならいいけれど」コンスタンスがそっとため息をついた。「でもね、ジョン、結婚はたしかにむずかしいものだけれど、大きな喜びを得ることもできるのよ。わたしがそうだったわ」声がしわがれ、すすり泣きが混じった。「ああ、どうしたら耐えられるかしら、パーシィがいないなんて。息子もいないなんて。わたしのかわいい坊や――」両手で顔を覆う。

ジョンも今回は泣くことを止めなかった。なにも言わなかった。言えることはひとつもない。笑いを誘う話もないし、苦痛を癒《いや》す薬もない。ふたりのどちらにとってもだ。ジョンはうしろに突いた両腕にもたれ、目を閉じた顔を太陽に向けてコンスタンスの泣き声に耐えた。その涙の一粒一粒が彼自身の悲しみを打つ鞭のように感じられた。彼女がうらやましかった――泣けることが。自分は泣けない。

現在三十五歳だが、最後に泣いたのは七歳のときだ。ハモンドパークの子ども部屋で、デザートとして出されたトライフルのガラスの器《うつわ》を見つめていた。乳母《ナニー》が、姉のケイトのことを知らせてくれたのだ。覚えているのは涙が際限なく顔を伝い落ちたことと、ジャムとクリームとカスタードの色がぼやけて一緒になり、渦巻きに見えたことだ。その日から、ジョンはトライフルが嫌いになった。

コンスタンスのすすり泣く声を聞きながら、自分も泣きたいと心から望んだ。だが、目は乾き、胃草に顔を埋めて赤ん坊のように大声で泣くことで開放感を得たかった。横たわり、だけが鉛のように重く感じられる。心を切りとって外に放りだしたい。ジョンは座っている両脇の芝生を握りしめて歯を食いしばった。

座ったまま長い時間が過ぎ、ようやくコンスタンスが顔をあげた。「ハモンドパークはどうなるの？」手の甲で涙をぬぐって尋ねる。「ベトラムがあなたからすべてを受け継ぐことになるのかしら？」

「そんなことにはならないようにする」ジョンはポケットからハンカチを出してコンスタンスに渡した。「それに、たとえベトラムがぼくが死んだあとに子爵になっても、なったことを後悔するさ。幽霊になって取り憑《つ》いてやるからね」

目にハンカチを押しあてながらも、コンスタンスは笑いだしそうになった。「奥さまと和解する可能性はないの？」

「もう仲直りした」ジョンは嘘をついた。「ヴァイオラもぼくも自分たちの義務を心得ている。どうか、ハモンドパークのことは心配しないでくれ。すべてうまくいくはずだ」

断言してはみたものの、実際にはそんな確信はない。ヴァイオラに関するかぎり、愛情よりも義務が大事ということはあり得ない。そして、その愛情こそ、ヴァイオラが彼に対して抱いていないものだ。ずっと長いあいだ。

一カ月後、愛情と義務に関するヴァイオラの考え方について、自分がいかに正しかったかをジョンは思い知らされることになった。パーシィの仕事をコンスタンスがうまく対処できるようになるまで助け、猩紅熱の流行がおさまり感染の危険がなくなってからようやくロンドンに戻ってきたが、到着したときも、妻は彼のロンドンの屋敷に荷物を運びこんでいなかった。ロンドン近郊のチズイックに建つ、妻が一年のほとんどを過ごすエンダービーの邸宅にも滞在していなかった。使用人たちは行き先を知らず、妻がメイドと従僕をひとりずつ連れて出かけたこと以外はわからなかったが、ジョンにはどこに行ったか見当がついていた。

グロヴナースクエアにあるトレモア公爵アントニー・コートランドの邸宅を訪問して、疑惑は裏づけられた。やはり妻はここに逃げこんでいた。ヴァイオラがトレモア邸の玄関に立ち、夫として最低の男からかくまってほしいと兄に頼んでいる姿がジョンの脳裏に浮かんだ。

トレモアのジョンに対する態度は、いつものように尊大だった。このいかにも公爵家らしい風格ある客間に通されるのは、扱いにくい使用人と不作法な市民、そしてジョンだけだろう。この義兄はいまだに、ジョンがこうした尊大さに威圧されたりしないということを理解していない。

ありがたいことに、トレモアは儀礼的な会話を省いた。すぐに用件に入ったのだ。「ぼくの妹に会いに来たのだと思うが」

今は感じよくする気分にはとてもなれない。ジョンは厳しい視線をしっかり受けとめ、負けないようににらみつけた。「いいえ」きっぱりと答える。「ぼくの妻を連れに来たんです」

ヴァイオラは失望のあまりぼう然と兄を見つめた。「つまり、ハモンドがわたしをただ引きずっていっても、お兄さまはそれに対してなすすべがないと言うの？」

アントニーもヴァイオラを見返した。なにも答えなかったが、ヴァイオラと同じ榛色の瞳に浮かぶ兄の表情ははっきり見てとれた。さまざまな感情が入りまじったこの表情を、以前になんども見ている。ハモンドに対する激しい怒り、妹の状況に対する同情、そしてなによりも、自分がこの結婚を許したことに対する後悔。だが、今回は他の感情――止められないという諦観――も見ることができた。

「彼と一緒に行くことなんてできないわ」結婚の誓いという鎖が、首つりの縄のようにヴァイオラの体を締めつけている。「これまでのすべてを水に流して、また妻として一緒に暮らせと言うの？」

「きみは彼の妻だ」締めつけられたような声は、まるで喉に言葉が詰まったかのようだった。うつむいて手に持ったブランデーのグラスをじっと見つめる。「そうでなければいいとぼくがどんなに願っていたとしても」

ヴァイオラは振り返り、図書室にいるもうひとりの女性を訴えるように見やった。その視線にうながされ、義理の姉ダフネが口を開いた。「なんとかしてあげられないかしら、アントニー？」夫に問いかける。「あなたは公爵なんですもの、その影響力を駆使してみてはいかが？」

「ぼくの力もこの場合にはなんの役にも立たない。ハモンドには法的権利が味方している。その権利からヴァイオラを守ることはぼくにも不可能だ」

グラスを片手に持ったまま席を立ち、アントニーは部屋を横切って、ソファにいる妹の横に座った。「ぼくがハモンドに抵抗してきみを渡さなければ、あの男は議会に訴えて、法的手段で無理やりきみを連れ戻す。あの男と闘ってほしいときみが言うなら、ぼくはやる。だが、負けるだろう」

結果にかかわらずとにかく試してくれと兄に懇願したい気持ちはことのほか強かった。

「大変なスキャンダルになると思う？」

「なるはずだ。しかも、非難されるのはきみということになるだろう、ヴァイオラ、あの男ではなく。彼が先日のケタリング邸の舞踏会にやってきたということもあるし、従兄弟が亡くなったという事情もある。噂はすでにロンドンじゅうに広がっている」

「どんなふうに噂されているのかしら？」

兄は答えなかったが、その必要はなかった。

「もちろん、ハモンドが強情な妻をついに服従させたと賞賛されているのね」その不公平さに怒りがこみあげる。

アントニーはヴァイオラの結論を肯定も否定もしなかった。持っていたブランデーのグラスをヴァイオラに渡す。「さあ、これを飲みなさい。今のきみには必要だろう」

ヴァイオラは炎の液体を見つめた。まさに夫の瞳の色だ。ヴァイオラはあわててそのグラスを脇のテーブルに置いた。「ブランデーはいらないわ。必要なのは離婚よ」

「それが不可能なことはわかっているだろう」

「ええ、ええ、わかってるわ」前にかがみ、肘を膝に乗せた姿勢で両手を前で組む。「どうしたらいいのかしら？」祈るような気持ちだった。「どうすれば一番いいのかしら？」

アントニーは口のなかで悪態をつぶやき、立ちあがった。「客間におりて、もう一度話してみる。ハモンドは以前にもぼくから金を受け取っている。放っておいてくれるように、金で交渉することができるかもしれない」

図書室を出ていった兄に替わり、部屋の隅にいた彼の妻が歩いてきて彼がいた席に座った。

「ああ、ダフネ」ヴァイオラは義姉に向かってつぶやいた。「昔に戻ってやり直したいとどんなに願っているか。なんて愚かな娘だったのでしょう」

いつも最高の聞き役で誠実な友人であるダフネは、慰めるようにそっとヴァイオラの肩に腕をまわした。「愚かだなんて、そんなことないわ」

「いいえ、そうだったのよ。あのとき、アントニーはわたしに忠告しようとした。ハモンドが一文無しだと言ったわ。わたしが若すぎるから待ったほうがいいと諭した。女性に関するハモンドの評判まで教えてくれた——もちろん、そんなあからさまな言い方ではなかったけれど、父親と同じで、放蕩三昧のろくでなしであることまで知らせてくれた。でも、わたしはハモンドに夢中で、なんとしても結婚しようと決心していたから、聞く耳を持たなかったの。わたしがあまりにも強情だったから、アントニーも諦めるしかなかった。なぜあのとき、ちゃんと耳を傾けることができなかったのかしら？」

ヴァイオラにまわされたダフネの腕に力がこもった。「だめよ、ヴァイオラ。過去のことで自分を責めてはいけないわ。どうしようもなかったことで苦しまないで」

ヴァイオラは振り向き、ダフネの菫《すみれ》色の瞳をのぞき込んだ。三年前に兄の心をとりこにした瞳だ。ヴァイオラも微力ながらダフネとアントニーを結びつけようと支援し、ふたりが愛し合うようになったときにはとてもうれしかったものだ。それでも、ときにはこの義姉をうらやまずにはいられなかった。立派な男性から誠実な愛情を注がれるのはどんなにすばらしいことだろう。ヴァイオラは昔からそうなりたいと願っていた。一度はその幸せを得たと思ったのに。いかに間違っていたことか。

ヴァイオラは無理やり笑みを浮かべた。「あなたも下に行って、アントニーがハモンドを殺さないように見てきたほうがいいわ」そう言って立ちあがった。「お互いに好意を持っているわけではないから」

ダフネはヴァイオラをひとりで置いていきたくないのか少しためらったが、それからうなずいた。「あなたの意志に反して連れていくことは、わたしたちが絶対に許さないわ」言いながらやはり立ちあがった。「あなたが望むなら、アントニーは彼と最後まで闘うでしょう」

義姉が部屋を離れると、ヴァイオラは窓辺に移動した。明るい四月の午後だった。暖かくて日差しが心地よい。通りを見おろすと、ハモンドの馬車が停まっているのが見えた。九年前の春の日が思いだされる。シーズンのあいだじゅう、何度この場所に立って、グロヴナースクエアを見つめ、ハモンドの馬車がやってくるのを熱心に待っていたことだろう。待ちきれず、びくびくしながらも期待に胸を膨らませ、そして、心から恋していた。

ああ、あの日々を思いだすだけでもこんなにつらいのに。彼の馬車が見えるたびにどれほど気持ちが舞いあがっただろう。彼の声が階下の玄関ホールから聞こえてくるのを待つあいだ、立っていられないほどだった。彼に見つめられただけで、苦しいほど甘い喜びが押し寄せて、どんなに心がうずいたことだろう。

わたしを愛してる？

もちろんだ。とても愛しているよ。

そんな言葉で彼を信じた無邪気さを思いだすだけで息苦しくなる。心も魂も、そして未来もすべて彼に託した自分の無防備さと思いこみを考えるだけで心が痛む。

窓のガラスに額を押しあて、失恋の痛みを思いだした。すべてを知ったときの痛みを。彼の愛の言葉と行動が偽りだったことを、アントニーがすべて正しかったことを、ジョンが愛していたのがお金であって自分ではなかったことを知ったときだ。彼が望んでいたのは他の女性たちだった。彼がしたこと、すなわち妻を顧みずにほかの女性の腕のなかにさっさと行ってしまったことについてヴァイオラがどう感じているか、彼は理解しようとさえせずに背を向けた。そのときの情景は今でもはっきりと覚えている。そしてまた別の女性。さらに次の女性。窓の下を見おろしているうちに、ヴァイオラは苛立ちが激しい怒りに膨らむのを感じた。もうずっと昔に克服したと思っていた怒りだ。裏切られたことに対する怒り。

嘘つき。

ヴァイオラは振り向いて、下の通りと思い出に背を向けた。もう小娘ではない。もはや彼に恋しているわけではないし、愚か者でもない。この窮状から抜けだす方法はあるはずだ。

絶対に見つけてみせる。

3

ジョンはいわゆる人好きのする人間だ。気分は安定しているし、よほどのことでなければ怒らない。だが、いったん怒りにかられて限界を超えると、大惨事になりかねない。もちろん、たいていは機嫌よくしているし、これまでの経験からして、気の利いた発言をあちらこちらでしていれば、場の緊張はやわらぎ、すべてが平穏に保たれる。だが、滅多にないことだが、ときおり礼儀正しくしているのが非常にむずかしいことがある。そんなときはたいがい、トレモア家のだれかが関与している。

「ぼくの財政状況に関心を持ってくださるとは感激だ、公爵」ジョンはわざと快活に言った。「資金の提供を申しでてくれるとは大変ありがたいが、最近は金が余っているほどなので」

ジョンはトレモアの顎の筋肉がぴくっと動くのを見守った。金をやるから出ていけと言われた身としては、義兄の苛立ちを見て満足感を覚えずにはいられない。

「きみがぼくの財布に関心がないとは驚きだ、ハモンド。妹との結婚を進めていたときは執心していたようだが」

「ぼくがあなたの資産に惹かれていたとしても、非難には値しないはずだ」ジョンは手を振り、客間のターコイズと黒と白で統一された贅沢な内装を指し示した。「あなたはその富を見せびらかすのがお上手だから」

「ハモンド」穏やかな声が戸口から割りこんできた。ジョンもアントニーも振り向き、公爵夫人が入ってくるのを見守った。「訪ねてきてくださってうれしいわ」

ジョンは夫人の姿を見てほっとしながらも、ヴァイオラが一緒でないことにすぐ気づいた。これまでも、ヴァイオラは困ったことが起こると必ず兄の元に駆けこんで助けを求め、兄も例外なくそれに応じてきた。目の前に立ちふさがる避けられない争いに備えて、覚悟を固めるしかない。トレモアは手ごわい相手だ。財力も権力も到底かなわないし、感情のもつれが高じて状況はますますむずかしくなるだろう。ヴァイオラは夫がそうしたもめ事をどれほど嫌っているかを知っている。だが、そのせいで彼が諦めるだろうと思っているなら大間違いだ。

「公爵夫人」ジョンは頭をさげ、差しだされた手を取ってキスをした。「今回もお目にかかれて光栄です。もちろん、あなたにお目にかかることはどんなときでも喜びですが」

「従兄弟の方のご逝去をうかがって心配していました。心からお悔やみを申しあげますわ」

ジョンはその言葉に身をこわばらせた。心の傷はいまだに癒えず、こうした気遣いに慣習的な応対をすることさえむずかしい。ごくりと唾を呑みこみ、返事をするのに一瞬てまどった。「ありがとうございます」

トレモア公爵夫人とは数回しか会っていないが、洞察力があって思いやり深い女性だという印象を受けていた。今回も彼の様子になにか感じたらしく、夫人はすぐに日常的な話題に会話を持っていき、ジョンがほっとしたことに、彼女の夫もそれに従った。

金箔を張ったプチ・ポワンの椅子に座り、天気やそのシーズンのできごと、そして共通の知り合いであるディラン・ムーアについて、昨秋結婚したことやコヴェントガーデンで開かれる予定の新しい交響曲のお披露目演奏会のことをひとしきり話した。だが、三十分経ってもヴァイオラが加わる気配はなく、ジョンの忍耐力もそろそろ限界だった。

適当な機会をとらえて、妻の話題に持っていく。「お許しいただきたいのですが」公爵夫人に向かって言った。「子爵夫人とわたしはまもなく帰ります。妻のトランクを階下におろすよう従僕に命じていただけますか」

「ヴァイオラがトランクを詰めたかどうか見てきますわ」彼の要請と夫人の言葉の微妙な違いがジョンの疑念を裏づけた。戦いの開始目前というわけだ。

公爵夫人が立ちあがる。男たちも立って頭をさげ、夫人は立ち去った。それとともに、ジョンと公爵は、まるで可能なかぎり離れているという暗黙の合意ができているかのように、部屋の両端に移動した。どちらも座らず、どちらも話さなかった。八月の暑い午後に嵐の前触れとして起こる無風状態のように、部屋が重苦しい緊迫感に満たされた。

この部屋を前に訪れたときから、ほぼ九年が経過している。だが、窓にかかっている金色の絹のカーテンは記憶のままだった。壁も同じように白く塗られ、金箔のまわり縁《ぶち》と複雑な漆喰《しっくい》の細工が施されている。青と緑のタペストリーが壁に掛かり、同じ青と金色を交えた赤葡萄酒色のアクスミンスターカーペットが床に敷かれている。トレモアは伝統を重んじる男だ。なにも変えない。ジョンは過去にさかのぼったような奇妙な感じを抱いた。

グロヴナースクエアに面した長細い窓を向く。ガラス越しに中央の楕円形の公園を見おろし、その芝生と楡《にれ》の木々に沿って一周している通りに何台かの馬車が走っているのを眺めた。豪奢な馬車は社交界でもとくに傑出した家庭のものばかりだ。乗っているのは午後の訪問から帰宅する人々だろう。もう六時に近い頃合いだ。

ジョンの四輪馬車は春のさわやかな午後に合わせて幌をたたみ、すぐ真下に停車している。通り過ぎる馬車と同様に贅沢な車体だ。いつでもそうだったわけではない。前回この窓からのぞいたときには、彼の馬車と境遇はどちらも今とはまったく違った。

何年も経った今、ここにたたずみながら、ジョンはそのときの自分がどんな男だったかをはっきり思いだすことができた。父親から称号と地所だけでなく莫大な借金も受け継いだ男。貴族として義務がのしかかってきても、それを遂行するだけの財力を持たない男。

父が亡くなるまでは、若いジェントルマンたちと同じだった——怠惰で愚かで無責任。手当は、それがどこから来ているかも考えずに最後の一シリングまで使い果たした。父が送ってきた資金がすべて借金とは考えもしなかった。

ジョンは窓ガラスに額を押しあてた。九年前、ロンドンの社交シーズンが始まったときも、貴族には重い責任が伴うと知ったショックで頭がくらくらしている状態だった。両親が恥知らずにも完全に無視していた責任だ。多くの債権者に返済しなければならない。小作人たちに広がったチフスの流行を抑えるために排水設備を修復しなければならない。家畜には餌を与える必要がある。作物は植えなければならず、使用人たちには、何カ月も未払いの賃金を支払わねばならない。小作人と使用人が彼に向ける批判的な視線を見れば、前領主を越える改善は望めないと考えていることは明らかだった。

そのときの絶望感は一生忘れないだろう。これだけ多くの人々に見つめられ、多くの人々に頼られながら、その人々を養う手段を見いだせない絶望感。

手段はひとつしかなかった。

近づいてくる足音に気づいて振り向くと、ヴァイオラが客間の戸口に立っているのが見えた。窓からの日差しに彼女のまとめあげた髪と顔が輝き、あのはるか昔の春の記憶をさらにはっきりよみがえらせた。

前回ここを訪れたのは九年前。だが、まるできのうのことのように思える。ヴァイオラが戸口に立って、あのときと同じように美しく輝いているのを見ると、そのときに戻ったような奇妙な感覚はさらに強まった。あのシーズンのあいだ、ヴァイオラの屋敷の玄関先に求婚者たちが列をなしていたのも当然のことだ。時の経過で変わったのはただひとつ。あの時、戸口に立っていた娘の顔はジョンを見ると蠟燭のようにぱっと輝いた。今立っている女性の顔はけっしてそうはならない。自分のせいだ。そして、彼女のせいでもある。ジョンはそう思った。

ヴァイオラは部屋に入ると、兄に向かって言った。「アントニー、よければ、ハモンドとふたりで話したいのだけれど」

「わかった」ジョンのことはまったく見ずに公爵が客間から出ていくと、ヴァイオラは扉を閉めてジョンのほうを向いた。

前置きや儀礼的な会話はいっさいなかった。「あなたと一緒には行きません」

戦いが開始したらしい。「ありがたいことに、きみの体重はぼくより少なくとも四十キロは軽い」ジョンは明るい声で言った。

「わたしをかついでここから連れていこうというわけ？」ヴァイオラの顔に咎《とが》めるような表情が浮かんだ。ヴァイオラが近年彼に対して抱いている感情は軽蔑と非難だけなのだから、驚きもしない。「そんな野蛮なことをほんとうにするおつもり？」

「すぐにでも」

「ほかに方法がなければすぐに暴力に訴えるなんて、いかにも男のすることだわ」

「それもときには役に立つ」ジョンはうなずいた。

「わたしの意志に反して連れていくなんて、アントニーが絶対にさせないはずよ」

「そうだろう。だが、そこまで阻まれれば、ぼくはきみを家庭に戻してくれるように上院に請願する。そうなれば、きみをぼくに渡す以外にトレモアに選択肢はない。すでに彼から聞かされていることだろうが」

彼の結論をヴァイオラは肯定も否定もしなかった。「わたしが自分で上院に訴えるわ。離婚を」

「離婚に足る理由がない。しかも、そんなことをすれば、大変なスキャンダルできみは一生社交界から追放され、兄上の家族も恥に晒《さら》されたあげく訴訟に負ける。妻のほうが離婚を請求できる理由は血族関係か性的不能だけだ。そのどちらもこの場合当てはまらない。ぼくたちはどこをたどっても親戚ではないし、もうひとつのほうは、だれも信じない」

「あなたの評判からすれば、たしかにだれも信じないでしょうね！」ヴァイオラが嫌悪感に満ちた口調で言った。「なんて不公平なのかしら。わたしが愛人を持てば、あなたは不倫を申し立てて離婚できる。あなたの不倫は周知の事実なのにわたしは理由に使えない」

「なぜそうなのかはよくわかっているはずだ。男は後継者が自分の息子であることを知る必要がある。女性にはその疑問がない」

「それなら、わたしもあなたのまねをして情事にふけるべきなのかもしれないわね」ヴァイオラが顎をぐっとあげた。冷たく挑戦的な態度は、まるでロンドン塔に引き立てられる女王のようだ。「わたしが愛人を作ったら、離婚してくれるかしら？」

この言葉には、おもしろがるふりさえできなかった。目を細め、彼女に近寄る。「試さないほうがいい、ヴァイオラ」

片方の眉が品よくあがる。「気にすることなどないでしょう？」

「跡継ぎを設けることをせずに愛人を囲えば、それに対する批判の量はとてもきみが耐えられるようなものではないはずだ」

「跡継ぎを産まないことについては、もうさんざん批判されているわ。それをもう少し耐えるくらいなんでもない」

「侮辱された女の怒りほど、というやつか」ジョンは苛立ちのあまり鋭く言い返した。

「恐ろしいものはない」ヴァイオラがことわざを締めくくる。「少なくとも、自分の責任は認めるわけね」これ以上そばにいることが耐えられないというように、ヴァイオラは彼を大きく迂回して移動した。

「侮辱された男はどうなんだ、ヴァイオラ？」

その言葉に、ヴァイオラは客間のなかほどで立ちどまり、肩をいからせた。わずかにこちらにめぐらせた横顔に、彼女の女性としてのプライドがはっきりと見てとれる。つんとあげた顎とこわばった口もとも同様だ。わかっていたことだ。最初に背を向けたのは彼女だとヴァイオラが認めることはあり得ない。最初に諦めたのも彼女で、今の状況へと導いた激しい言葉を最初に発したのが彼女だということも。

そうした思いがよぎったとしても、あるいは、一方的な非難に対する怒りがわき起こったとしても、今重要なのはそのことではないとわかっていた。正当性を主張する必要はない。必要なのは休戦だ。息子をひとり設ける期間だけの。

ジョンはヴァイオラの背後に近づき、両手で彼女の両腕をつかんだ。ヴァイオラがはっと飛びあがったが、さらに強く握り、また遠ざかることを妨《さまた》げる。モスグリーンの絹のドレス越しに、彼女が石のようにこわばっているのが感じられた。「離婚は論外だ、ヴァイオラ」できるかぎり優しい口調を心がける。「望んでもなんの意味もない。どちらにしろ、ふたりでそんな事態に陥りたいとは夢にも思わない。きみもそうだと思うが」

「わたしがしたいことと、したくないことがよくおわかりのようね」

「今回に関してはその通りだ。兄上に対するきみの愛情はぼくに向けた毒気よりもはるかに強い。彼と奥さんと息子にそうした屈辱が降りかかるようなことをするはずがない」

「それでも、法的な別居を請願することはできるわ。すでにもう何年も別に暮らしているのですもの。夫婦なんて形式上に過ぎないと認められるでしょう」

万策が尽きたらしかった。彼女の声には、絶望の響きがはっきりと聞きとれた。「ぼくは別居には同意しない。ぼくの同意がなければ、それは不可能だ。上院を構成する貴族のほとんどが既婚者だ。法的にそんな前例を認めて、自分の妻が同じことをする可能性を作ることなどあるはずがない」

「ひどいわ！」ヴァイオラが彼の手を振り払ってこちらを向いた。「あなたがたは自分たちで作った法律でわたしたち女性の人生を完全に支配している。男性しか法律を作れないという法律まで作っているんだから！　男性にはなんと都合のいい世の中でしょう」

「たしかにそうだ」ジョンは同意した。「われわれ男はすべてを自分たちの思い通りにしたがるものだ」

「アントニーも上院の一員で、しかも大きな影響力を持っているわ。わたしのために闘ってくれるはずよ」

「トレモア公爵といえども婚姻法を改正するほどの力はない。そうしてくれときみが頼めば、彼が大変な困難に直面することは間違いない。しかも、最後にはきみをぼくに渡さざるを得ない。きみはぼくの妻だ」

ヴァイオラが数歩さがった。「逃げることはできるわ。ヨーロッパへ」

「隠れるのか？」今の彼女の発言には驚きを禁じ得なかった。不安がよぎる。たしかにそれならわずかながらうまくいく可能性はある。彼女がどこへ行くことに決めようが、トレモアは充分な資金を与えるだろう。そうなれば、彼女を追って世界じゅうを走りまわることになりかねない。そうやって子どもを産める時期が過ぎるほど長く逃げていれば、ジョンは嫡出子を持てず、ベトラムを排除できないことになる。

この懸念を一瞬たりともヴァイオラに見せてはならない。妻の気の強さと単刀直入な性格からして、この脅しに少しでも動揺を見せれば、一時間も経たないうちにフランスに向けて出発するだろう。「どこへ行こうが見つけるさ」実際に思っているよりもはるかにきっぱりと断言した。「それに、言わせてもらえば、隠れるというのはおよそきみらしくない行動だ。そんな臆病者とは思いもしなかったよ、ヴァイオラ」

痛いところを突いたらしく、ヴァイオラが彼をにらんだ。「あいだにイギリス海峡を挟むというのはとても魅力的な考えだわ」

「きみにとっては寂しい人生になるだろう。ぼくから逃れるためには、どこか人里離れた場所に隠れなければならない。名前を変えて、身分も偽る。仲間もいない。社交界を愛しているきみは、友人がいない孤独に苛《さいな》まれる。しかもアントニーとダフネにも二度と会えない。

耐えられるはずがない」

ヴァイオラの肩が少しさがるのがわかった。そして、次の発言を聞いて、もはやヨーロッパに逃げる気はないと確信できた。「どちらを向いても不可能なことばかり」そうささやいた姿はあまりにわびしく途方に暮れた様子だった。人でなしのごろつきと決めつけられ、彼女の惨めな状況のあらゆる元凶だと不当に非難されていなければ気の毒に思っただろう。

「きみは今の状況を必要以上にむずかしくしている」

「そうかしら？」ヴァイオラが怒りにかられたように言い返した。「つまり、もっと簡単に考えろというわけね。ただ受け身で横たわってご主人さまに対する務めを遂行しろと」

ジョンは笑い声をあげた。「きみが？　それよりは雷に打たれて死ぬほうを選ぶんじゃないか」憤慨した表情を見れば、彼と一緒におもしろがる気がないのは明らかだった。「第一に、愛し合うときにきみが受け身だったことはないし、いまさらそうなるとも想像できない。第二には、きみが跡継ぎを作る必要性を理解しているだけでなく、それに伴う快感も覚えているはずだと思いたい」

それを聞いてヴァイオラの顔が紅潮した。八年の年月も、新婚のベッドでの記憶は損なっていないらしい。ジョンはそれをよい兆候だと思うことにした。「きみがどう選ぶかによって状況はたやすくもむずかしくもなる」

「そして、もしわたしがむずかしいほうを選んだら？」ヴァイオラが言い返した。身をこわばらせ、ジョンを見つめる。苔のようにやわらかな緑褐色の瞳のうしろで輝きを放つのは、まぎれもなくトレモア家の鋼《はがね》のような精神力だ。ジョンにとってはよく知っている表情だった。「わたしが妻としての義務を拒否したら？　あなたはどうするつもりなの、ハモンド？力ずくでベッドに引きずりこむ？　わたしを投げ倒して強要するのかしら？」

　この世にあまたいる女性のなかで、自分が結婚したのは最強の頑固者だ。「女性に強要したことは一度たりともない」ジョンは答えた。「そのことは、きみがだれよりもよく知っているはずだ。きみが鍵をかけた扉を打ち破ることだってできたんだから」

「なぜそうしなかったの？」

「知るもんか。おそらく、触れるだけできみがわっと泣きだしたからだろう」

「夫が嘘つきでわたしをだましていたとわかれば、だれだって泣きだすでしょう！」

「あるいは」ジョンはヴァイオラがなにも言わなかったかのように言葉を継いだ。「きみにキスをしようとするたびに非難の言葉を浴びせられたからかな。それとも、きみを腕に抱こうとするたび、握りこぶしで叩かれたからか。こう言ってはなんだが、自分の妻に触れるだけでろくでなしのように感じさせられれば、すべての喜びは消え失せるものだ」

「あなたはわたしを愛していなかった。それがわかったときに、わたしがどう感じたと思っているの？」

　頼むからやめてくれ。またその感情について話し合うことになるのか？　言い負かされることは目に見えている。いつもそうだった。ジョンはなにも言わずに腕組みした。

「結婚の前にあなたが愛人を囲っていたと知ってわたしがどう感じたか、考えたことがある？　わたしに求愛するあいだも、キスしているときも、わたしに触れているときも、愛していると言っているときもずっと……」怒りに喉が詰まり、言葉が途絶えた。両手をこぶしに握りしめている。「結婚式の直前まで、あなたはエルシー・ガラントと関係を持っていた。結婚してからでさえ――」

「結婚してからあとは違う、ヴァイオラ。前だけだ」エルシーとの契約の清算に必要だったネックレスに関するごたごたについては、一度ならずすべて説明した。もう一度する気はない。ジョンは歯を食いしばった。

「それから六人の愛人よ、ハモンド。ほかにもわたしが知らない女性が何人いるんだか」

彼女のベッドから追いだされたあとの情事について言いわけするつもりはない。「気にしていたのか？」

「社交界新聞や噂好きの人たちから身の毛がよだつようなことを詳しく聞かされるのだから、気にしないほうがおかしいわ。レディ・ダーウィンの真向かいに座って、あなたが彼女のベッドに寝ていることを知りながら、平然を装ってお茶をいただいたり、世間話をしたりしなければならなかったわ。レディ・ポメロイが愛人だったときには、いつもカードパーティで彼女の勝ち誇った笑いとあなたのベッドでの優秀さに関する意地悪い当てこすりに耐えてきた」

「ヴァイオラ――」

「劇場ではジェイン・モローがどんなに愛らしい女性かについて聞かなければならなかっ

た」ジョンが言いかけた言葉をヴァイオラが冷たい口調でさえぎった。「演技の才能に欠けていても、あれほど美しくて女主人役としても魅力的だからなんの問題もないと。音楽会では、美しい歌手のマリア・アレンに関して、賞賛だけでなく、あなたのベッドで彼女がどんなにかわいく歌うかという破廉恥な話まで聞いたわ。そのせいであなたが彼女の夫に撃たれるまではね！　よくやったと言いたいくらいよ！　そして、エマ・ローリンズが今シーズンの女性だから、わたしは彼女の美貌と才能とベッドでの手腕について、また数々の噂を聞かなければならないでしょうね」

「エマ・ローリンズとは三カ月前に手を切っている。きみの言っている噂は少し古いんじゃないか」

「あなたのせいでわたしが耐えなければならない屈辱については、なんとも思わないわけね」

「きみに追いだされたから、ほかで欲望を解消したんだ」ジョンは強く言い返した。妻に拒絶されたあげく男として自然の欲求を満たしたことで悪党扱いされてはたまらない。「いい加減にしてくれ、ぼくは男だ、ヴァイオラ！　ぼくにどうしてほしいんだ？　ベッドの脇にひざまずいて懇願しろと？　八年間、修道士の生活を送れと？　やらなければならなかったことをやったために、苦行用の毛衣を着て自分を鞭打てとでも言うのか？」

「やらなければならなかったことですって？」ヴァイオラが嫌悪感もあらわに言った。「それは、お金のためにわたしと結婚したということ？」

「そうだ！」ジョンは叫んだ。我慢も限界だった。「そうだ。持参金のある女性と結婚し、その収入で地所を荒廃から救った。賢明だと思える結婚をした。その娘が好きだったし欲望も感じた。その娘がぼくをベッドから追いだし、涙と罪悪感で操ろうとしたから、よそに行った。ぼくの立場だったら、どの男も同じことをするだろう」

「わたしは愚かにも、そんなあなたを、一度は他の男性よりもすばらしいと考えていた」

「きみがそう思っていたことはわかっている」目の前の女性の顔は憎悪に満ちていた。戸口に立っていた愛らしくて傷つきやすい娘の姿がまた脳裏をよぎる。太陽の光を髪に浴びて、心からの愛慕で瞳をきらきら輝かせていた。彼に夢中で、完全に偶像視していた。そのイメージを崩し、ヒーローであることをやめて欠点のある普通の男になったせいで憎まれた。きらめく瞳を思いだすと、彼の激しい怒りは起こったときと同じくらいすみやかに消え去った。

「ぼくになにを言ってほしいんだ、ヴァイオラ？」

「なにも言ってほしくないわ。ただ出ていってほしい。ベトラムには息子がふたりいるんでしょう？　彼にあなたのあとを継がせればいいわ」

「それはできない。するつもりもない」

「それなら、また振り出しに戻るだけよ」

その通りだ。ジョンはもううんざりだった――らちのあかない議論、売り言葉に買い言葉の非難の応酬、頑《かたく》なな沈黙と別々のベッド、それらがふたりを同じ問題に引き戻す。もうご免だ。

ジョンは決意を固めた。「ぼくたちは九年前に共に歩むことに決めた。差し迫った状況により、その生活を再開する。話し合いが必要な点はどちらの家に住むかということだけだ。エンダービーはロンドンから十キロ離れているから不便といえば不便だが、街なかの屋敷は独身男性用のしつらいで、かなり質素だ。だから――」

「わたしにはもうあなたのことがわからない」ヴァイオラが首を振り、脅えたようにジョンを見つめた。「もともとわかっていなかったのね。ふたりのあいだにこんなにいろいろあったあとで、妻としてまたあなたと一緒に暮らすことなどできるはずがないでしょう？」

「ふたりのあいだにはなにも起こっていない。解決すべきは物質的な問題だけだと思っている」

「そして、わたしがそれに素直に従うと期待しているわけ？」

ヴァイオラの怒りに満ちた目と視線を合わせた。「期待しているだけじゃない、ヴァイオラ。要求しているんだ。あしたは土曜日だ。トランクに荷物を詰めて月曜までに準備しておいてくれ。二時にここへ迎えにくる」

背を向けて扉のほうに歩きだしたが、部屋を半分も行かないうちにヴァイオラが言葉を発した。「こんなことがうまくいくはずないと、なぜわからないの？」背後から投げられた言葉に足を止める。「どんなだったか思いだせるでしょう？　夫婦として一緒に暮らしたときはふたりのどちらにとっても地獄だった」

「そうだったかな？」ジョンは振り向いてヴァイオラを見つめた。何年も前の、一緒に暮らしていたときの記憶がよみがえる。だが、それは後半の数年ではなかった。その頃はシーズンのうち二、三カ月だけ一緒に暮らしていたが、それも体面を保つためで、その間《かん》もふたりはひと言も言葉を交わさなかったし、ほとんど会いもしなかった。

彼の心に浮かんだのは、最初の頃の妻だった。当時も普通の新婚夫婦と同様、喧嘩も口論もした。どちらも意志強固で意見をはっきり持っていたから、あるいは普通以上だったかもしれない。だが、ふたりの生活が地獄だった記憶はない。彼女のベッドから締めだされるまでは。妻の姿を眺めても、どういうわけか、今思いだせるのは最初の頃の記憶だけだ。優しい甘い記憶だけ。

彼よりずっと小柄で、ほっそりした骨格とやわらかい豊かなカーブを描くヴァイオラの姿は、いまだに見事な体形を保っていた。今は絹とモスリンの重なりの下に隠れているが、そうした衣類を取ったときの姿もはっきり思いだせる。彼女の裸体を最後に見てから八年が経つが、この世には男が絶対に忘れないものもある。

完ぺきな形の乳房と腰を思い浮かべた。臍《へそ》の深いへこみと背骨の下のふたつのくぼみ。彼女の笑い声、笑顔、快感のうめき声。キスすると彼女がバターのようにとろけてしまう場所も覚えている――首筋や膝の裏、腿のつけ根のヴァイオリンの形の痣《あざ》。こうした記憶のせいで体が燃えるような気がした。

「いつも地獄だったわけじゃない」ジョンはつぶやいた。「ぼくの記憶では、折々で天国のひとときもあった」

ヴァイオラがなにか答える前に、ジョンは我に返ったように前の話を続けた。「月曜だ、ヴァイオラ。午後二時。それだけあれば、きみも残りのシーズンをどこに住むか決心できるだろう」客間の扉を開ける。「エンダービーかブルームズベリースクエアだ」

「どちらにも住まないわ！」ヴァイオラがなんとか叫んだときには、彼はすでに戸口を抜けて後ろ手で扉を閉めていた。

4

彼は妄想を抱いているのだ。ヴァイオラは今耳にしたことが信じられずにぼう然と閉まった扉を見つめた。天国のひととき？　彼の数々の情事のあとに、彼女が耐えてきた苦しみのあとに、あんなことが言えるのはジョンだけだろう。しかも、いかにもわけ知り顔でかすかに笑みさえ浮かべて。

天国のひとときに違いない、たしかに。彼の愛人たちを思い浮かべ、ヴァイオラは怒りのあまりこぶしで手のひらを叩き、歯を食いしばった。彼にとっては天国だろう。あらゆる楽しみをひとりじめしてきたのだから。

ヴァイオラへの求愛期間でさえ、彼はほかのところで楽しんでいた。ヴァイオラが舞踏会やパーティで彼と一緒のひとときにうっとりして、恋に落ちるのはなんてわくわくすることだろうと無邪気に考えていたときに、彼はエルシーと気晴らしをしていたのだ。

その女性の存在を知ったとき、どれほど傷ついただろう。ヴァイオラの視線は夫が今閉めたばかりの白い扉に向けられていたが、心の目はノーサンバーランドのレディ・チェトニーの居間の薄青色の壁を眺めていた。チェトニー家のカントリーハウスに漂っていたお祝い用のワッセル酒の甘い香りがふたたびよみがえる。舞踏室で演奏されていたワルツが頭のなかに鳴り響く。だが、その調べもレディ・チェトニーの娘たちとその友人たちのおしゃべりをかき消すほど大きくはなかった。

「……残念だわ、ハモンドがロンドンに行ってしまって。今夜は相手が少ないし、彼はすばらしい踊り手なのに」

「ほんとにねえ。今この瞬間にも、ワルツを踊りながらエルシー・ガラントのベッドへ向かっているかもしれないわ。なんといっても、彼女はダンサーですもの」

「あら、違うわ。彼はレディ・ヴァイオラと結婚したときにガラントのことは諦めたのよ」

「とんでもない。今でもロンドンに行ったときは会っているはずよ。つい何カ月か前にロンドンへ行ったときもサファイアのネックレスをあげたって聞いたわ」

「その宝石の支払いは、奥さまがお兄さまからもらう収入からよね、もちろん。だって、ハモンドは自分のお金はまったくなくて……」

ヴァイオラは彼女たちの話を信じられず、悪意ある噂話として忘れようとしたが、そのとき、疑念の種を植えつけられたのだった。執事の会計簿を調べたりしなければ、サファイアとダイヤモンドのネックレスの手付金の記録も見つけなかっただろう。だが見つけてしまった。今のこの瞬間にも、ヴァイオラの目には、台帳に書かれた執事の読みにくい手書きの文字がはっきり見えて、信じて疑わなかった愚かな心が粉々に砕けるのを感じることができた。世間知らずでジョンに憧れるばかりだった娘が、その日を境に成長し、男というものがどんなに不誠実かを理解したのだった。

わたしを愛してる?

もちろんだ。とても愛しているよ。

彼は戻ってくると、すべてを説明しようとした。いわく、そうだ、エルシーは愛人だった。だが、結婚前に関係を終わらせた。そうだ、九月にエルシーにネックレスをあげたが、それは契約を清算するために必要だったからだ。その契約は、ヴァイオラに会う前に結ばれたものだ。そして、そっけない口調で、結婚のあとにエルシーとベッドを共にしたことを否定し、結婚式の日以降は夫として誠実であることを誓った。たとえそれが真実だったとしても、とても充分とは言えなかった。なぜなら、結婚の誓いを述べる日の直前までエルシーと関係を持っていたことは否定しなかったからだ。

求愛期間中、彼がヴァイオラのことを愛している、望んでいると何度も繰り返していながら、ずっとほかの女性を囲っていた不誠実さを考えただけで腹立たしさがこみあげる。無一文でいながら、エルシーに支払うお金は捻出していたわけだ。男には優先順位があるとでもいうように。

ヴァイオラの涙と苦しみは彼にはまったく理解してもらえず、ただ痛烈で皮肉っぽい冗談によってあしらわれた。寝室の閉じた扉が彼に間違いを気づかせることはなかった。罪の意識もなく、愛の言葉もなく、謝罪もなかった。彼はただ一カ月間、ヴァイオラが軟化するのを待ち、気持ちが和らがないとわかると、考え直すことなく歩き去ったのだった。

ヴァイオラは両手を脇にたらし、こぶしに握りしめた。その当時でも、もちろん、たいていの男性が愛人を持っていることは知っていたが、エルシー・ガラントのことがあるまで、ひとりの女性に求愛しながら、同時期に別の女性と寝ることができるとは思いもしなかった。愛人というのは契約で成り立っていることも、愛人への契約金は言わば借金であり、他の借金同様、結婚で契約を打ち切る場合はまとめて精算しなければならないということも知らなかった。エルシーのことを知るまで、つらい嫉妬心や胸が張り裂けるような悲しみも知らなかった。

ジョンのおかげで、今はこうしたことをすべて理解している。みずからの努力のおかげで、もはや心が痛むこともない。長い時間をかけてようやく、彼がエルシー・ガラントに触れている姿を想像力が勝手に作りあげるのを止められるようになったが、結局はエルシーのあとの愛人の姿に次々と替わっただけだった。彼が愛人を替えるたびに氷の層とプライドで心を何層にも覆い、ついに彼がなにをしようが、だれと一緒だろうが気にしないところまで到達したのだ。

それなのに今、彼は戻ってきたがっている。なぜ？　ヴァイオラのためを思ってではない、それはたしかだ。いいえ、彼が和解したがっているのは、彼女だけが与えられるものが必要だからだ。跡継ぎになれる嫡出の息子が必要で、ヴァイオラはただ、これまでのことを許して忘れることを期待されている。

爪が手のひらに、痛みを感じるほど食いこんでいるのに気づき、ヴァイオラはこぶしを開こうとした。ソファに座り、息が詰まるほどの激しい怒りを必死に抑える。長い時間をかけてようやく見いだした充実感はいまだに不安定な状態だ。こんな怒りで台なしにするわけにはいかない。座ったまま深呼吸を繰り返して息を静め、長い時間をかけてなんとか氷のような冷たい誇りを回復させた。ジョンは望む女性のだれとでも寝ればいいが、その女性は自分ではない。またということはあり得ない。

月曜日、ジョンはグロヴナースクエアにかっきり二時に到着した。そのときまでにヴァイオラは怒りをやり過ごし、心を氷の塊《かたまり》のなかに安全に収めていた。

客間で書き物机に向かい、ロンドン病院のために一年に一度開催される慈善仮装パーティの計画を検討していた。彼女が後援している数多くの慈善事業のひとつであり、なかでもとくに力を入れているものだ。ダンスを終えたあとにとる食事のメニューを秘書のミス・テートと相談しているとき、アントニーの執事クインビーがジョンの到着を告げた。

「ハモンド卿がお見えです」

顔をあげるとジョンが客間に入ってくるところだった。何年も前に見た同じ光景がよみがえる。アントニーの客間に入ってきたときの彼は、どれほどハンサムで颯爽《さっそう》としていたことだろう。そして、その姿を見るたび、どんなに幸せで有頂天な気持ちになったことだろう。今、目の前にいる彼は、さらに颯爽とし、以前にましてハンサムだが、ヴァイオラはなにも感じなかった。無関心というのはありがたいものだ。

ヴァイオラは立ちあがり、彼の会釈におざなりのお辞儀を返すと、すぐにミス・テートのほうに注意を戻した。彼の相手をしないのが失礼なことはわかっていたが気にしなかった。メニューに集中する。「これは公爵の料理長が提案したコースなのね?」

「はい、そうです、奥さま」

ヴァイオラは鵞《が》ペンでローズウッドの机を叩きながらメニューについて熟考した。「実を言えば、ウナギを出してよいかどうか迷っているのよ、テート。寄付してくださる方々のなかでもっとも気前のよいレディ・スノードンがウナギをお嫌いなの」

「驚くことではないな」ジョンがつぶやき、かたわらの椅子に座った。「あのご婦人にはカタツムリのほうがお似合いだが」

ヴァイオラの隣りで、テートが喉が詰まったような声をもらしたが、ヴァイオラをちらりと見てすぐに押し殺した。レディ・スノードンは歩くのも話すのも動くのも非常にゆっくりで周囲をいらいらさせる。でも、だからといってテートが笑ってジョンを喜ばせる理由にはならないはずだ。ヴァイオラはもはや夫の冗談がおもしろいとは思わないし、使用人たちにもそう思ってもらいたくない。ヴァイオラは威厳を保ち、無関心を装った。彼が部屋にいないかのように振る舞うのが得策だ。

「そうね。メニューからウナギをはずして、その代わり——」

「エスカルゴは?」ジョンが勧める。

ヴァイオラはテートを見あげた。「ロブスタートルネードにしましょう」そう言ってメニューを渡し、次の仕事に目を向けた。

「さあ、今度は招待客リストね、テート。わたしのリストをレディ・ディーンのお宅にお持ちして見てもらってくださいな」

「ヴァイオラ、それはいくらなんでも残酷だ!」ジョンが口を挟んだ。「気の毒なテートをたったひとりで行かせて、あのおぞましきレディ・ディーンと対決させるとは」

ヴァイオラはジョンに冷たい視線を投げた。「あなたにはなんの関係もないでしょう?」

「いや、ある。使用人を不当に扱うことには断固反対しなければならない。しかもきみの代理とは。いくらなんでもひどい」

「自分が嫌だから命じているのではないわ、あなたがそのことを言っているのなら」彼に自分の行動を弁解する必要などないと思いながら、ヴァイオラは言った。これは彼にはまったく関係のないことだ。「わたしが個人的に訪問して彼女を喜ばせるべきではないと思っているだけよ。地位的なこともあるし、個人的に特別扱いをすべきでないでしょう。しかも、あの方には我慢できないし」

「陰険な仕返しをされるかもしれないぞ。そういう女性だ」

ヴァイオラは彼の言葉を無視して秘書のほうを向いた。「いいこと、テート、このリストを渡したら、レディ・ディーンはきっとサー・エドワードとレディ・フィッツヒューのご夫妻を招待することについてとやかく言うでしょう。そのときは、できるだけすまなそうな口調で、トレモア公爵夫妻がフィッツヒュー家を招待することを要望していると、上手に言ってちょうだい。サー・エドワードの地位や縁故関係に関することや、だれを呼ぶべきでだれを呼ぶべきでないとかいうつまらない反論はそれで止むはずよ。なんといっても慈善舞踏会なのだし、フィッツヒュー家のお嬢さんたちはとても魅力的ですもの。もしローレンス家のお嬢さんたちを招くことについても反対されたら、同じやり方で対処してね」

「はい、奥さま」テートがため息を呑みこんだ。あの悪意に満ちた恐るべきレディ・ディーンにヴァイオラの招待客リストを見せにいくという任務がうれしくないことは明らかだ。

「怖れることはないさ、テート」ジョンの言葉にヴァイオラは目をあげ、彼が彼女の秘書にウィンクするのを目撃した。またちょっかいを出している。「レディ・ディーンがウールの下着を着ていると思っていればいいんだ。いつもあんなに苛立っているのはそのせいだ。下着がむずむずするからね」

テートが笑いだし、すぐに立場に気づいて手で口を押さえた。

ヴァイオラはジョンに非難の視線を向けてから、最後にもう一度リストに目を通した。

「ケタリング卿夫妻はもちろんね。いつも、病院にかなりの額を寄付してくださるから。ラスモア伯爵夫人もそう。ええと……サー・ジョージ・プラウライト。仕方がないと思うわ――」

「なんだって！」

ふいにジョンが座り直したのに気づいて、ヴァイオラは目をあげた。

「あのもったいぶったまぬけ野郎を招待するなんて嘘だろう？」ぎょっとしたようにヴァイ

オラを見つめている。

彼が気に入らないのはわかっていた。だからこそ、この男をリストに加えたくなったことは否めない。「なぜいけないの？　彼は財産家だから、病院に巨額の寄付をしてくれるかもしれないわ」

ジョンは歯のあいだからさげすみの声をもらし、立ちあがった。「それはどうかな。あいつはあの傲慢さに負けないくらいけちだ。例外は洋服だが、この世の金を全部費やしても悪趣味は補えないということを実証しているに過ぎない」そう言いながら、ヴァイオラの机の前に立った。

「昨晩もブルックスで見かけたが、からし色のズボンに身の毛もよだつような緑色の胴衣を着ていたぞ。腐った魚のように見えた」

サー・ジョージの悪名高き悪趣味に関する議論に気を逸らされるつもりはない。夫を見あげ、口もとを引きしめた。「わたしの慈善舞踏会の招待客リストがなぜあなたに関係があるのかわからないのだけど」

「なぜなら、きみはぼくの妻だからだ。仲直りしたからには関係がある」

「仲直りなんてしていません！」

「サー・ジョージを招待するのは、わざわざ災難を招くようなものだ」ヴァイオラの言葉に関心を払わずに軽い口調で言うのが腹立たしい。「あの男とディランが昨年殴り合ったことを覚えているだろう？　またそうなるぞ。あるいは、今度はぼくがあいつとやり合うことになるかだ。きみにとってはさらに都合が悪いだろう、ヴァイオラ。ぼくがサー・ジョージに叩きのめされるのを見たら、きみがどんなにつらい思いをするか」

ヴァイオラはほほえんだ。「その心配はいらないわ」わざとらしい甘い声を出す。「あなたは招待客リストに載っていませんから」

「いや、参加する。ぼくの名前を追加してくれ、テート。そして、プラウライトの名を削除だ」

「あなたは招待していないわ！　それに、サー・ジョージを招待しようがしまいが、あなたには関係ないこと。わたしが彼を選んだのは、彼が裕福で伯爵の四男で、病院は資金が必要だからよ」

「どれを取っても、あいつがまぬけ野郎だという事実は変えられない」

ヴァイオラは両手をあげ、身振りで苛立ちを示した。この男は、わたしを怒らせることしか考えていないのだろうか。「わたしの仕事について命令したり干渉したりするのがあなたの和解のやり方なら、なんの効果もないわ」

ジョンはその言葉を無視した。「ディランと一緒に五行戯詩《リムリック》を作ったんだ、サー・ジョージについて」ヴァイオラの机に腕を乗せてかがみ込む。「きみはぼくの作る五行戯詩が好きだったじゃないか。聞かせようか？」

「いいえ」

もちろん、彼はその返事も無視した。「ラム島からきた騎士さんは、銃《ガン》に関しちゃ名うての早撃ち。売春婦たちが言うことにゃ、狙いははずれ《アストレイ》ていないけど、撃つのが早くて楽しめ《ファン》ない」

笑ったりなどしない。だが、テートの押し殺したくすくす笑いが聞こえると思わず一緒に笑いそうになり、ヴァイオラは唇をぐっと嚙みしめた。彼のからかうような瞳から目をそらして落ち着こうとする。そして、できるだけ尊大な表情で彼をにらんだ。「やめてちょうだい、ハモンド」

学校の生徒のような無邪気な表情が返ってきた。茶色の目をまるくして、ヴァイオラを見つめる。「やめるってなにを？」

「からかう《ファン》ことを。わたしは仕事をしているんです」書類の束を優雅に振り、招待客リストに注意を戻した。

「やれやれ、ヴァイオラ。人生は楽しむ《ファン》べきもの」ジョンが身を起こし、机から離れて笑いだした。「ジェイン・オースティンの小説はすばらしいと思わないか？　オースティンはきみの愛読書だったじゃないか。そういうくだりがあっただろう。人は隣人たちのために笑いの種になったり、逆に隣人たちを種に笑ったりする喜びに支えられて生きているという意味のところだ」

ほんとうに癪にさわる人だ。ヴァイオラがオースティンを好きなことを指摘するとは。彼のほほえみとユーモアと、どんなことにも楽しみを見つける気軽さが腹立たしい。彼のそんなところに、ヴァイオラは一番弱かった。レディ・ディーンのようなお高くとまった貴婦人たちやプラウライトのような尊大な気取り屋を皮肉って、どれほどヴァイオラを笑わせてくれただろう。悪意ある噂や抑圧的な規則、閉鎖的な考え方に満ちたこの世の中で、どれほど彼女を幸せにしてくれただろう。厳格な行儀作法や客間での退屈で息が詰まるような雰囲気に囲まれたヴァイオラにとって、彼は一陣の風のようだった。体が震えるほどに、生きている実感を与えてくれたのだ。

だが、そんなふうに感じさせてくれた人によってひどく傷つけられた。二度とそんなことはさせない。とはいえ、プラウライトについての彼の意見はもっともだった。ヴァイオラは秘書を見あげた。「リストからサー・ジョージの名前を除いてちょうだいな、テート」ジョンがほほえんだのが見えた。「ディランのために」つけ加える。「舞踏会で殴り合いが始まるのも、ディランが怪我するのも避けたいわ。では、これをお願いしますね」

「はい、奥さま」テートはヴァイオラの伸ばした手から名前のリストを受け取ったが、分別のある女性らしく、ハモンド卿を招待客リストに追加するかどうかは尋ねなかった。ヴァイオラに挨拶し、それからハモンドにもお辞儀をすると、部屋を出て扉を閉めた。

ジョンはテートが出ていくまで待とうともせずに口火を切った。「荷物はできているか？下に荷馬車を用意してある。ぼくたちは四輪馬車に乗っていこう。どちらの家を選んだかな？」

ヴァイオラは立ちあがり、机越しに彼と向かい合った。「わたしたちはどちらも、あなたがやろうと思えばわたしを引きずっていけるとわかっているわ。そして、わたしがやろうと思えばヨーロッパかアメリカに逃げて、あなたに見つからないように隠れることができるのもわかっている。でも、どちらの選択肢も好ましいものでない。そして、離婚も不可能」

「合意に達したということか？　よし、事態はいい方向に行きつつあるな」

明るくさりげない口調だったが、その裏に断固とした決意が感じられた。ヴァイオラは残されたひとつの手段を用いた。「あなたの家に戻ることに同意する前に、その考えに慣れるための時間が欲しいわ」きっぱりと言う。

「慣れるって、なんの考えに？　ぼくとまた愛を交わすことに？」

その声には、もはや軽薄な様子はなかった。前にもまして決然とした口調だった。怒っているようだ。いったい全体、なにについて怒る権利があるというのか？　不当な扱いを受けているのはヴァイオラのほうだ。「一緒に住むという状況に」

「時間稼ぎか、ヴァイオラ。長く引きのばして、そのうちぼくが遠ざかることを期待しているのか？」

ええ、その通り。つとめて冷静に、客観的に、そしてなにも感じないようにしながらジョンを見つめる。「以前もいつもそうだったから」肩をすくめて答えた。

彼がはっと息を呑んだ。当てこすりが的中したのだ。だが、満足感はない。ただ去ってほしいだけ。立ち去って、二度と戻ってきてほしくない。

「これが彼女だ」彼はまるで自分に言い聞かせるかのように言い、ヴァイオラを見つめ返した。「哀れな欠点だらけの人間を、侮蔑を込めて容赦なく見おろしている女神」

この描写はまさに、彼がこの部屋に入ってきたときにヴァイオラがそうでありたいと思っていた姿だったが、実際に描写されるのはことのほか傷つくことだった。ペンを持つ手に思わず力がこもる。「そして、わたしの前にいるのは、辛辣《しんらつ》な意見の達人ね」

「きみの見くだすような軽蔑の表情のせいで、つい最悪の面を出してしまったとすれば大変申しわけない」

「ええ、そうよね、この結婚の哀れな状況がすべてわたしのせいだということを忘れていたわ」

「いや、すべてがきみのせいというわけではない。同様に、すべてがぼくのせいというわけでもない」彼はいまや真剣に話しており、真摯な口調には皮肉っぽい様子も、剃刀《かみそり》のように鋭い第三者的ユーモアもなかった。「そのことに気づいてほしい。ぼくは気づいた」

「ほんとうに？」

「ああ」

彼が身を乗りだし、ヴァイオラの前の磨かれたローズウッドの机に両手をついた。ヴァイオラは夫の長くて力強い指と幅広い手を眺めた。この手に愛撫されたときにどう感じたかを思いだす。だが、同時に思いだすのは、彼の手がほかの女性の体を触れているさまを想像したときにどう感じたかだ。それを思うたびにまた心が痛み、それも彼を憎んでいる理由のひとつだった。これ以上傷つくことだけはどんなことをしてでも避けたい。すでに氷の殻にひびが入り始めている。

「不実だったのはわたしではないわ」喉が詰まった。「嘘をついたのもわたしじゃない。そして、八年という長い年月をひとりで孤独に過ごしてきたのはわたしのほう」

「男は愛人を持つというだけだ。だから孤独でないということにはならない」

まさか、彼に共感を示せとでも言うのだろうか。彼の両手を見つめているうち、今までもいつもそうだったように、ようやくプライドが救援に現れた。「では、また新しい愛人を見つければいいでしょう。わたしは社交界新聞であなたがどんなに孤独かを読むことにするわ」

「またこれか」彼がため息まじりにつぶやく。机をまわりこんでヴァイオラの椅子のうしろに立った。「きみと同じ部屋に十分以上一緒にいると必ずこうなる」彼が言う。「お互いの欠点を探し始め、相手を咎め、それぞれの最悪な面を暴こうとする。五分前にはきみを笑わせることができそうだったのに、いまやいがみ合っている。なぜこんなことになるんだろうか」

ヴァイオラは唇を噛んだ。

彼がさらに近づいた。彼の腰がヴァイオラの肩に触れる。「互いを引き裂く方法を限りなく探し続けるような生活は送りたくない。それはあまりにつらすぎる」

「わたしもそんなことは望んでいないわ」ヴァイオラは静かに言った。「でも、あなたと一緒に住みたくもないの」

「そのことについては、きみは何年もはっきりと表明してきた。もう一度言う必要はない」

なにを言っても適切なことは言えそうにない。「わたしの要望を尊重してくれるつもりはあるのかしら、それともないのかしら？」どちらでもかまわないという無関心さを装った。

「きみは、避けられないことを引きのばしているだけだ」

「そうかも」首だけ振り返って彼を見あげる。「あるいはそうじゃないかも」

「ぼくは立ち去らない、ヴァイオラ。今回は絶対に」

それでも立ち去るに違いない。いつもそうだ。時間の問題だ。だれかの美しい顔か引き締まった肢体が彼の関心を引き、彼の欲望を受けとめ、ヴァイオラはまたどこかのパーティでその女性の向かいに座ることになるのだ。

ジョンはヴァイオラの表情から、なにを考えているかわかったようだった。片手で髪をすく。「どのくらいの期間が必要なんだ？」

一生と言いたい気持ちを抑え、彼が諦めて立ち去り、ヴァイオラをそっとしておいてくれるようになるまでにどのくらい時間がかかるかを考えた。「三カ月」

「とんでもない」彼がまた机をまわり、今度はヴァイオラの前に立った。「三週間だ」

「そんなの無理だわ」

「三週間だ、ヴァイオラ。そして、その三週間のあいだに、一緒に過ごす時間を多く作る」

胃がずしんと落ちこむような気がした。「それは不可能だわ。それぞれ用事も約束もあるし――」

「そのうちのいくつかは予定を変えてもらう必要がある。ふたりで一緒に過ごす時間が多くなるだろうから」

ヴァイオラは狼狽《ろうばい》した。「一緒に過ごしてなにをするの？　共通の友人もいないわ。もちろん、ディランとグレースはいるけれど、それはふたりがどちらかの肩を持つことをしないからよ。共通の趣味も話題もないじゃないの」

「前はいくらでも話題を見つけることができた。一緒にやることもあった。覚えてるだろう？」

最後の言葉の調子はほとんど優しいと言えるほどだった。それをヴァイオラは無視した。

「同じパーティにさえ出ていないわ。完全に別なグループに属しているのよ」

「それはこれから変わる。すぐに街じゅうからハモンド卿夫妻に同伴で招待状が届きだすだろう」

「そんな、とんでもないわ」ヴァイオラはぞっとした。「思っていた通りだわ。あなたはわたしを苦しめるために生きているのね」

「せめて休戦することができれば、一緒に過ごすことが楽になる。同じ家で暮らすかどうかはともかく」

「休戦などしたくないわ。一緒にも過ごしたくない」

「だが、時間は必要なんだろう？」彼が指摘する。「時間を要求したのはきみなのだから、三週間という期限に同意するべきだ。それができないなら、ぼくは今すぐに上院に申し立てる。二日以内には同居同衾《どうきん》ということになるだろう」

彼は本気だ。ジョンの琥珀色の瞳が厳しい輝きを帯びたときには、もはや考えを変えさせることはできない。ヴァイオラは苦い経験からそれを学んでいる。「いいでしょう」ほかに選択肢がないことに憤りを感じながらも、しぶしぶうなずいた。「三週間ね。でも、警告しておくわ、ハモンド。この和解の試みが無駄で、全部諦めたほうがいいことをあなたに知らせるために、わたしはあらゆることをしますからね」

「警告は受けた。では、水曜日の二時に迎えにくる」

「どこへ行くの？」

「きみをブルームズベリースクエアの屋敷に連れていく」

ヴァイオラは疑わしげにジョンを見つめた。警戒心がわき起こる。「いったいなんのために？」

「そんなに怖れる必要はないよ、ヴァイオラ。なにも誘拐しようというわけじゃない。ただ、あの場所を見てほしいだけだ。三週間後にきみがあそこをロンドンの住まいに選ぶとしたら、事前にいくらか変えたいと思うだろう」

「そんなことないと思うけれど」

「きみが望むように改装してくれていい」

「ありがとう、ずいぶん寛大なことね、ハモンド。自由に使っていいのは、わたしが兄からもらったお金でしょう。でも――」

「ぼくの収入もだ」彼がさえぎる。「子爵領と投資で高い収益をあげている。これはぼくたちふたりの努力のたまものだ」

彼に筋の通ったことを言われると腹が立つ。そのせいで自分もそうでなければいけないような気持ちになるからだ。ジョンに関するかぎり、理屈で考えたくない。「あなたの家の改装を任せてくれるという提案はありがたいけど」完全な無関心を装った。「まったくの無駄に終わると思うわ」

「この計画を引き受けたがらないのは不思議だな」彼が言う。「大喜びしない理由がわからないのだが」

「大喜びですって？」見あげると、彼の瞳がからかうように輝いていた。

「そうだ。きみは改装が好きだ。今までもそうだった。今回はぼくの勘定で買い物に行ける最高のチャンスだ。そんな提案を受ければ、どの男の妻も夫に飛びついて感謝のキスを浴びせるはずだ」

「まさか」

「そのまさかだ。ぼくはその日を楽しみに生きているようなものだ。もちろん、その日が来たら、あまりの衝撃にその場で死んでしまうだろうな。そして、きみはもっと前にぼくにキスを浴びせていればよかったと後悔することになる」

からかわないで。やめて。ただ出ていって。ヴァイオラは息を吸いこんでゆっくり吐いた。

「あなたの言い方はどちらがより嫌いか決められないわ。剃刀の刃のように細かく切り刻まれるほうか、感じがよくて気が利いていてすっかり言いくるめられてしまうほうか」

「昔はどちらも気に入っていただろう？　皮肉なのは、そのどちらもぼくの内面を表していないということだ」その不可解な言葉とともに、彼は一礼して歩きだした。

「わたしは本気よ、ハモンド」彼の背に向かって叫ぶ。「和解はあり得ないわ！」

「その確率は低そうだ。ブルックスで、ぼくの側に賭けておくべきだな。勝ってかなりの額を荒稼ぎできるだろう」

ヴァイオラはぞっとした。「わたしたちの和解がブルックスで賭けの対象になっているの？」

彼は足を止め、その質問に驚いたようにヴァイオラを見やった。「もちろんだ。ホワイツでもだ。プードルズも同様だと聞いている。今シーズン中にレディ・ハモンドは夫婦のベッドへ復帰するか？　彼女がそうしなかったらハモンドはどうするか？」

ヴァイオラはうめいた。なんという屈辱だろう。「神よ、どうか紳士連中とクラブから、か弱き女性たちをお守りください」

「元気を出せよ、ヴァイオラ」彼がにやりとした。「きみの頑固さと意志の強さを評価して、現在の賭け率は大差できみが勝っている」

「それは男性たちがわたしのことを、あなたが我慢できないほどひどい女だと思っているからでしょう？」ヴァイオラはそっけなく言った。

彼が笑った。なんたる恥知らず。戸口の側柱に片方の肩をもたせ腕組みする。「クラブでなにが話されているかについて議論する気はない。男が内輪でしゃべっていることなど、女性たちは知るべきじゃない。あきれはてて、二度と男と一緒にいたくなくなるだろう」

「女性たちにも損だというわけ？」

「大損だ、人類が滅亡するんだから」背を向け、戸口を抜けて姿を消したが、あとから彼の声が廊下から響いてきた。「水曜だ、ヴァイオラ。午後二時に」

最後の言葉は必ず彼に持っていかれる。なんて不愉快な男。彼と午後を過ごすなんて、一番したくないことだ。それでも、一緒に暮らすよりはましだし、とにかく三週間の猶予を得ることができた。彼が去るのを待つという計画がうまくいくようにヴァイオラは祈った。ほかに方法はない。

5

二日後、ジョンはヴァイオラにロンドンの屋敷を見せることが得策だったかどうか疑い始めていた。

この屋敷は、彼とヴァイオラが社交界向けに結婚しているふりをするのを止めた二年前から、シーズンのあいだジョンが過ごすために借りているものだ。この最終手段には、ジョンのほうから踏み切った。一年の残りは別々に暮らしていることを上流社会の全員が知っているときに、シーズンのあいだだけ見かけを取り繕っても意味がないと判断したのだ。それにもまして、別々の寝室というねじくれた状態にこれ以上耐えられなかったこともある。彼女の寝室に続く扉が絶対に開かれないとわかっていながら横になっているのはあまりにつらかった。

馬車にふたりで乗ってその家に向かう道すがら、聞こえる音は革張りの屋根で軽やかに飛びはねる春の雨音だけだった。ヴァイオラはよそよそしい無関心な態度をとり続けている。ここ何年か習い性となっているこの冷たい女神の表情は、ジョンがもっとも嫌悪するものだ。この態度をとられるたび、神経を逆撫でされ、彼の性格の皮肉っぽい面があらわになる。結婚したときの情熱的な笑いの絶えない娘はどこにいってしまったのか。あのときの娘は人生で最高の喜びをもたらしたが、その姿もいまやぼんやりした記憶になりつつある。その娘に取って代わった批判的な人物が憎らしかった。この変化の原因のかなりの部分が自分にあるとわかっているからなおさらだ。

ニューオックスフォードストリートをゆっくり走る馬車のなかで、ジョンは妻の様子をうかがった。窓から外を眺め続け、彼のほうは見ようとしない。時がもたらした彼女の変化を思っても、今回感じるのは怒りではなく奇妙なむなしさだけだ。八年前にあの娘が消えたときに、彼は貴重ななにかを失ったのだ。美しくて壊れやすいなにかを。二度と取り戻せないなにかを。

いさかいの原因に関する彼の側の言い分をヴァイオラがあえて理解しようとしないことについて、どうすればいいのかジョンにはわからなかった。以前はウィットに富んだ会話で魅了することができたが、ここまでふたりの関係が悪化し、状況がまったく違ってしまった今、魅力やウィットで妻に戻ってくるように説得できるとはとても思えなかった。

先日、かなり思い通りに事が運んだことはたしかだ。だが、あのときに彼女に示した自信たっぷりの快活な態度はあくまで見せかけだった。今、彼女の無表情な横顔を眺めていても、以前のように自分を望んでもらえるとは思えない。二日前は笑わすことに成功しそうだった。あのときは、かつて結婚した娘のかすかな面影があったような気がしたが、きょうはその気配さえない。トレモア邸の客間で彼を三十分待たせたあげくにおりてきて、それから彼に対してはひと言も口を開いていない。休戦状態も情熱的な妻も息子も、すべてが前途遼遠《ぜんとりょうえん》だ。

馬車がブルームズベリースクエアに入り、彼の屋敷の玄関前で停止した。御者が馬車の扉を開けて踏み段をおろす。ジョンは先におりてヴァイオラに手を差し伸べた。ヴァイオラはためらった。彼の顔は見ずに、手袋をはめた手だけを見つめている。それから、手を預けて彼のエスコートを受けいれ、ふたりは家に入っていった。

チズイックの屋敷エンダービーに比べれば、この家は簡素に徹している。数人の使用人しかいないのも、ここで客をもてなすことがないからだ。いくつかの家具と何枚かの絨毯と絵、そしてたくさんの本、そのほかはほとんどなにも置いていなかった。

ヴァイオラが周囲を眺める様子に、ジョンはなにか言わずにはいられなくなった。「わかったたろう？　ほとんどなにもない。だからこそ、きみがいろいろ買いたがるだろうと思ったんだ」

ヴァイオラは答えなかった。ピンを抜いて帽子を脱ぎ、麦わらについていた雨のしずくを振って払う。それから、山の片側にピンを縫うように差しこんだ。

その姿を見ながら、ヴァイオラが帽子をかぶるのをいつも嫌がっていたことを思いだした。それも彼女の好ましいことのひとつだった。太陽の光のような髪の女性が、その髪を全部ボンネットの下に隠すなんて悲劇以外のなにものでもない。

ヴァイオラが玄関ホールの石灰石、磨かれたくるみ材の階段、バター色の壁と視線を走らせ、それから帽子を片手に持ったまま、家の奥に向かって歩きだした。

一階の部屋を案内してから、調理場を通り、使用人の居住区に抜ける。そのあいだもずっと、ヴァイオラはひと言も発しなかった。

「来シーズンは、もっと大きな家を見つけてもいい」客間のほうに案内しながら話しかけた。「この家は、客をもてなすには少しばかり小さいからね」

ヴァイオラがうなずくことさえしなかったので、馬車に乗っているあいだに募った悲観的な思いはさらに深まった。来シーズンのことに触れてもなにも反応はなかったが、それは当然だろう。なんとかして喧嘩をするときのような活発な面を刺激できれば、どう対処したらよいかもわかるし、彼女がどう感じているかも見当がつく。だが、この冷たい沈黙は彼がもっとも嫌うもので、打ち破りたくてもどうしていいかもわからない。

「ここが客間だ」そう言いながら、開いていた両開きの扉を指し示した。

ヴァイオラが部屋に入っていき、ふいに立ちどまった。あまりに唐突だったので、あやうく背中にぶつかるところだった。「なんてこと、信じられないわ」彼女がつぶやく。きょう会ってから一時間半で初めて発した言葉だった。さらに数歩前に出て、ゆっくりと体をまわしながら、あっけにとられた表情で周囲を眺めている。

その様子を見守りながら、ジョンは自分がこの部屋に入って最初に驚いたことをヴァイオラも気づくかどうか不安な思いで待っていた。

「ピンク色の壁紙なんて」そのつぶやきによって彼女も気づいたことが確認できた。信じられないという表情でジョンを見つめる。「あなたがピンクの壁紙の家を借りるなんて」

「これは紅色《クリムゾン》だ、ヴァイオラ」彼女の言葉に反論した。「ピンク色じゃないよ」

「紅色？」ヴァイオラが声をあげて首を振った。「いいえ、いいえ、ハモンド、そうじゃないわ。これはピンクよ。ローズピンク」ジョンが心底仰天したことに、ヴァイオラが喉の奥で低くくすくすと笑いだした。「よりにもよってジョン・ハモンドがピンク色の客間だなんて。だれがそんなこと信じるかしら」

その笑い声にあっけにとられ、ジョンはヴァイオラを見つめて床に根を生やしたかのように立ちつくした。もう何年も聞いていなかったものだが、それでもとても馴染みのある声だった。ヴァイオラのように笑う女性はいない。低音で少しハスキーな笑い声だ。こんなにいたずらっぽくてこんなに官能的な声が天使のような姿から発せられるとは。以前も、その笑い声で必ず一瞬のうちにその気に駆りたてられた。それは今も変わらなかった。ふいに体の奥で、思いもよらないほどの強い欲望がわき起こったのだ。

「ハモンド、どうしたの？」ヴァイオラが尋ねた。体内を熱く激しく駆けめぐる興奮のあまり、ジョンがただぼう然と見つめ続けていたせいだ。

「この声を覚えている」ジョンはつぶやいた。「きみの笑い方がいつも好きだった」

彼女の笑い声がやんだ。ほほえみが消えた。大時計が鳴るのが聞こえ、ヴァイオラは目を逸らした。「もう四時なのね？」そう言うなり、扉に向かって歩きだす。「残りは手早く案内してください。レディ・フィッツヒューの晩餐会が八時だから、そろそろグロヴナースクエアに帰って着替えをしないと」

ジョンは燃えあがった欲望を無理やり抑えこんだが、二階にのぼりながら、心のなかであの低いくすくす笑いを思いださずにはいられなかった。ヴァイオラの官能的な笑い。この音とその効力を忘れるとは、いったいなにをやってたんだ？

二階に着くと、ジョンは左に曲がって短い廊下にヴァイオラを導いた。「ここがぼくたちの続き部屋だ」そう言って、廊下のなかほどにある扉を開いた。「ここはきみが使えばいい。ぼくの部屋と隣り続きだ」

ヴァイオラはまた一瞬ためらい、それから寝室に足を踏み入れた。灰色がかった青色の壁とひときわ濃い青色のカーテン、そしてくるみ材の家具をさっと見やったが、部屋についてはなにも言わなかった。

「好きなように塗り替えたらいい」そう言いながらヴァイオラに続いて戸口を抜け、隣りに立った。「青い壁は好きじゃないだろう」ちらりと彼女の顔を見やり言葉を継ぐ。「だから――」

ヴァイオラが固い表情でまっすぐ前を見つめて眉間に皺を寄せたのに気づき、ジョンは言葉を切った。麦わらが鳴る音に下を見ると、ヴァイオラの手袋をした手が帽子の縁を強く握りしめていた。

視線を追う。ヴァイオラは戸口を通して彼の寝室を見ていた。彼のベッドを凝視している。ぶ厚い羽毛マットレスを敷いた寝心地のよさそうなベッドで、ふっくらした枕が置かれ、栗色のベルベットのカバーが掛かっている。彼女の顔に浮かんだ痛みは見間違えようがなかった。

またなにか言わなければいけないような気になった。「ここに住み始めてから、このふたつの部屋で寝た女性はいないよ、ヴァイオラ」

ヴァイオラは答えず、彼の部屋の扉と逆のほうを向いて、くるみ材の衣装簞笥に歩み寄った。彼に背を向けたまま簞笥の扉を開け、なにも入っていない内側を、それが一番の関心事であるように丹念に眺めている。

ジョンは、彼女を笑わせることをなにか言えればと願った。彼女がなにか言ってくれればと願った——家具のこととか、あるいは、壁にかかったゲインズボローが気に入ったとか、この部屋を塗りなおすとか、なんでもいい。だが彼女が口を開いたとき、その質問は彼にとってまったくの不意討ちだった。

「あなたの目的はなんなのかしら、ハモンド？」彼に背を向けたまま言う。「三週間過ぎたとき、もしわたしが上院で争うのを諦めて、もしまた一緒に暮らし始めたら、すぐにあなたは夫の権利を強要するつもり？」

ジョンは目をしばたたいた。「なんだって？」

「率直な疑問を述べているの」ヴァイオラはこちらを向いたが、すぐにうつむいた。足もとの絨毯を見つめ、手に持った帽子で腿を叩いている。彼が答えないでいると目をあげた。

「そうなのかしら？」

くそっ。ジョンは詰めた息をゆっくり吐きだした。ふたりを隔てる残酷な事実——結婚してからほぼずっと、彼女が彼とのセックスを嫌悪している——のことは頭から追い払おうとしてきた。先日、彼と一緒に暮らすという考えに慣れるまでの時間を求められたときも、その事実については考えたくなかった。だが、こうして彼女が使うことになるはずの寝室の真ん中に立ってその質問に直面し、しかもこのようにはっきり問われたら、もはやあとで考えようと脇に押しやることもできない。

同居を再開するのが気詰まりで困難を伴うことは承知のうえだったが、心底怖がっているような表情で見つめられ、夫の権力をすぐに強要するつもりかと問い詰められるとは……いやはや、こんな質問に答えなければいけない男がどこにいるだろうか。

ジョンは困りはてて片手で顔を撫でた。ヴァイオラがセックスを怖れている？　それは信じられない。

結婚の最初の頃のことがまた思い浮かんだ。彼と愛し合うときのヴァイオラの奔放な姿は、これほど長い年月を経たあとでもけっして忘れられないものであり、そのせいで彼女の強い嫌悪がさらに耐えがたいものに思えた。激しい動揺にまるで胃を蹴られたような衝撃を感じる。この女性にあの時のような気持ちを感じさせることはもはや不可能なのか。これからふたりで、どんな人生を過ごすことになるのだろうか。

「ヴァイオラ」胃をよじるような恐怖を押してなんとか言葉を出した。「全部忘れたのか？　あのすべてを？」

その質問に戸惑ったように、ヴァイオラの眉間がせばまった。「なんのことを言っているの？」

「ただきみを見つめ、きみがぼくを見つめただけで、一番近いベッドに急いだときもあっただろう」

ヴァイオラははっと身をこわばらせ、目をそむけた。「やめて」

「ぼくたちのあいだに火花が散っていた」言い続ける。「そして、炎も。ぼくに触られるのがすごく好きだっただろう？　ぼくもきみが触れてくれるのがどんなに好きだったか」言葉にすると、また欲望がわき起こるのを感じた。彼女の笑い声を聞いてからずっと、灰をかぶせた石炭のように体の奥深くで燃えていた欲望だ。「ぼくたちはすごく相性がよかった。覚えているだろう？」

ヴァイオラの顔が紅潮し、顎が震えた。彼を見ようとしない。

その頃のことを思いださせるために、ジョンはもうひと押しした。「熱くて激しくてすごくよかった。愛し合ったときのあの感触をきみが忘れるなんて信じられない。うずくような、焦げるような、至福のときが――」

「やめてちょうだい！」ヴァイオラが叫び、帽子を投げつけた。

帽子がまわりながら彼の胸まで飛んできて跳ね返り、藁《わら》と絹と羽根をはためかせながら床に落ちた。ジョンは自分の思いや言葉や記憶のせいで火がついた体を抑えきれず、落ちた帽子をまたいだ。「ふたりであのとき愛し合ったやり方を、きみは強要するという言葉で呼ぶのか？　ふたりのあいだにあのときの魔法はわずかも残っていないのか？　ぼくたちは、あのすべてをぶち壊したのか？」

「わたしはなにもぶち壊してないわ！」ヴァイオラが叫んだ。「壊したのはあなたよ」

なにがだれのせいかについて、今は考える余地はない。ヴァイオラはいまだに彼を、まるでマッチを点けるように瞬時に燃えたたせる。同じように彼女を点火する方法を見つけなければならない。それができなければ、もはや望みはない。ジョンはもう一歩前に出た。ヴァイオラが一歩さがり、背後の開いた衣装簞笥にぶつかる。

「きみはこのあいだ、一緒に暮らした日々が地獄だったと言った」過去の記憶をたぐりながら言い続ける。「だが、ぼくの記憶では違う。どんなに楽しかったかぼくは覚えている。きみが朝に愛し合うのが一番好きだったことも、ベッドでどんなふうに朝食を食べたかも覚えている。ブラックベリーがきみのお気に入りだった」

ヴァイオラが逃げるかのように振り向いたときには、彼はすぐ前に立って道をふさいでいた。ふたりのどちらにとっても逃げ道はない。ジョンは両腕を伸ばして背後の簞笥をつかみ、ヴァイオラを囲いこんだ。前にかがんで顔を近づけ、優しい繊細な香りを吸いこむ。なんの香りかすぐにわかった。菫《ヴァイオレット》。ヴァイオラは今も菫のような香りがする。

はるか昔、朝にその香りと彼女のぬくもりで目覚めた日々のことを思った。両目を閉じて香りを吸いこむと、過去の情景が脳裏をよぎった――新婚旅行でスコットランドに行き、人里離れたコテージで三カ月を過ごして、ひたすら愛し合ったときの情景。彼女の黄褐色の髪が黄金色の陽光のように彼の顔にかかっていた。ノーサンバーランドの秋、ハモンドパークの巨大なマホガニーのベッドで過ごしたときのこと。雪のように白いモスリンのシーツと菫の香りとヴァイオラに包まれていた。朝食のときはいつも、彼女の唇についたブラックベリーのジャムをキスでぬぐい去った。そんな朝を思いだしただけで欲望に全身を貫かれる。一緒に暮らす生活が地獄だという彼女の言葉は正しいかもしれない。今でさえ、彼の体は業火《ごうか》に燃やされているようだったからだ。とはいえ、燃やされる方法としては最高だ。

「きみがチェスが下手なことも覚えている」目を閉じたまま言葉を継ぐ。あの最初の頃の思い出をすべて言いたかった。「丘陵地帯できみと一緒に馬を駆ったことも、きみが帽子をはぎ取り、空に投げあげて笑ったのも覚えている。きみのその笑い方がどんなに好きだったかも」目を開けて彼女を見つめた。「姿は天使のようなのに、その笑い声はどんな娼婦よりも官能的だった」

「娼婦のことはよく知っているでしょうからね」

彼はその言葉を無視した。「ひどい喧嘩のあとに仲直りしたのも覚えている」彼女のピンク色の唇をじっと見つめる。ふっくらとした下唇と、その端の小さなほくろ。「仲直りするときが最高だった」

結婚当初の生活に関するヴァイオラの記憶は、彼ほどそそられるものではないらしい。唇をきつく結んだまま、腕組みをして目を細めた。例の表情——軽蔑に満ち、こちらをひるませるような氷の女神の視線——が稲妻のようにジョンを打ちのめす。「あなたの記憶は間違っているわ、ハモンド」

「そうは思わない」ジョンはさらにかがんで顔を近づけ、首を少し傾げた。「お願いだ、ヴァイオラ」つぶやき、彼女の首に唇を押しあてる。「修復させてくれ」

彼女が震えるのが伝わってきて、ジョンは彼女の肌に唇を当てたままほほえんだ。安堵感が押し寄せる。「ぼくにこうされるのが今でも好きだろう？」

「いいえ、とんでもない」激しい口調だった。「あなたのことはなにもかも嫌です。今後もずっと」組んでいた腕を解き、手のひらを彼の胸に当ててぐっと押した。

ジョンは身を引き、彼女の顔をのぞき込んだ。表情のなかに女神はもう存在しなかった。代わってそこにいたのはひとりの女性だった。その女性の顔に満ちていたのは、怒り、傷ついた痛み、困惑、怖れ、そして憎悪。だが、ジョンには他のものも見えた。八年という長く冷たい年月のあいだ一度も見たことのなかったもの。欲望のかすかな気配。

「もう充分長く争ったじゃないか？」ジョンはつぶやき、唇を彼女の唇に近づけた。「休戦はできないだろうか？」

彼女の手のひらがあがってきて彼の顔を押しやった。「約束してほしいわ、ハモンド」

「なんの約束？」彼女の手袋に向かって尋ねる。顎をさげてその手にキスをしたとたんに手が引っこんだ。

「あなたとの同居を考える以前のこととして、紳士として名誉にかけた約束をしてほしいわ。けっして力ずくで夫の権利を行使しないと」

ジョンは身をこわばらせた。この言葉はなによりも、彼を押しとめるには効果的だった。

体を起こして首をうしろにそらし、天井に向かってため息を吐く。人生はもっと簡単だっただろうにと皮肉っぽく考えた。神が従順な妻を授けてくださっていれば。言いなりになる妻。言われた通りに行動して、それに不満を持たない妻。だが、彼はそのような妻をめとっていない。めとったのはヴァイオラだ――美しくて、甘やかされていて傲慢。八年経った今も夫を憎んでいるが、ほんのわずかな笑い声で彼を石のように硬くさせる。多大な努力を払って体のなかの炎を静め、ジョンは彼女と視線を合わせた。

「きみはずっと昔に、嘘つきのごろつきで不誠実な夫という烙印をぼくに押した。そのぼくの約束など、きみにとってなんの意味があるんだ？」

「わたしにはそれしか手段がないからよ。それに……」言葉を切って息を大きく吸いこみ、彼のくしゃくしゃになったシャツの前立てを見つめる。「紳士の名誉にかけた約束は、あなたにとっても意味があることと信じているわ」

「約束と名誉を盾にすれば、ぼくをこうして非難できるというわけか？」

ヴァイオラは肯定も否定もしなかったが、どちらでも同じだ。力ずくで強要するなどあり得ないことは、ヴァイオラもよくわかっているはずだ。彼女は脅えている。だが、彼に対してではない。自分に対して脅えているのだ。先ほど彼女が見せた脅えをようやく理解した。ふたりとも、男と女がセックスをするかしないかのあいだには、毛ほどの境界線しかないことを知っている。彼女は自分がいつか受け入れてしまうことを、彼にその境界線に追いやられ、越えさせられることを怖れているのだ。だから解決策を探している。彼を非難し続け、いつでも、朝目覚めたときでも、彼を悪党と決めつける方法を探している。いや、朝一緒に目覚めるときが来ることを怖れている。彼は笑みを浮かべた。

「なぜ笑うの？」

ジョンは笑みを消し去った。「無理じいなど絶対にしないよ、ヴァイオラ。今までもしなかったし、これからもしない。紳士の名誉にかけた約束が必要なら、それは約束する」

ほんの一瞬、大きくて表情豊かな榛色の瞳に満足した様子が浮かんだ。

「勝利を手にしたと思っているんだな」ジョンは軽い口調で言った。

「ええ」

「この約束によって、自分が主導権を握ることができると思っているのか」

彼女の顎がこわばった。「ええ」

「きみは正しい。たしかにそうだ。だが、ぼくはまったくかまわない。きみが上にいるのが好きだったからな」ひょいと頭をさげて彼女の首筋にもう一度キスをすると、一歩うしろにさがった。

「そろそろきみをグロヴナースクエアに送っていったほうがいいだろう。さもないと、どちらも夜の約束に遅れてしまう」ヴァイオラが怒ってなにか言いかけるのにかまわず、ジョンは振り返った。「さあ、行こう、ヴァイオラ」肩越しに声をかけてうながす。「レディ・フィッツヒューの夕食は八時だと言ってたな。きみのパーティの用意は何時間もかかる」

「あなたは今夜、どこに行くのかしら？」彼について部屋を出ながら、ヴァイオラが問いただした。「テンプルバー？」

ジョンは足を止めて彼女を見やった。もう一度にやりとする。「もう少しましな助言をしてくれればいいのに」

ヴァイオラも彼の脇で止まり、ぐいと顎をあげた。いかにも公爵の妹らしい。「どこでもお好きな売春宿に行けばいいわ」威厳たっぷりの見くだした態度で彼を見やった。「あなたがどこへ行こうが、なにをしようが、どの女性と一緒だろうが、わたしはなんの関心もありません」

「それを聞いて気持ちが楽になったよ」そう答えて、ジョンは階段をおり始めた。「そのことを気にしたり、苛立ったりして、きみの夜が台なしになっては困る」

すぐうしろから怒った声が飛んできた。「気にしなくていいわ、あり得ませんから！」

帰宅の馬車でもヴァイオラはひと言も言葉を発しなかったが、ジョンはもはやこの沈黙が気にならなかった。彼自身もほとんど話さなかった。屋敷で起こったことがあまりに意外だったせいで、会話を思いつけなかったのだ。

ジョンはきょうの結果に満足と喜びを覚え、心底驚いてもいた。これほど長いあいだ彼を追いつめていた彼女の冷たさはすべて見せかけだった。奥深く、彼女の傷ついた心と損なわれた自尊心のその下では、まだ彼を望んでいる。もちろん彼を憎んでいるだろう。顔を平手打ちして、地獄へ堕ちろと言いたいだろう。だが、きょう、ふたりのあいだでなにかが変わった。彼女の態度が和らいだ。ほんの少しでほんの一瞬だったが、和らいだことにかわりはない。

驚くべきことだ。求婚期間中も結婚してしばらくも、彼とヴァイオラは、愛し合うにも喧嘩するにも同等の激しさで、火打ち石と火薬のようにいつも火花を散らしていた。だが、すべてが決裂したあとは、シーズン最盛期のほんの数週間を除いては、一度も一緒に過ごしたことがなかった。

同じ屋根の下で過ごさねばならないときも、ほとんど顔を合わせず、廊下で出会っても、まるで夜に行き交う二艘の船のように、礼儀正しい会釈だけで通り過ぎた。ヴァイオラは彼を見ることとさえ耐えられないことをあらゆる方法で示し、彼もそれを信じてきた。

まったくの他人だった。一度はあれほどあがめてくれた娘が嫌悪をむきだしにする女性に変わったことも、いつの時点からか、気にならなくなっていた。奇跡が起こらないかぎり、ふたりのあいだの火花は取り戻せないと確信していた。

だが、きょう、ほんの一瞬ですべてが変わった。古い焦げつくような欲望がいくらかでも戻ってきて、そのあとも消えずにとどまった。

ヴァイオラもそれを知っている。彼が自分のやり方で押しすすめることも知っている。そして彼女自身がそれに抵抗するためにふたつの武器しか持っていないことも知っている――彼の約束と彼女の自尊心だ。

どちらも手ごわい武器ではあるが、それで彼女がこの争いに勝てるわけではない。ジョンは必ず息子を得るつもりだし、めとったときの積極的で情熱にあふれた妻を取り戻そうと決意している。情熱に関しては、ヴァイオラもいまだに充分持っている。だが積極性は別問題だ。これを勝ち取るためには、ようやく彼女のなかにまだ残っているとわかった欲望の火花をあおり、抑制がきかないまでに燃えたたせなければならない。

簡単ではないだろう。ヴァイオラは欲望だけでなく、怒りにおいても情熱的だ。愛情と憎悪のどちらにも頑なであるのと同じだ。彼女を誘惑するには、持てるかぎりの創意工夫が要求される。

そのチャレンジを楽しむべきだろう。それこそふたりが一度は持っていたのに失ったもの――楽しみだ。一緒にいることでわき起こる笑いと欲望と快楽。そのすべてを取り戻す方法を見つけなければならない。

馬車がトレモア邸に到着すると、彼はヴァイオラをエスコートして玄関に入り、扉のすぐ内側でメイドがヴァイオラから濡れた外套と帽子を受け取るのを待った。「さようなら、ハモンド」ヴァイオラがそっけなく言って彼に背を向けようとした。

「ヴァイオラ?」彼女が立ちどまり彼を見るのを待ってつけ加える。「金曜日にまた会おう。外出するのはどうかな?」

「外出? どこへ?」

彼はほほえんだ。「楽しみにしてくれ。では、二時に」

ヴァイオラの性格からして、なんの反対もせずにすんなり受けいれるはずがない。「なぜ、どこへ行くかをいつもあなたが決めなければならないの?」

「なぜなら、ぼくはきみの夫で、きみは式で夫に従うことを誓ったからじゃないか?」そんな答えに納得する様子もなかったので、さらにつけ加えた。「もうひとつは、ぼくが特別な計画を考えているからだ」

「そうではないかと怖れていたけれど」

「ピクニックに行くつもりだ」

「ピクニック?」彼女のあきれた表情は、まるで彼が正気を逸したとでもいうようだった。

「きみはピクニックが好きだった。ぼくたちのお気に入りの余暇のひとつだっただろう。それに、二時というのは出かけるにはちょうどよい時間だ。きみは三時頃にお腹がすくからね」

「その案に異を唱えることは許されるかしら?」

「だめだ。だが、その次は、きみが行く場所を選べばいい。次回はきみで、次のときはぼくが――」

「わかりました」ヴァイオラが憮然とした口調でさえぎった。「なにか企んでいるときのあなたに、道理を説こうとしても無駄ね」

「それに、きみはぼくたちに共通点はなにもないと言ったのだから、ぼくが考えたほうがいいだろう?」

ヴァイオラが苛立ちのため息とともに背を向け、優美な曲線を描く錬鉄《れんてつ》製の階段をのぼり始めた。あがっていく姿を目で追い、彼女の指が首筋を撫でるのを見たとき、ジョンは歓喜のあまり笑いだしたくなった。ヴァイオラは彼が首にキスしたときの興奮をまだ感じている。どう考えても、これは奇跡に違いない。

6

金曜日が雨になるようにヴァイオラは祈っていた。

ジョンがピクニックに行くと言ったからには、悪天候であればあるほど望ましい。だが、ヴァイオラの希望に関して、神さまは夫と同様に無頓着のようだった。ブルームズベリースクエアの夫の家に出かけた日と異なり、その日は美しく晴れあがった。四月の午後にふさわしく暖かくてさわやかで、ピクニックには最高の陽気だ。

彼とそうした外出をすることに、ヴァイオラはすっかり狼狽していた。ピクニックはかつてふたりのお気に入りの遊びだった。ふたりで暮らしていた日々がすばらしかったことをしのばせる思い出がありすぎて、その後は一度も行ったことがない。そして、玄関ホールで彼からどこへピクニックに出かけるつもりかを告げられて、行きたくない気持ちがさらに倍増した。

驚いてかたわらに立っていたメイドから手袋を受け取ろうとしていた手を思わず止め、ぞっとする思いで夫を見つめる。「どこですって?」

彼が短く笑った。こんな状況に妻を追いつめることがなぜおかしいのかまったくわからない。少なくとも自分はまったくおかしいとは思えない。

「〝ザ・マル〟（セント・ジェームズパークの散歩道）を裸で走れと言われたような顔をしなくてもいいだろう」

「ハモンド、いい加減にして！」言葉をかすかに荒らげ、険しい目配せで玄関のそばに立っているメイドと従僕たちの存在を知らせる。

「ただ、ハイドパークに行くだけだよ」まだ笑いながらハモンドが言う。

「それはつまり、〝ザ・ロウ〟（ロトンロウはハイドパーク内の乗馬道）を馬車で走るということ？」ヴァイオラは怖《おそ》気《け》だっていることを隠しもしなかった。「一緒に？」

「きみがなぜそれほど嫌がるのかわからないのだが」

「幌を開けた馬車で、一緒に乗って走るなんて」気分が悪くなってきた。「こんな陽気だったら、社交界の半分はあそこにいるわ」指摘する。「一緒にいるところを全員に見られてしまうじゃないの」

「ぼくたちは夫婦だ、ヴァイオラ。まさか、付添役《シャペロン》が必要だと思っているわけじゃないだろう？」

彼をにらみつけ、ヴァイオラはメイドから手袋を受け取った。「あなたのような人がいるから付添役が発明されたんだわ。昔もいつもそうだった」

その言葉に彼がうれしそうににやりとするのを見て、ヴァイオラはすぐに言わなければよかったと後悔した。

「きみを兄上の監視下から連れだすのにありとあらゆる手を使ったな。覚えているだろう？」

「あなたと〝ザ・ロウ〟に行きたくないわ」

「なぜ？　ぼくがきみの首にキスするところを目撃されるのを怖れているのか？」

それこそまさにヴァイオラが怖れていることだった。首筋がまたぞくぞくする。「ハモンド、そういうことを言うのはやめて」さらに厳しい表情で、またそばの使用人たちを見やった。「この場にふさわしくないわ。それに、そんなことどうでもいいことだわ」

「そうなのか？」

「ええ、わたしは行きませんから」

「どうしたんだ、ヴァイオラ？　知り合いのみんなにぼくたちが仲直りしたのを見せたくないのか？」

「仲直りなんてしてないわ！　それに、みんなにそう思わせるために、あなたとハイドパークをぶらつくつもりなんてありませんから」

「まだ一緒に住んでいないから、そう思われる心配はほとんどない」

「同じ招待状が届くようにすると言っていたのが本気なら、噂はあっという間に広がるでしょう。その噂に油を注ぐようなことはしたくないわ。わたしは行きません」

「一緒に来ないなら……」ジョンは言葉を切り、使用人たちをちらりと見やると、かがんでヴァイオラの耳に口を寄せ、だれにも聞こえないような声で低くささやいた。「もし一緒に来ないなら、きみを引きずりだして馬車に乗せる。公爵の隣人たちやこの一角《いっかく》を歩いている人々全員がそれを目撃することになるだろう。ぼくが一歩進むたびにきみは逃れようともがくだろうから、和解がうまくいっていないことを知らせるにはうってつけだ。きみはそのほうがいいかな？」

「力ずくで強要することはしないと約束したじゃないの」ヴァイオラが激しい口調でささやき返した。

「いや、力ずくできみをベッドに連れこまないと約束したんだ。ぼくの考えでは、その他《た》の場所は問題ない」

「あなたを説明するリストに粗暴という言葉を追加できるわね」

「前にも言ったが、荒っぽいのもたまには役に立つ」

ジョンが脅しを実行することは明らかだし、そもそも、彼が自分で去っていくのを待つという計画のはず。さほど経たないうちに、彼はこのゲームに飽きて逃げだすだろう。

「いいわ。出かけましょう」戸口を向き、従僕が開けた扉を抜けて外に足を踏みだしながらつけ加えた。「早く行けば行くほど、早く終わるでしょうから」

「それこそぼくの覚えているヴァイオラだ」彼もあとについて外に出た。「元気がよくて大胆で、なんでも試してみる」

彼の馬車はすぐ外に止まっていた。手を貸して、幌を全開した車体にヴァイオラを乗せてから、ジョンは自分も乗りこみ、赤い革が張られた向かい側の座席に座った。すでに足もとの床にピクニック用の籠《かご》と革袋が置かれている。

求愛時代にはしょっちゅうピクニックに出かけた。もちろん付添役が同行したが、先ほどもヴァイオラに思いださせたように、必ずなんとかして、一回か二回はすばやくキスを奪い、その貴重なお忍びのひとときを活用して彼女の目覚めつつある欲望を刺激したものだった。いつも魔法のように効いた。今回も効果を発揮するはずだ。

あの求婚の日々を再現してヴァイオラの愛情を再燃させようとジョンはもくろんでいた。なによりありがたいのは、触れたりキスしたりするときに、彼女を励ましてまわりの視線を気にしないようにさせる必要がないことだ。ふたりは夫婦だ。好きなだけ大胆にできることをジョンははっきり認識していた。

ヴァイオラの予想通り、ハイドパークは混みあっていた。ロトンロウも馬車や馬に乗った人々で混雑し、そのせいで公園に入る流れが滞って、ヴァイオラには耐えがたいほどの遅さに感じられた。人々が頭を寄せ合ってささやいているのが見える。ハモンド卿夫妻が並んで外出していることについて憶測しているのは間違いない。

もともと自分のことを話題にされるのが大嫌いなのに、ヴァイオラは何年にもわたって通常をはるかに越える凝視やささやき声や噂話に耐えてきた。公爵の妹という立場に対する好奇心も多少はあっただろうが、社交界でここまで格好の標的となった主な理由は、ハモンドの放蕩と愛人たちだった。彼に跡継ぎがいないのはヴァイオラの責任だとする意見が多いのも承知していた。だからこそ、何年ものあいだ、平穏で節度ある生活と非の打ちどころのない上品な態度をみずからに課し、最近ようやく話の種にならなくなってほっとしていたところだった。それが今になって、ジョンの和解したいというばかげた希望のせいで、またヴァイオラの名前が話題にのぼり、スキャンダル紙の一面を飾ることになろうとは。

それぞれ、知り合いのそばを通り過ぎるたびに礼儀として最小限の会釈はせざるを得なかったが、ありがたいことに、ジョンは一度も馬車を止めようとしなかった。ようやく御者に停車を告げたときには、公園のなかをかなり進んで人混みもまばらになっていた。

ピクニックの支度を抱えたふたりの従僕を従え、ジョンはヴァイオラを小さな池のほとりの草の茂った木陰に連れていった。「ここはどうかな?」ヴァイオラに尋ねる。

そこでもまだ散策する人々はたくさんいたから、プライバシーが完全に保たれて、知り合いに見られたり噂されたりする可能性がまったくないわけではなかったが、少なくともきょうのような日としては、公園のどこよりも静かなことはたしかだった。

ヴァイオラがうなずくと、すぐに従僕たちが敷物を広げた。先に座ってまわりに広がった象牙色の絹のスカートをたぐり、ジョンの座る場所を作る。彼が向かい側に座ると、御者たちがナプキンや皿や銀器を並べた。

ピクニックの用意がととのっていくあいだも、ヴァイオラはうつむいて両手を見つめ、手袋をはずすのに長い時間をかけていた。

「ヴァイオラ?」

自分に強いて顔をあげる。「はい?」

「みんなにどう思われようと関係ないさ」

「関係あるわ」

「それにしても、それをわざわざみんなに見せる必要はない」

ヴァイオラはさっと周囲を見やった。「あしたには、クラブでの賭け率がいっきにあなたに有利に傾くでしょう。そして、だれもがあなたに拍手喝采するわけね」自分の言ったことにショックを受けて言葉を継いだ。「がみがみうるさくて言うことを聞かない妻に、ついに義務を思いださせたことに」

「みんながそんなことを言うとすれば、それはきみをわかっていないからだ、そうだろう？」

「わたしが最後にはこの闘いに勝利するという意味？」

「いや、がみがみ女というのは当てはまらないという意味だ」彼が笑いだした。「ぼくの言うことをいっさい聞いてもらえないことについてはその通りだが」

彼の自虐的とも言える冗談が腹立たしい。言いたい放題に非難し、やりたい放題に強制することもできるはずなのに、なぜこちらが笑いたくなるようなことを言うのだろう。ヴァイオラはなにも答えずに目を逸らした。

ふたりの従僕はジョンの脇に籠《かご》と革袋を置くと、彼の手振りにうながされて、適度に離れた場所に引きさがった。話し声は聞こえないが、必要ならばすぐに飛んでこられるという距離だ。

ジョンが革袋の紐をほどき、ワインの瓶を取りだした。底から、溶けた氷のしずくが垂れる。

「シャンパン？」ヴァイオラは眉をあげた。「ただのピクニックにずいぶん大げさじゃないかしら、ハモンド？」

「たしかに」彼はあっさり同意し、籠からシャンパングラスを取りだした。栓を開け、細長いクリスタルの酒杯に泡だつ液体を注いだ。

「ほかになにを持ってきたの？」グラスを渡されるとヴァイオラは尋ねた。籠の中身が気になって、とても無関心なふりはできない。「きっと牡蛎《かき》があるわね？」当てずっぽうに言ってみる。「それとも、シャンパンだから、チョコレートをからめたイチゴかしら」

彼は首を横に振り、シャンパングラスを脇に置いた。「違うよ、もっとずっといいものだ。そのふたつよりきみが好きなもの。スコーンだよ」籠に手を差し入れ、キツネ色の丸いスコーンが盛られたボウルと、小さなジャムの瓶を取りだした。

ヴァイオラはスコーンとジャムが大好きだった。今でも大好物のひとつだ。ジョンは彼女のことをなにもかも覚えているらしい。それが彼のもっとも有利な点であることは否めない。彼が知っていることが多すぎるのだ――一日のちょうど今頃にとてもお腹がすくことや、なにが好物か、彼に首筋にキスされることがどんなに好きだったか。

「もちろん」ため息をつきながらつぶやく。「そのジャムはブラックベリーよね？」

彼は瓶の蓋を開け、思わせぶりにのぞきこんでから、彼女を見てにやりとした。「なるほど、ブラックベリーのようだ」驚いた顔をしてみせる。「きみの大好物とは、なんという偶然だ」

「策略としては、ずいぶん見えすいているわ」非難する。「わたしを丸めこんでもう一度あなたに好意を持つように仕向けるわけね」

もう一度あなたと恋に落ちるように仕向けるわけね。

「まさしく」彼が軽い口調で同意しながらジャムの瓶を置き、自分のグラスにシャンパンを注ぎたした。背後に片手をついて体重をもたせ、彼女の足の横に両足を伸ばす。無関心な様子が見せかけであることを隠しもしない。「まだ効き目はないようだが」

「まだ？」ヴァイオラは眉をひそめ、シャンパンをもうひと口すすった。「勝利は時間の問題だとでも？　そんなに簡単にわたしに勝てると思っているなんて、うぬぼれが過ぎるわ。ピクニックとシャンパンという浅薄な手段では到底無理ね」

彼がわざと驚いた表情を浮かべる。「ということは、スコーンは欲しくないということかな？」

ヴァイオラは唇を強く結び、頭を傾げた。スコーンを目にしただけで自尊心がぐらつくとは。「クリームもあるかしら？」

「もちろんだ」彼がまたグラスを脇に置き、別の瓶を取りだした。

丸いスコーンを手際よくふたつに切り、スプーンと一緒にヴァイオラに渡す。「賄賂は効果的だとわかっていたんだ」

「まったく逆よ」手のひらに乗せたスコーンにスプーンでクロテッドクリームを塗りながら、

ヴァイオラは言い返した。「こんなことではだまされない。スコーン、ジャム、シャンパン」スコーンの半分をほおばる。「なんの役にも立たないわ」

「ヴァイオラ、少しは同情してくれ」彼が自分にもスコーンを用意しながら言う。「きみを説得するために、ぼくがどれほど我慢しているかわかるだろう？」

どうしようもない。彼が半分に切ってクリームとジャムを山盛りに乗せたスコーンをひと口でほおばるのを見ながら、ヴァイオラは思わずほほえんだ。「それはお気の毒に。たしかに苦しんでいるように見えるわ」

口のなかのスコーンを呑みこみながら、彼がうなずく。「苦しんでいるさ。ぼくがブラックベリーよりアプリコットのジャムが好きなのは知っているだろう？」親指で口の端についたジャムとクリームをぬぐい、その指をなめる。それからヴァイオラを見つめた。「だが、ブラックベリーには利点がある」

彼の瞳に、ある表情が浮かぶのがわかった。ヴァイオラの頭も体も、そして心までもがそれをはっきり認識した。すべてを知っているような熱を帯びた表情だ。彼がまだ食べていないスコーン半切れをかたわらに置くのを見て身がこわばる。だが、さりげない身のこなしで彼が座る位置を前にずらしてきても、なぜか動けなかった。彼の腰が彼女の腰をかすめる。

「口のまわりがジャムだらけだ」

「それを狙っていたんでしょう？」口がいっぱいの状態でもごもごと非難する。呑みこみながら、指先で唇を触り、彼がただからかっているだけであることを確かめた。「ジャムなんてついていないわ」

ジョンが背後に手を伸ばした。腕がヴァイオラの足のくるぶしに触れる。瓶に指を突っこんでジャムをすくうと、彼女のほうに振り返り、その指を彼女の口の端につけた。「ほら、ついている」

これはゲーム、ふたりのゲームだった。何年も前によくやっていたものだ。ピクニックのあいだ、だれにも見られていないと彼はよくジャムを彼女の口につけて、キスでぬぐい取った。結婚したあとは、それがふたりの朝の儀式になった。ベッドでの朝食とブラックベリージャムと、そのあとのセックス。彼はきのうもきょうもそのことをほのめかした。ヴァイオラがかつて彼に対して持っていた感情を、ヴァイオラがなんとか忘れようとしている思いを掘り起こそうとしているのだ。

きみは朝に愛し合うのが一番好きだった。

彼が身を乗りだし、唇をヴァイオラの唇に近づけた。瞳に浮かんだ意味ありげな表情は変わらず、見つめられると、ふいに冷淡な態度をとろうとしている努力がまったくの無駄骨のように思えた。琥珀色の瞳の奥底に宿るなにかに、以前と同様のけだるさにも似たぬくもりを感じる。ほほえまれただけで熱いものが体に広がり、午後の日差しに照らされたバターのようにとろけてしまうような気がした。彼の顔がさらに近づく。

彼を憎んでいるはず。ほんとうに憎んでいる。

彼が動きを止めた。ふたりの唇は十センチほどしか離れていない。「きみが午後じゅう、顔に紫のジャムをつけたまま過ごすのは心苦しいな。ほら、みんなにいろいろ言われては気の毒だ。キスでぬぐい取ってあげようか」

ヴァイオラは分別を取り戻そうと必死になった。「なんとも高潔で紳士的な申し出だこと。でも、ここは公共の場だわ」

「結婚している場合には関係ないさ」

「あなたにとっては、結婚してなかったときも関係なかったでしょう」

彼が喉の奥で低く笑った。唇がさらに数センチ近づき、ヴァイオラはパニックに陥った。手をふたりのあいだに差し入れ、キスされないように必死に彼の胸を押す。「人目があるところでこんなことするなんて信じられないわ」

「どこにいたってしたいときはするさ」

ヴァイオラはその言葉にぎょっとした。彼はそうするつもりだ。ふたりの動きを止めているのは、ヴァイオラの手とためらいだけ。手の下に彼の胸の硬い筋肉の壁が感じられた。彼女の心臓と同じくらい激しく打っている鼓動も感じるような気がしたが、おそらく想像だろう。コーヒー色の胴衣と白いリネンのシャツ越しでは確かめられない。だが、彼の瞳に宿る欲望は見間違えようもなかった。そんなふうに見つめられたのはずっと以前のことだ。彼にその目で見つめてほしいとヴァイオラが願っていたのもずっと以前のことだ。

彼を望んでいない。もはや、そんなことはありえない。

「こんなこと不適切です」眉をひそめ、彼が冷たい女神の表情と呼んで嫌悪している目つきでにらむ。「ハモンド、ばかなまねはやめて」

「ヴァイオラ、本気で礼儀作法を守れというわけではないだろう？　きみが口のまわりじゅうにブラックベリージャムをつけているときに？」

「作法を守ってと言っているんです」彼の胸に当てていた手をあげて、彼がこれ以上ゲームを続けられないように、彼につけられたジャムを唇からぬぐった。

「もっとひどいことになったぞ」彼が言う。口調は心配そうだが、口もとが笑っている。

「ジャムが広がって、顔に紫の筋がついた」手をあげてヴァイオラの頬骨のすぐ下に指を走らせた。「ほら、ここだ」

ヴァイオラははっと息を吸いこんだ。ジョンにこんなふうに優しく、欲望もあらわに触れられたのはどれほど昔のことだろう。八年以上も前だ。それなのに、まるで昨日のことのように、いまだに震えが走るとは。「みんなが見ているわ」絶望にかられてささやいた。

彼の指が頬を撫でた。彼のまつげが重たくさがり、せばめられた目がヴァイオラの唇を見つめる。「見ているならなおのこと、見る価値があるものを見せてやろうじゃないか」彼の深く響く声がヴァイオラの全身に共鳴した。

彼は下劣な男。忘れてはいけない。

唇に彼の唇を感じると、体の奥で、ふと浮きあがるような興奮がわき起こった。一瞬、落ちていくような感覚にとらわれる。

あまりにも長かった。このすべてを忘れていた。唇にブラックベリージャムを塗られるのが、そして、それをキスでぬぐわれるのがどんなだったかも、彼のキスがどんな味わいだったかも、彼に触れられるのがどんな感触だったかも。思いだしたくないことを、かつては大いなる喜びを与えてくれたことを、今になって彼はヴァイオラに思いださせようとしている。

嫌というほど学んだはずではないか。こうしたすべてが真実ではないと。彼は自分の望みを遂げるためにヴァイオラを操ろうとしているだけ。彼が求愛期間にやったのとまったく同じことだ。ジョンに教わったのは、女が男に関して学ぶことのなかでも、おそらくはもっとも苦い教訓だ。すなわち、彼の愛情と欲望は同じものではないということ。今回は絶対にだまされない。

そう誓うことで、ヴァイオラはようやく分別を取り戻した。はっと身を引き、彼の手を払いのけた。敷物の上をあとずさり、息をつける場所を確保する。あわてて周囲に目を走らせ、怖れていた最悪のことが現実になったことを確信した。「ほら、みんながこちらを見て、わたしたちのことを話しているわ」

「ひどい悪口を言っているだろう。当然だ」ジョンは彼女を追おうとはせず、肘をついてうしろにもたれた。ヴァイオラよりはずっとくつろいでいる様子だ。「公衆の面前で妻にキスをするのは、悪趣味の最たるものだ。ぼくの友人たちに知られたら、愛想を尽かされるに違いない。次回は、きみが顔にジャムをつけていても理性を失わないように気をつけるよ」

「つけるのをやめればいいことでしょう?」

「だが、ヴァイオラ、それではなんのおもしろみもない」

「あなたにとって、人生はただおもしろければいいのね」

「もちろんそう願っている。当然じゃないか?」

ヴァイオラにとっても、かつて人生は楽しいものだった。彼と一緒にいた頃は。でも、もはやそうではない。満足か、イエス。多忙か、イエス。納得しているか、イエス。幸せなときと悲しいときがある、イエス。だが、楽しんではいない。浮きたつこともない。のぼせることも興奮することもない。ジョンと一緒にいたあの頃とは違う。

ヴァイオラはナプキンの隅をシャンパンに浸して濡らし、頬を強くこすった。彼を見やる。

「とれたかしら? 嘘をつかないで」

「とれたよ。だが、強くこすりすぎて、ひとつ吹き出物ができたぞ」

ナプキンを丸め、彼に投げつけた。もう一度周囲を見まわして、知っている顔がいるかどうか確かめたい衝動にかられたが、なんとか我慢した。どうせすぐに彼女の耳にも、ほかの人々の耳にも噂が入るはずだ。明朝までに、彼の知り合いも彼女の知り合いも全員が、ハモンドが公衆の面前で妻にキスをして、ハモンド夫人もとくに止めさせようとしていなかったことを知るだろう。そして、夫人が夫をベッドに迎え入れ、妻の本分を学ぶのも時間の問題だと言い合うわけだ。

だが、ヴァイオラはそのどちらもするつもりはなかった。

7

コヴェントガーデンの歌劇場は、何年かごたごたが続いたのちに人気を回復し、主だった貴族の多くがふたたび専用のボックス席を確保するようになっていた。英国でもっとも著名な指揮者であるディラン・ムーアが新しい交響曲を発表したばかりで、さらにその交響曲をみずから指揮するということで、火曜日の晩の演奏会は最上階まですべて満席になっていた。

ハモンドもボックス席を持っていたが、この席を普段利用していたのはヴァイオラで、この夜も、ヴァイオラがサー・エドワード・フィッツヒューのふたりの娘とローレンス家の三姉妹とともに席を占めていた。もちろん意図的なものだ。土曜日にジョンから手紙を受け取り、ディランの演奏会で同席するつもりだと告げられたために、ボックス席がすでにいっぱいだから他の席を探してもらいたいという返事を即座に送り、当然ながら、彼を遠ざけておくために、あと二、三人の同席者をかき集めなければならなかった。

「わくわくしますわ」ディランの義理の妹であるアマンダ・ローレンスが、オーケストラが音合わせをしている響きのなかでヴァイオラにささやいた。「ディランが自分で指揮するのは何年ぶりかだと姉が言っていました」

「実はわたしもとても興奮しているの」ヴァイオラも白状した。「ディランの指揮は一度しか見たことがないし、それもずっと昔のことなのよ。フランスの学校に在学中、兄がたまたま訪ねてきたときにちょうどディランもヨーロッパをまわっていて、兄に連れられて演奏会を聴きに行ったことがあるわ」

アマンダが手に持ったプログラムに目をやった。「ディランの交響曲は、休憩時間のあとみたいですね。もうひとりのアントワーヌ・レネという作曲家はご存じですか。ヴァイオリン協奏曲《コンチェルト》が演奏されるみたいですけど」

「あまりよく知らないわ」答えたちょうどそのとき、聴衆に座席に着くようにうながす鐘が鳴った。数分後、案内係がランプを暗くして、協奏曲の第一楽章が始まった。

ヴァイオラがその演奏をほとんど聴いていなかったのは、ほかに気を取られていたからだ。たくさんのオペラグラスの背後からひそかに彼女に向けられている視線に気づかないわけにはいかない。ジョンとのピクニックから四日が経ち、ハモンド卿夫妻の驚くべき和解は、すでにロンドン社交界の全員に取りざたされていた。

休憩時間になると、ヴァイオラは席に残っていたが、フィッツヒュー家とローレンス家の娘たちはアイスクリームを食べにいった。戻ってきたときにアマンダの姿は見えず、彼女の妹ジェインがこう説明した。「あなたの義理のお姉さまのトレモア公爵夫人から、とてもハンサムな男性おふたりを紹介されてましたわ。そのうちのおひとりがとても気に入ってくださっていたみたい」くすくす笑う。「せっかくの機会を邪魔してはいけないと思って」

鐘が鳴り、後半がまもなく開演することが案内された。アマンダはまだ戻ってきていない。義姉のダフネが後半を一緒に座るようにと誘ってくれたのだろうかと思い、ヴァイオラは手すりから身を乗りだして並びのアントニーのボックスを見やった。

「ぼくを探しているのかな？」

まぎれもない夫の声を聞いて、はっとうしろを振り返る。空いたアマンダの席にジョンが座っているのを見てヴァイオラはうろたえた。「ここでなにをしているの？」

「きみに合流したんだよ、もちろん」ゆったり椅子にもたれ、完璧に結ばれたクラバットを均《なら》しながら、ジョンがヴァイオラに笑いかけた。そのいかにも悦に入った表情に、ヴァイオラは扇子でひっぱたきたくなった。紺青色の夜会服と銀色の絹の胴衣、真っ白のリネンのシャツに身を包んだ姿は相変わらずハンサムでロンドンで一番とも思えるほど颯爽としているが、美しい容姿と心臓が止まるほどのほほえみがあっても、彼が苛立ちの最たる原因だという事実は消えるはずもない。

「この席には座れないわ、ハモンド」

「もちろん座れるさ。ここはぼくのボックス席だ」

そのぞっとする真実はあえて無視する。「前にも言ったと思うけれど、席が全部ふさがっているのよ。あなたには遠慮していただかないと」

「遠慮する？　それは無理だ。ディランはぼくの友人でもある。彼の指揮を見る機会は絶対にのがせないな。ところで、ディランは熱い煉瓦に乗った猫のように神経質になっていたぞ。

ついさっき、楽屋で会ってきた。きみによろしくとのことだ」

「アマンダはどうなったのかしら?」

「だれ?」

「グレース・ムーアの妹さん」そう言って、彼の方向に扇子を突きだした。「あなたが占領したその椅子に座っていたお嬢さんよ。ミス・アマンダ・ローレンス」

「ああ、ミス・ローレンスか」彼が左手の上方を指さした。「ヒューイットのボックス席に移動した」

「なんですって?」ヴァイオラはうめき声をもらし、額に指を当てた。和解というばかげた考えを夫の頭から追いださないかぎり、自分の生活がどうなるかを再認識させられて、思わず頭痛を覚えたのだ。いやなやつは必ずまた現れるということわざ通り、ヴァイオラがどんな防御策をとっても、そんなことはお構いなく彼は登場する。ヴァイオラの人生を混乱に陥らせるために生きているに違いない。舞踏会で彼と踊って恋に落ちたその日からそうだった。

「休憩時間に、トレモア公爵夫人がミス・ローレンスをぼくに紹介してくれたんだ」ジョンが説明する。「そのあと、ぼくがダモン卿に紹介した。そして、ひと目見て、彼が家族の席に一緒に座るように招待した。彼の父上と伯母さんとふたりのお姉さんも大歓迎だったようだ。母上が風邪とかで席がひとつうまく空いていてね。偶然じゃないか?」

ヴァイオラは顔をあげたが、あえて彼のほうは見なかった。「ほんとうにあきれた偶然だわ。もちろんあなたがそう取りはからったのね」

「とんでもない。レディ・Hは冷たいな。たとえぼくがそんな計算高くてずるい男だとして、きみと同席しようと決意していたとしても、侯爵夫人に風邪を引かせることまでは無理だろう。さらに言えば、ダモンはミス・ローレンスに会って、あの金髪と榛色の瞳を見たとたんに完全にのぼせあがってしまったんだ、哀れなやつだ。顔に浮かんだ表情といったら、まるで気絶した羊のようだった。あんなダモンは初めて見たが、ぼく自身もある女性の榛色の瞳にいつも魅せられているから、同じくらい美しい瞳に出会ってぼうっとしてしまった気持ちは理解できる」

彼のその好みが、赤毛やブルネットの女性たちとのつき合いを楽しむに際してはなんら妨げにならなかったと指摘するのはさすがに差し控え、代わりに非難を表明した。「ダモン卿は節操がなくて無鉄砲で、最悪の方じゃないの！　あなたの飲んでばか騒ぎするお仲間でしょう？」

「あまりに手厳しい糾弾だが、まあその通りだな。だが、侯爵の長男だ。ミス・ローレンスのように、名家とはいえコーンウォール地方の地主の家の娘さんにとってはありがたい話だろう。非常に賢明な縁談だと思うが」

「賢明ということが結婚のもっとも重要な要素ですものね」ヴァイオラは言い返し、彼がヴァイオラを選んだ理由に使った言葉を強調した。「愛情は、もちろん、なんの意味もないから」

「そうは言っていないさ。ダモンはまさに恋に落ちたようだったしね」彼と彼の結婚の選択を非難するとげのある言葉を無視する。「きみが、グレースの妹たちを社交界に送りだす任務を依頼されているようだったから、少しでも役に立てればいいと思ったんだが。未来の侯爵を紹介したのに責められるとは」

「たしかに去年の秋、奥さまの妹さんたちを社交界に紹介するとディランに約束したけれど、ダモン卿のような求婚者はふさわしくないわ。未来の侯爵だから、縁談の相手としては大当たりかもしれないけれど、幸せという意味では彼は厄災だわ。とても優しい娘さんなんだから」

「それこそ、まさにダモンが身を落ち着けるために必要な女性だ」

「そうかしら？」ヴァイオラはさりげなく異を唱えた。「あなたには効果がなかったようだけど」

「ぼくは優しい娘と結婚したわけじゃない」

「それはどうもありがとう。でも、そんな言葉でわたしを説得しようとしているなら、言うだけ無駄よ」

明かりがふたたび薄暗くなった。ほかに意識を向けられることにほっとして、ヴァイオラは手すりにもたれ、オーケストラ席に登場したディラン・ムーアを見守った。指揮台に立ち、聴衆に向かって一礼してからオーケストラを向く。緊張しているとしても、そんな様子はまったく見られない。

ジョンも前寄りに座り直し、ヴァイオラのほうに身を寄せて手すりに腕を乗せた。彼の肩がヴァイオラの肩に触れる。「ぼくは優しい娘とは結婚しなかった」そばでもう一度つぶやく。「ぼくが望んだのは優しい娘じゃない。情熱的な娘だ」

「あなたが望んだのはお金持ちでしょ」

「いや、金持ちは必要だったんだ」口調には、恥じている気配すらなかった。

「ぼくが望んだのは情熱的な女性だ。そして、獲得したのもそういう女性だ。彼女が情熱のすべてを忘れるまでは」

「なんて残酷な言い方！」思わず叫んだ瞬間に演奏が始まった。叫び声をほかに聞かれなくてすんだのは、ありがたいことに、交響曲の出だしが楽団員百人がいっせいに奏でる分厚い音だったおかげだ。視線を眼下のオーケストラに向けたまま、仕方なく夫にさらに顔を寄せる。「わたしが情熱を忘れたとすれば」激しい口調でささやいた。「それはあなたのせいよ」

「その通りだ」

静かに同意され、ヴァイオラは驚いて彼のほうを向いた。彼の顔があまりに近くて、ふたりの唇が触れそうになったが、顔をそむけることさえできなかった。「ジョン、わたしたちのひどい結婚について、あなたが自分の非を認めるのを聞いたのは初めてよ」

「たしかにそうだ。男にとっては、どんなことであれ自分の非を認めるのはむずかしいことだ。慣れていないんだ。間違うことがほとんどないからね」

ヴァイオラは口もとを引きしめた。

「おや？」彼がつぶやく。「もう少しで笑いを取るところだった、そうだろう？」

「いいえ」ヴァイオラは顔をそむけた。「またいつもの想像でしょう」

「そうかな？」彼の指に頬を撫でられ、ヴァイオラは椅子から飛びあがりそうになった。警戒心に身がこわばり、思わず象牙を彫った扇子を持つ手に力を込め、もう一方の手で目の前の曲がった手すりを握りしめた。彼の手が首のうしろを撫でるのを感じ、ふたりを観察する周囲の視線をはっきりと意識した。彼の指先が羽根のような軽さでうなじを丸く滑る。彼の唇を耳に感じた。

「やめて。みんなが見ているわ」

ジョンは当然ながらその言葉を無視した。「きみが情熱を忘れてしまったのがぼくのせいだとすれば、その過ちを正す必要がある。そう思うだろう？」

「ジョン――」言葉がとぎれた。耳にキスをされ、親指で顎を撫でられたせいで、なにを言うつもりだったか忘れてしまったのだ。

「情熱を思いださせる方法はたくさんある。実行することをきみが許してくれさえすれば」

ヴァイオラは目を閉じた。なぜ彼はこんなことをするのだろう？　情熱など忘れたはずだ。それなのに、今になって全部が戻ってくるなんて。彼のことは乗り越えた。かつて彼に対して持っていた情熱など、思いだしたくもない。朝、彼と愛を交わしたことも、彼と馬を走らせたことも、そばにいるだけで笑っていたことも思いだしたくない。あの目もくらむほど幸せな気分など二度と感じたくない。あとがあまりにもつらいから。

ヴァイオラは目を開いた。顔の向きはもとに戻したが、彼を見ようとはしなかった。その代わり、この劇場の二階に連なるたくさんのボックス席のなかのひとつを探した。やはり、レディ・ポメロイがいた。美しい黒髪と人目を引く美貌を見ただけで、ジョンが喚起しようとしている情熱を冷ますには充分だった。あの女性がジョンと逢い引きを重ねている時期に、鈍感な女主人たちによってアン・ポメロイの向かいに座らされ、何度お茶を飲んだりカードをしたりしたことか。なくてはならない親友、すなわち、これまでもずっと守ってくれた堅固な冷たい殻によって、ヴァイオラは自分を包みこんだ。「あなたはもちろん、愛し合うときの情熱と快感をわたしよりもはるかによく知っているものね、ハモンド。たくさん経験を積んできたでしょうから」

彼のほうを見なくても、自分の言葉と視線の方向の両方が的中したようだった。耳のそばで鋭く息を吸いこむ音がして、頬を撫でていた手が滑り落ちたのだ。彼がひと言も言わずに椅子の背に寄りかかる。

無感覚状態をなんとか取り戻し、ヴァイオラも手すりを離して椅子の背にもたれ、扇子を握りしめた。視線を舞台に移し、演奏に集中しようとする。ディランの成功を祈り、この演奏が大成功だと確信していたけれど、自分でそれを判断することはできなかった。耳に聞こえるのは、ジョンが情熱を約束する声だけだったからだ。

弦と管とシンバルの響きが鳴り渡り、陽気なフィナーレで交響曲が終了すると、聴衆はいっせいに立ちあがり、会場は大きな拍手でどよめいた。ヴァイオラもつられて立ちあがり、ようやく物思いから抜けだした。みんなと一緒に拍手喝采を送り、ディランが振り向いて客に向かってお辞儀をする姿を見ると、友人として喜びがこみあげてきて、自分の悩みも忘れるほどだった。

ジョンがそれを思いだささせるまでは。カーテンコールのあいまに、またヴァイオラのほうに顔を寄せたのだ。「どんなことをしてでも、きみに情熱がどんなものだったかを思いださせる。かつてぼくたちが共有していた情熱を。思いださせるだけじゃない、もう一度感じさせる。誓うよ。木曜に会おう。午後二時に。今回はどこに行くか、きみが決める番だ」

ヴァイオラが答える暇を与えずに、彼は出ていった。沈んだ気持ちで真下の混みあう人々を見おろす。夫は言ったことを実行するだろう。そして成功させるだろう。それこそヴァイオラがもっとも怖れることだった。

木曜日、ジョンは、今回の外出先をヴァイオラに選ばせたことを心から後悔していた。うめき声がもれる。「本気じゃないだろう?」

「もちろん、本気よ」勝ち誇った笑みを投げながら、ヴァイオラが彼の馬車に乗りこんだ。「アントニーの博物館で午後を過ごしたいわ。きょうは一日そこにいると、アントニーもけさ言っていたし」笑みが広がる。「きっと自分で案内してくれるわ。すばらしいと思わない?」

最悪だ。ジョンは妻の横の座席に腰をおろし、なんとか逃れる手段はないかと頭を絞った。

「ヴァイオラ、歴史は涙が出るほど退屈なんだろう?」

「前は退屈だと思ったけれど、関心を持つととてもおもしろいわ」

「古代ローマの遺物もか？」

「ええ」彼を見る表情は冷たく落ち着きはらい、いかにもしてやったりという様子だ。「あなたにはショックのようだけど、わたしはあなたがいなくても充実した満たされた人生を送っているのよ。さまざまなことに関心を広げているわ」

それも事実かもしれないが、ヴァイオラがローマンブリテン時代の壺のかけらに魅力を感じてアントニーの博物館見学を選んだとは、ジョンは一瞬たりとも信じていない。博物館を選んだのは、兄が確実にそこにいるからだ。鷹《たか》のように居丈高に、敵意むきだしでジョンの一挙一動を見張り、妻に求愛するのを阻止するだろう。ヴァイオラもそれを知っている。

無蓋の馬車で博物館に向かう道すがら、ジョンは日差しに照らされたヴァイオラの横顔をじっくり観察した。機知を試すような挑戦を投げつけられたからには、きょう、博物館を辞する前に少なくとも一回は彼女からキスを盗んでみせる。彼女の兄がうろついていては、彼女とふたりきりになるためにちょっとした工夫が必要だろうが、求婚期間もしばしばやっていたことだ。ジョンは計画を立て始めた。

到着してみると、トレモアは博物館にいたが、ちょうどベネチアから派遣された古物研究家の団体を案内しているところで、少なくとも二時間、あるいはもう少し長く手が空かないということだった。

今度ほほえむのはジョンの番だった。「なるほど」つぶやいて妻を見やる。ふたりは博物館の巨大な玄関ホールに立っていた。「トレモアには案内してもらえないようだ。残念だな」

ヴァイオラもさっきほどしてやったりという様子ではなくなっている。「あとで来ましょうか」

「いやいや」笑いを押し殺して異を唱えた。「もう来てしまっているのだから、出直す必要はないだろう。きみが古物に関心を持ち始めているのなら、きみが案内してくれればいい」

今度は彼のほうが挑戦を突きつけたわけだ。彼女もそれに気づいたらしく、顎をかすかに持ちあげた。「いいでしょう」毅然とした口調で言う。「どこから始めたいかしら？」

「全然わからないな」ジョンは頭上の高いドーム型の天井や、石灰石と大理石の壁と床、四方八方に延びた廊下を見まわした。壮麗なる建物だ。トレモアが、やるとなったら徹底してやる男だということは認めざるを得ない。

ジョンは係の若い男性から渡された館内の平面図を広げた。さっと見ただけで、この場所の設計で知るべきことはすべて把握した。「新しい翼《よく》ができたんだな」

「ええ」顎の下のリボンをゆるめながら、ヴァイオラが答えた。うしろに押しやった帽子が肩甲骨のあいだにぶらさがる。「そこはまだ全部は展示されてないわ。武器を陳列した部屋が何部屋かだけよ。その翼には、わたしもまだ一度、部分的にしか入っていないわ」

「そこから始めたらどうかな」ジョンはヴァイオラに館内図を渡した。「連れていってくれ」

博物館は混みあっていた。新しい翼はとりわけ見物客が多く、ふたりは青銅《ブロンズ》の盾や鉄の槍などの展示品を鑑賞する人々のあいだを縫うようにしながら一時間ほど過ごした。

ヴァイオラが古物品について、思っていたよりもはるかに造詣《ぞうけい》を深めていることにジョンは驚きを隠せなかった。「いつから歴史に興味を持つようになったんだ？」宝石をはめ込んだ短剣を飾ったガラスの陳列棚をのぞき込みながら尋ねる。

「ダフネとアントニーの熱意が伝染したのだと思うわ。ふたりでいつも話しているから、一緒にいたら関心を持たざるを得ないのよ」ヴァイオラが短剣を指し示した。「それに、宝石にはいつも魅了されるの」

「それは覚えている」そろそろ行動を起こす頃だと判断し、ジョンは部屋の向こうの扉をうかがった。館内図を思い浮かべ、そちらが目ざす方向だと確信した。展示品のあいだをひとつずつ移動しながら、ヴァイオラをその方向に巧みに誘導する。

複雑な彫刻が施された錫製《ピューター》の盾を鑑賞しているときに、ジョンはヴァイオラのほうに顔を寄せた。「あちらがどうなっているか見てくるよ」手を振って長い廊下に続く扉を示した。「すぐ戻る」

ヴァイオラはすぐに反論した。「でも、あちらにはなにもないわ。まだ公開していない部分ですもの」

「だからといってなにもないというわけではないだろう？」ヴァイオラにウィンクをすると、彼は廊下に滑りでた。廊下の向こう端を目ざして足を早め、壺のかけらの入った籠や、修復なかばのモザイク画がたくさん置かれた部屋をいくつか通り過ぎる。どうやら博物館で働く人々の仕事場らしい。廊下の突きあたりで立ちどまり、左右を見やった。両方向に長い展示室《ギャラリー》が続いている。天井は高く、六メートルほどはあるだろう。明かり取り用の四角い窓が高い位置に作られている。ジョンは左に曲がった。壺の籠が置いてあるが、ここはそれほど多くない。人影はまったくなかった。

ヴァイオラの足音が聞こえた。石の床に響く音から、彼の望み通り、あとを追ってきていることがわかった。

「ジョン？」彼女が呼んでいる。

「ぼくはこっちだ」叫び返し、さらに近づいてくる足音に耳を澄ました。ヴァイオラが展示室に入ってくるのが見えた。立ちどまり、右手をすかし見ている。

「ヴァイオラ」そっと呼ぶと、彼女がこちらを向くのがわかった。展示室の端に立ったまま差し招いた。「こちらに来て、これを見てごらん」

「なにを見るの？　そちらにはなにもないはずよ？」

「なんでわかるんだ？　新しい翼には一度しか入っていないと言っていたじゃないか。ここに来たことがあるのか？」

「いいえ、でも、さっきも言ったように、建物のこちら側は公開されていないのよ。地図にもそう書いてあるわ」

「あの図は忘れたほうがいい」ジョンは数歩後ずさり、別な空っぽの展示室の奥をのぞくようなふりをした。「こちらにも見るものがたくさんあるようだぞ」彼女のほうに視線を戻し、邪心のない表情を装う。

ヴァイオラが眉をひそめた。戸惑った表情がとても魅力的だ。図面を眺め、また彼を見やった。「そこになにがあるの？　壺がもっとあるのね、きっと」

「壺もたくさんある。ほかのものもある」

ヴァイオラが一歩近づいた。「どんなもの？」

「順番に言ってほしいのか？　ここまで来て自分で見ればいいじゃないか」

角を曲がり、壁をくぼませた壁龕《ニッチ》に入りこんだ。像を置くためのくぼみだが、まだなにも置かれていない。内側の石壁に片方の肩をもたせて寄りかかり、彼女の近づいてくる足音に耳を澄ませながら待ち受けた。ヴァイオラはすぐに引っかかる。いつもそうだ。生来、人を信じる優しい性格なのだ。ジョンはにやりとした。

ヴァイオラが角を曲がってきた。彼が壁龕《ニッチ》のなかに立って笑いかけているのを見るなり、戸惑った表情が深まってしかめ面に変わった。

「わたしをかついだのね」

「もちろんそうだ」笑いながら身をまっすぐ起こし、両腕を彼女のウエストに滑らせて引き寄せた。「いつもやっていたことじゃないか。きみとふたりきりになるために。覚えてなかったのか？」

「思いだしたわ。さあ、離してちょうだい。ばかなことはやめて」

ヴァイオラが身を引こうとしてもジョンは離さなかった。反対に力を強めて壁龕《ニッチ》のなかに引っぱりこんだ。

「ジョン、なにをしているの？」

ジョンは狭い場所で巧みに体をまわし、彼女の背が壁に当たるようにした。「さあ、これできみはとらわれの身だ。出ていくには、代価を支払う必要がある。いつもそうしていたのを覚えているか？」

ヴァイオラはもちろん覚えていた。彼にとらわれた薄暗い隅で、彼をじっと見つめて唇をなめる。まるで急に乾いてしまったかのようだ。「あなたにキスするつもりなどないから」

ジョンは笑みを深め、片手を壁について彼女のほうに身をかがめた。空いたほうの手で彼女の帽子のリボンをもてあそぶ。引っぱってほどくと、麦わらの帽子が床に舞い落ちた。

「きみはいつもこのトリックに引っかかる」そう言いながら、ショール状の襟もとのボタンをまさぐった。「ぼくの考えでは、それは実はきみがひそかにぼくにキスしてもらいたがっているからだ。素直に認められないだけで」

「わたしがあなたのトリックに引っかかるのは、あなたがペテンの達人だからでしょ」くぼみから出ようとするように身を動かした。まるで彼がそのまま離すと期待しているかのように。そんなことをするはずがない。

逆に胸骨のところにある襟のボタンを指でつまみ、空いている手で首の横を包みこんだ。

「ルールはルールだ」そう言ってかすかにほほえみ、親指で彼女の顎を撫でた。「まずきみはぼくにキスをしなければならない」

「求婚期間のあいだはそういう愚かなこともするでしょうけれど、今は求愛中ではないでし

「そうかな?」異を唱えながら皮肉っぽい笑みを浮かべたのは、この瞬間にも性的興奮を感じていたからだ。「求愛と同じように思えるが。ぼくにとっては、大いなる期待と膨大な努力とたゆまない創意工夫の連続だ。結婚すればこの求愛の務めが終わるかと思いきや、さらなる奮闘をしいられた」

「しいられたですって？　なんとばかげたことを――」ヴァイオラはぷっつりと言葉を切って唇を噛み、もう一度彼の脇をすり抜けて出ていこうとした。彼の阻止にあい、苛立ちのため息をもらす。「放してくださいな、ハモンド」

「そのうちに放すさ、約束する」壁から手を離し、その手を彼女のウエストに沿わせた。もう一方の手は襟のボタンをいじっているままだ。「だが、最初にキスがほしい」

　たとえヴァイオラになにかを言う気があっても言えなかっただろう。ちょうどそのとき、展示室のもう一方の端のほうからよく知っている男性の声が聞こえてきたからだ。「みなさん、お待ちかねの、今年蒐集してまだ展示していないローマンブリテン時代の壺をご覧にいれましょう。どうぞこちらへ」

「アントニーだわ！」ヴァイオラがささやいた。地図を落とし、両手で必死にジョンを押しのけようとする。「見つかってしまうわ」

　ジョンは動かなかった。「だから？　ぼくたちは結婚しているんだ、覚えているだろう？」

「ここから出してちょうだい」彼が動かないのがわかると、ヴァイオラの口調に狼狽が混じった。「ベネチアの古物研究家たちを全員こちらに連れてくるわ！」

両手でヴァイオラのウエストをしっかり押さえたまま、ジョンは身をそらして壁龕《ニッチ》からわずかに顔を出し、長い展示室の端をうかがった。トレモア公爵が立ちどまり、右に曲がっていく。年配の紳士たちが列になって公爵に続き、全員が新しい翼のさらに奥まった部分に移動していった。「いや、こちらには来ないようだ」ジョンはヴァイオラにささやいた。「別なほうに向かった」

視界から全員の姿が消え、足音も聞こえなくなると、ジョンはまた目の前の大事な任務に注意を戻した。「行ってしまったよ」また妻のほうに近寄った。「さあ、どこまでいってたかな」

ヴァイオラが逃げ道を探すかのように周囲に目をやる。もちろん、そんなものはない。石壁に三方向を取り囲まれている。進退窮まり、ヴァイオラはぐっと顎を引いた。「わたしはここから出たいんです」

ジョンは首を振った。「ぼくはキスしてもらいたい」

ヴァイオラが苛立ちの声をもらした。「ほんとに男の人って子どもっぽいのね」

ウエストに当てた手を片方あげて、ヴァイオラの頰を包んだ。手のひらにやわらかな肌を感じるだけで興奮が高まる。親指で口の端の小さなほくろを撫で、菫の香りを深く吸いこむと、体の奥で欲望が熱くうずいた。「今ぼくが考えていることは、子どもっぽいという形容からはかけ離れている、ほんとうだ」

ヴァイオラの顔に狼狽が浮かんだ。「キスするつもりなどありません!」

頬を撫で続けながら、もう一方の腕を彼女のウエストにまわした。「いいだろう。ぼくはこうしてここにきみと立っているだけで充分満足だ」

「まさか、ここに一日じゅう立っているつもりではないでしょう?」

「それはきみ次第だ。さあ、ヴァイオラ、唇をあげてごらん」頭をかがめる。手を滑らせて指先を髪に差しこみ、頭のうしろの複雑にまとめた髪をほどいた。ヘアピンが石の床に落ちて小さな音を立てる。

唇を近づけ、彼女の唇が開くのを見つめた。茶色の濃いまつげがわずかにさがる。いいぞ、彼と同様、ふたりのこのゲームをまざまざと思いだしているのだ。遠い昔の求愛期間と同じように、ジョンは自分を抑え、体のなかの欲望を制御しながら、ヴァイオラが燃えあがるのを待った。唇を軽く頬をかすめさせ、唇の際で止める。「キス一回だ」なだめるように言う。

「一度だけ。そうしたら、すぐに離すよ」

「いいえ、離すはずないわ」彼女が目をぎゅっとつぶった。「あなたのことはよくわかっているもの、そんなこと信じるはずないでしょう? あなたはさらにずうずうしくなるだけ」

「きみがノーと言わなければそうだが」襟のボタンをいじりながらはずし、レースのつけ襟を押しやって、喉もとと広く開いた襟ぐりから上の肩のラインを露出させる。

「なにをするの?」ヴァイオラがあわてて襟をつかもうとしたが、床に落ちるほうが早かった。

「さらにずうずうしくしているんだ。きみがぐずぐずしているから」かがみ込み、むき出しになった喉もとにキスをして、よく知っているまろやかな香りを吸いこんだ。ヴァイオラが震えるようなかすかなため息をもらした。首筋は彼女の感じる場所、彼にとっては好機だ。ジョンは彼女の喉もとに温かな笑いを吹きかけた。

足音が石の床に響き、遠くから男性と女性の声が聞こえてきた。博物館は女性とふたりきりになる機会が多いと気づいた男が、どうやらにほかにもいるらしい。

「離してくれなければだめよ」ヴァイオラのささやき声には前ほどの激しさはなかった。

「だれかに見られてしまうもの」

遠くの声ぐらいの些細なことで制止できるはずがない。ジョンは首筋と肩に沿ってキスを這わせながら、手を下に滑らせた。「展示室の端から歩いてくるのだから、近づけばすぐにわかる。それに――」言葉を切った。胸のふっくらした丸みを手で包み、ヴァイオラの小さなあえぎ声を聞いて、なにを言おうとしていたか忘れてしまったのだ。重なった布に妨げられていても、妻のそそるような姿ははっきり記憶に残っている。興奮が上げ潮のように押し寄せた。

ヴァイオラは片手をふたりのあいだに差し入れ、引きおろそうとするかのように彼の手首に指をまわした。手のひらを胸のふくらみに沿わせたまま、ジョンはぴたりと動きを止め、身をこわばらせてじっと待った。以前にふたりで取り決めたルールを覚えている。キスをしてもらえようがもらえまいが、とにかく制止されたら、すぐにやめる。かつてはそんなことは一度もなかったが。

彼女の手が動いた。手のひらが彼の手に重なる。胸に押しつけようとしているわけではないが、それに近かった。消極的ながら受けいれのきざしか。今やめるわけにはいかない。

ジョンは布地越しに胸の形をかたどり、指を前後させて服の襟ぎわの肌を撫でた。首筋をそっとかじりながら頬までたどる。

ヴァイオラの呼吸が速まった。彼の腕のなかで身をよじらせる。「だれかに見られるわ」小さくもらしたうめき声には、興奮と惨めさと怒りがまぜ合わさっていた。「ああ、ジョン、だれかに見られたら困るわ」

「それなら、早くキスしたほうがいい」

ヴァイオラが言葉にならない音を吐き、彼のほうに顔を向けて、彼が望んでいるものを差しだした。唇が彼の唇に触れて開いた瞬間、彼の体を快感が貫いた。彼女の手が持ちあがり、彼の頬に当てられる。子ヤギ革の手袋が肌に冷たくなめらかに、彼女の唇は熱く甘く感じられた。目を閉じ、長いあいだ忘れていた、それでもいまだに馴染みのある快感を堪能する。これこそヴァイオラだ。彼女にキスしたときの味は忘れていない。彼が吸ったときのふっくらした下唇、美しく並んだ歯に舌を滑らせたときの感触も覚えている。

ヴァイオラがふいにキスをやめて、顔をそむけた。彼の腕のなかで身じろぎ、かすかな声――おそらくは抗議の声――を発する。

そのとき、その小さな声と自分の激しい鼓動の音とのあいまにほかの音が聞こえてきた。

展示室の端から自分たちのほうに向かって小走りにやってくる足音だと知り、ジョンはそろそろ時間切れだと判断した。少なくともきょうは。

もぎとるような思いで唇を分かつ。彼女の首の横にもう一度だけ軽くキスをすると、身を引いて手を離した。かがんで床に落ちていた襟と帽子を拾い、ヴァイオラに渡すと、近づく足音に耳を澄ませながらクラバットをまっすぐ整えた。高まりを必死に抑えてなんとか正常に近い状態を取り戻し、そっと足音の方向を透かし見る。埃だらけの黒服を着て眼鏡をかけた老人が前かがみの姿勢で歩いてくるのが見えた。そばで藁と布のこすれる音が聞こえ、ヴァイオラが帽子をかぶり、襟を結んで服の皺を伸ばしているのがわかった。

「ああ、よかった！」ジョンは叫び声をあげ、壁龕《ニッチ》から展示室に足を踏みだした。「永遠にさまようことになるかと思ったが、ついに助けてくれる人が現れた」

老人が足を止め、目をすがめてこちらを眺めた。「どうなさいましたか？」

「妻と一緒に新しい武器コレクションの展示場所を探していたのですがね。どうも迷子になってしまったようだ」

「きっとそうだと思いますよ。こちらはまったく違う方向です」

ジョンはわけがわからないという戸惑いの表情を顔に貼りつけた。「ほんとに？」ヴァイオラのほうを振り返る。「悪かったね。ぼくが間違ったらしい」

その言葉への返事として、とても優しいとは言えない蹴り方で足を蹴とばされた。

「入館されたときに、館内の案内図をお受け取りになりませんでしたか？」男が大声で言う。

「案内図？」額に手を当てて、考えこむようなふりをした。「いや、もらった覚えはないですね」

「私は古代遺物のアシスタント・ディレクターのアディソンです」男が手招きした。「武器の展示室にご案内いたしましょう」

「なんとご親切な。助かりますよ」ジョンは壁龕《ニッチ》をのぞき、ヴァイオラに手を差しだして、ささやき声でつけ加えた。「襟のボタン」

ヴァイオラはボタンをとめ、それまでこちらのせいだというように彼をにらみつけた。いかにも公爵の妹らしい尊大な態度で顎をつんとあげ、顔にかかった何本かの巻き毛をうしろに払ってから、おもむろに彼に手を預け展示室に歩みでた。

「なんとなんと！」老人が叫んだ。「レディ・ハモンドではないですか！」

「ごきげんよう、ミスター・アディソン」威厳ある口調を心がけているが、いまだに息が弾み、頬の紅潮も消えやらず、服も皺が寄っていることをジョンは知っていたし、そのことにきわめて満足を覚えていた。

「また迷子になられたのですか、奥さま？」ミスター・アディソンがたしなめるように首を振る。

ヴァイオラが浮かべたあやふやなほほえみでだまされるのは、老人と愚かな青二才くらいのものだろう。「新しい翼だから、またわからなくなってしまったのよ、ミスター・アディソン」

「博物館のなかを歩くときは、必ず案内図をお持ちになったほうがいいと何度も申しあげたではありませんか」老人が甘やかすようにほほえみ返した。鼻にずりさがった眼鏡を押しあげる。「きょうはご主人とご一緒なのですね」

ジョンは頭をさげた。「ハモンド卿だ」ヴァイオラが紹介しないので、自己紹介をする。

「初めまして、お目にかかれて光栄です。では、どうぞ、武器の陳列はあちらです」

ふたりはミスター・アディソンの一、二メートルあとについて展示室から出た。

「間一髪だった」ヴァイオラの耳にささやき、くすりと笑った。すべてうまくいった。とくに妻の情熱を引きだすという午後の目標を達成できたことがうれしい。「こんなに楽しかったのは何年ぶりのことか」

ヴァイオラがふんと鼻を鳴らした。「今後は楽しいことなどありませんから」ささやき返す。「少なくとも、わたしと一緒ではね。もう絶対にだまされないわ」

「絶対に？」横目で彼女をちらっと見やり、にんまりした。「挑戦されれば、受けて立たないわけにはいかないな」

8

ヴァイオラは婦人服仕立て店の試着室で鏡を凝視していたが、自分の姿も、慈善舞踏会で着ようと思っている衣装も見ていなかった。脳裏に浮かんでいるのは、いたずらそうにほほえむ夫の顔だけだ。なんて恥知らずな男だろう。以前とまったく同じように、策略とトリックを使われた。彼も言っていたが、あれにはいつも引っかかってしまう。今後はもっと慎重に振る舞う必要があるだろう。彼はだますのがうますぎる。

ほかのことも上手だ。ヴァイオラは唇に指を触れた。彼のキスの甘美なぬくもりを感じながら、彼がキスが上手なのはそれだけたくさん経験があるからだと自分に言ってきかせる。この苦痛に満ちた事実を再認識してもなんの役にも立たない。さらに混乱し、さらに苦しいだけだ。

きのうはいったいなにが起こったのだろう？　目を閉じて、博物館での盗まれた時間のことを思いだした。答えはわかっている。正気を失ってしまったのだ。九年前の繊細だった娘のように。

久しくジョンにあんなふうに触られたことはなかったのに、時の経過も彼に対する反応を変えてくれはしなかった。自尊心が強くなっていたはずなのに、彼の手と唇による興奮を拒絶するほど充分ではなかった。

両腕で自分を抱きしめる。目を開けて鏡のなかの自分を見つめた。当惑して惨めな様子で見返している姿を眺めても、なにを思っているのか、どう感じているのか、まったく理解できない。いったい自分はどうしてしまったのだろう？　自尊心があったからこそ、胸が張り裂けそうなほどの苦しみを乗り越えた。彼が背を向けてほかの女性のもとに行ってしまったときも頭を高くあげ、彼や世間に対して、彼がなにをしようと気にしないというふりができた。慈善事業や友人たちに満足を見いだすこともできるようになった。その自尊心、その誇りはいったいどこへ行ってしまったのか？

隙を見せれば、また彼に傷つけられる。必ずそうなるはずだ。だまして通路に引きこみ、キスを盗むくらいなら無邪気なものだが、もっと大切なことに関しても、彼が誠実な表情を浮かべたまま平気で嘘をつくことをヴァイオラは知っている。そして、自分がそんな彼を信じたいとつねに願っていることも。それが怖かった。あまりにもたやすく彼を信じてしまうことが。

わたしを愛してる？

もちろんだ。とても愛しているよ。

扉をノックする音に思いを妨げられた。どうぞと声をかける。入ってきたのはクレオパトラの衣装を着たダフネだった。「どうかしら」黒髪を太く編んだかつらを撫でつけながら、ダフネが尋ねた。「どう思う？」

わたしが思っているのは、自分が正気を失ったということ。やっとの思いで、前日の午後の博物館見学のことを頭から追いだした。彼に心まで盗まれないかぎり、一時的に正気を失ったとしてもどうということはない。義理の姉のほうを向き、ほかに気持ちを逸らせることをうれしく思いながらほほえみかけた。「クレオパトラは眼鏡をかけるかしら？」

ダフネが笑い、わざと顔をしかめてみせた。「舞踏会のときはさすがに眼鏡ははずすわよ！　それより、この衣装はどうかしら？」そぶりで流れるような純白の布地を示し、宝石に飾られた幅広い襟をいじる。「こんな衣装を選ぶのはばかげていると思う？」

ヴァイオラは自分の一番の親友を眺め、三年前、このダフネという女性に初めて会ったときのことを思いだした――内気で、自分に自信が持てず、アントニーを心から愛しながら、必死にそれを隠そうとしていた。今はまったく違う。夫から返される情熱的な愛とトレモア公爵夫人としての責任のおかげで、内気さはほとんど消滅し、自信が取って代わった。それでも、ときおり瞬間的に、たとえば今のようなときに、最初に出会ったときの内気なダフネが顔をのぞかせることがある。

「ばかげているなんてとんでもないわ」ヴァイオラは請けあった。「なんでそんなふうに思うの？」

「わたし、クレオパトラになってみたいといつも思っていたのよ」ダフネが打ち明ける。

「でも、自分がその役柄になりきれるかどうか不安なの。もちろん仮装舞踏会に過ぎないけれど、一晩じゅう、その役を演じることが期待されているのですものね」

「堂々としていかにも女王らしく見えるわ」ヴァイオラは笑った。「きっと、アントニーはアントニウスに扮したがるでしょうね。あなたが願えば、ローマ帝国でも築いてしまいそうですもの」

ダフネが口をわずかに曲げてほほえんだ。この笑みを見るたびにクリーム入れを見つけた子猫が思い浮かぶ。「その通りね。そして、それがうれしいのもたしか。彼が以前、わたしは彼からどんなものでも得る力を持っていると言ったことがあるの。女性は男性に対して偉大な力を持っていて、その力を正しく使えばいいだけだと。その意味を理解するのにずいぶん時間がかかったけれど」

ヴァイオラはため息をついた。「理解しているなら、わたしにも説明してほしいわ」皮肉っぽく言う。「その力があればいろいろと解決できるのに」

義姉の顔から笑みが消え、見つめる瞳に同情らしき表情が浮かんだ。

ヴァイオラはそうやって見つめられることに耐えられず、くるりと体をまわしてみせた。

「わたしの、フランスの公爵夫人はどうかしら？」

「とても美しいわ。いつものことだけど」

「ありがとう。でも、この衣装はどう思う？　本物っぽく見える？」

ダフネが頭を傾げた。「ほんとうに本物っぽく見せたいなら、髪粉をかけないと」

ヴァイオラは濃い青色のベルベットのオーバースカートを撫でつけた。「めちゃめちゃなことにならないかしら？」

「少なくとも、今は材料がお砂糖ではないから」

「昔はお砂糖で髪粉を作っていたの？　虫がたかって大変だったでしょうねえ」

「それが一番困ることだったみたいよ」

「考えただけで恐ろしいわ」でも、それでハモンドを遠ざけておけるなら、試してみる価値はあるかもしれない。彼のことはもう考えないと、また自分に言ってきかせた。「オーバースカートの裾はぴったり合っているかしら」そう尋ねて、もう一度体をまわした。「少し曲がっているように思えるけれど」

「曲がっているのは、内側の張り骨だと思うわ」ダフネが脇の張り骨の位置を直した。「髪に粉をはたくのが嫌なら、円錐形の油脂を乗せればいいわ」

「油脂？」ヴァイオラは鏡に映る義姉の姿を見つめた。「なぜ頭に油脂を乗せなければならないの？」

彼女のぎょっとした表情を見てダフネが笑った。「香りを染みこませてあるのよ。体温で溶けて香りを放つわけ」

「あなたは驚くべきことをたくさん知ってるのね、ダフネ。役に立つ助言をありがとう、でもあるものでなんとかするわ。頭に香りの油脂を乗せて舞踏会に臨んだら、レディ・ディーンになんと言われるか」腰の張り骨にかかったオーバースカートを撫でる。「この紺青色のベルベットが粉だらけにならないようにするにはどうしたらいいかしら」

「かつらをかぶったらどう？　八〇年前はみんなそうしていたのよ」

「だめよ、暑いし、頭がかゆくなるもの。かつらは大嫌い」

扉を小さく叩く音がして、ロンドンでもっとも人気のある仕立て人のミレーユが試着室に入ってきた。「公爵閣下夫人、レディ・ハモンド」ダフネに、それからヴァイオラに向かってお辞儀をする。「衣装はお気に召していただけましたか？　別なものをお持ちしましょうか？　なんなりとお申しつけください」

「わたしはこれがとても気に入ったわ」ダフネが言った。

仕立て屋が両手を叩いて喜んだ。「まあ、よかったですわ」それから、ヴァイオラのほうを向いた。「奥さまはいかがですか？」

「ミレーユ、髪粉にはなにを使ったらよいかしら、滑石粉《タルク》？」

「最近はかつら用のとてもよい粉がありますよ、奥さま。ほら、法廷弁護士や判事が使うのですわ。それをご自分の髪にかけることもできます。でも、わたしの意見を申しあげてよければ、あなたさまの髪、粉で隠してしまってはもったいないですわ。きれいなお色が薄いブルーの絹と濃いブルーのベルベットによく映えてほんとうに美しくてより魅力的ですよ」

博物館の情熱にかられた瞬間がまた脳裏をよぎり、ヴァイオラはその腹立たしい記憶に頬が熱くなるのを感じた。より魅力的になりたいかどうかわからない。あまりに危険すぎるから。「ありがとう、ミレーユ」

「わたしも同感だわ」ダフネが口を挟んだ。「どの時代のどの女性だって、髪があなたのように美しい色だったら粉で隠さないでしょう」

「それなら、わたしも隠さないことにするわ」粉で汚れては困るからだと自分に言ってきかせた。この髪の色をハモンドが好きだという事実はなんの関係もない。ヴァイオラは刺繍を施した薄青色の絹の胴衣に手を当て、骨で大きく張りをつけた深い襟ぐりを示した。「もうひとつ問題があるわ。舞踏会なのに、これではワルツもカントリーダンスも踊れそうもないの。曾祖母の時代のダンスは一分くらいの短さだったに違いないわ」ミレーユを見やった。

「ウエストのラインを少し出してもらえるかしら?」

「ほんの少しですよ。胴衣のラインが崩れてしまってはいけません」

「あなたが許せるかぎり最大限に出してね、ミレーユ。さもないと、息ができないわ」自分の選択した衣装をもう一度眺めてうなずいた。「やっぱりこれがいいわ。刺繍がとてもきれいだし」

「お役に立てて光栄です、奥さま」

ミレーユはさがり、助手がやってきてヴァイオラの着替えを手伝った。そのあと、ダフネと一緒に仕立て屋を出た。「ミレーユの言う通りだわ」ダフネがアントニーの四輪馬車に乗りこみながら言った。「あのドレスを着たあなたは輝くように美しかったわ」

ヴァイオラは義姉の隣りで座席の背にもたれ、悲しい表情を見せた。「世の中にはたくさん美しい女性がいるわ、ダフネ。でも、夫が誠実でいてくれるためには、美だけでは充分じゃない。では、なにが必要なの？」

ダフネが腕をヴァイオラの肩にまわし、愛情を込めて抱きしめた。「わからないわ、ヴァイオラ」

「わたしもわからない」ヴァイオラはささやいた。「わかればいいのに」

妻を誘惑するにあたって、いちかばちかくらいの大胆な策を取らねばならないことは、ジョンにもはっきりわかっていた。そのためには、大変な苦悩に耐えねばならないだろうということも。

数日間、グロヴナースクエアに近寄らなかったのは、妻に寂しく思わせる計画だと自分を納得させていたが、実際には自分の欲望を押し戻すために時間が必要だったのだ。博物館の記憶が、あるいは、ヴァイオラの唇の味と、腕に抱いたときのやわらかくて芳《かぐわ》しい感覚が、離れていた三晩すべての夢を独占し、三日間のすべての思考を支配した。とはいえ、こんな甘い苦悩なら苦しみ甲斐がある。

月曜日の午後になってようやく、抑制心は充分に培われたから、もう妻に会っても大丈夫だろうと判断した。だが、今回は暗い隅でキスを盗むことはむずかしいだろう。きょうの彼の運命は、別な種類の苦悩に満ちたものになるはずだ。ジョンはヴァイオラを買い物に連れていくつもりだった。

ブルームズベリースクエアの家の内装をやり直してほしいという提案が、彼の期待していたような熱意で受けいれられたわけではなかったが、あの家のためにいろいろ選び始めれば、自分のものという感覚が強まるだろう。それがなにより追い風になるはずだ。妻がとても買い物が好きだということもジョンは忘れていなかった。

その午後、グロヴナースクエアでヴァイオラに会うとすぐに、ジョンは家のための買い物をしようと提案したが、相変わらずヴァイオラには、それに対する熱意はまったく見られなかった。

「行きたくないわ」ヴァイオラはそう言って、トレモア邸の客間のソファに腰をおろした。「気分がよくないのよ」

「ひどい嘘つきだと言われたことはないか？　さあ、帽子をかぶって、バッグを持っておいで。すぐに出かけよう」

「あなたの家の装飾などしたくないと言ったはずよ」

「あそこはきみの家でもある。結婚したときに誓ったはずだ、覚えているだろう？　わが財産はすべて汝に与えるとか、その他いろいろ」

ヴァイオラが腕組みした。「あなたは財産を持っていなかった」

「地所はあった。爵位もだ。先の子爵たちのひどい絵が数枚。これは数えないかな？」

「買い物なら、なぜレディ・ポメロイを連れていかないの？　彼女はボンドストリートも、ポメロイのお金を使うのも大好きでしょう」

ヴァイオラの様子から、こうしてアンの名前を投げつけることで、彼を怒らせようとしていることがはっきりわかった。

アンのことを説明することはできる。だが、その話題を出すのは、蛇《へび》の穴に足を突っこむのと似ている。彼が嚙まれるに違いないというところが。どれほどむなしい関係だったかを言うこともできる。ただ肉体的な必要を満たすだけで、それ以上のものでなかったということを。だが、それを言って意味があるかどうかは疑問だ。かえって悪いことになるかもしれない。間違いなく喧嘩になるだろうし、そもそものことを蒸し返す必要はない。アンと関係があったのは五年前のことだ。大切なのは今後のことだし、そもそも正気な人間は蛇の穴に足を踏みこんだりしない。「ボンドストリートまで歩きたい？　それともぼくの馬車で行きたいかな」穏やかな口調を保った。

ヴァイオラが苛立ちの声を出して立ちあがり、暖炉に歩き寄った。「買い物には行きたくないと言っているでしょう」背を向けたまま言う。

「ヴァイオラ、きみは店を訪ねるのが大好きで、ぼくが同じくらい大嫌いなことを知っている。てっきりこの機会に飛びつくと思っていたよ。椅子の座面の座り心地を確かめさせるとか、トルコ絨毯《じゅうたん》を選ばせるとか、ぼくを苦しめる絶好のチャンスじゃないか。宝石商ならなおさらだ。友人たちに自慢するためだけに、ぼくをおだてて、役に立たないルビーやダイヤモンドに法外な金を使わせる」

ヴァイオラが振り返った。「あなたから宝石をもらう必要はないわ」冷たく言う。「ほかのものについては、前にも言ったと思うけど、アントニーから得ている収入をあなたの家に使うつもりはないわ。その収入を管理しているのがあなたであっても同じこと」

きょうのヴァイオラは彼と断固闘うことを決意しているようだが、そうはさせまいというジョンの決意も同様に固かった。

「きみが買い物に行きたくないなら、ほかのことをすることにしよう」しばし考える。「共通の友人たちを訪ねるのはどうかな？　きっと楽しいぞ。恋人同士のように手を握って長椅子で寄り添おう。夫婦は手を握らない。ぼくたちはなおさらだ。みんなさぞショックを受けるだろう」

「わたしの友人たちを訪問してあなたと手を握るなんてしません！」

「そうか、では仕方がない。きみが学究的なことしか嫌だというなら」にやりと笑ってみせた。「きみの兄上の博物館を再訪しよう。ローマ時代のすばらしいフレスコ画があると聞いた。古物収集家以外、一般には公開されていないそうだが、トレモアの妹夫婦なら見せてもらえるだろう」

ヴァイオラが顔をそむけた。「そんなことはないと思うわ」

「非常につやめいたなものだそうだが」そう言って、彼女が顔を赤らめたのを確認した。笑いながら、彼女の正面に立ち、かがんで顔をのぞき込んだ。「なんてことだ、ヴァイオラ、きみはもう見たんだな？　兄上の目を盗んで忍びこみ、のぞいてきたわけだ」

「ばかなこと言わないで」頬のピンク色がさらに濃くなった。図星だったらしい。ヴァイオラが官能的な絵を見るためにトレモアの博物館を忍び足で歩いたと思っただけで、ジョンの期待も急上昇した。

「好奇心に負けてしまったか？」ジョンはからかった。「このあいだ行ったときに、そこをのぞくことを思いつけばよかったな。どんな絵なんだ？　かなりすごいのか？　教えてくれよ」ヴァイオラの沈黙に気づいてさらに続ける。「どんな絵か、ぼくに説明してくれ。いいだろう、なんといっても夫なんだから」

ヴァイオラがなにも言わずに顔をさらに真っ赤にした。フレスコ画がかなり淫靡《いんび》なものであることは間違いない。道理でトレモアと妻ダフネがハンプシャーの地所で泥だらけになって、古物品を掘り起こしているわけだ。ジョンは妻の体に目を走らせ、彼独自の官能的な夢を広げ始めて、そもそもないに等しかった買い物への関心を完全に失った。

「考えれば考えるほど、トレモアの博物館にもう一度行きたくなった。そのフレスコ画に描かれていることで、きみと経験していないやり方もあるかな。そうだ、フレスコ画の置かれた部屋の扉に鍵がついていたら、いくつか試してみて——」

「わかりました、わかりました！」ヴァイオラが叫び、言葉を止めるかのように両手を彼のほうにあげた。「ボンドストリートに行くわ、絶対に！」

そう言うなり、振り返って戸口に向かった。激しい足取りに、浅黄色の絹のスカートとレースのペティコートが足首のまわりを跳ねる。

「だが、ぼくは気が変わった」笑いながら、ヴァイオラの背中に追い討ちをかけた。「きみと博物館にもう一度行って、そのいやらしいフレスコ画を見たいな」

「お断りよ！」ヴァイオラが振り返りもせずに言い放ち、部屋から出ていった。数分後、ヴァイオラは頭に紫と黄色のパンジーを縁に飾った麦わら帽子、手袋をはめた手に刺繍の小袋というでたちで戸口から顔をのぞかせた。「それでは、行きましょう」そう言うなり、顔を引っこめ、彼を待とうともせずに階段のほうに歩きだした。

グロヴナースクエアからボンドストリートまでわずかに二ブロックの距離だった。ヴァイオラがなにも言わず、しかもよい天気だったので、ジョンは歩いていくことを提案した。ヴァイオラがそれには同意したものの、彼が差しだした腕は無視したので、ふたりはボンドストリートに向け、どこも触れあうことなく並んで歩きだした。従僕がふたり、荷物を運ぶ必要が生じたときのために、後方から目立たないようについてくる。

角を曲がってボンドストリートに入ったところでヴァイオラが立ちどまったので、ジョンも隣りで足を止めた。「購入する品物のご希望は？」

「とくにない。これはぼくではなくきみの得意分野だろう。ぼくがよく行くのは靴屋と本屋だけだからね。あとは洋服屋にたまに行くぐらいか」ジョンは目の前に続く通りをおおらかな身振りで指し示した。「きみについていく」

ヴァイオラはあたりをさっと見まわし、ちょっと考えた。「たぶん、ベルズから始めたらいいでしょう」

「ベルズ？」

「布地屋よ。美しい色のベルベットを入荷したばかりと聞いてるし、あなたがする必要があるのは、まずいくつかの部屋のカーテンの掛け替えでしょう。だいぶすり切れていたから」手袋をしたままの指で唇を軽く叩きながら考える。「それとも、最初に壁を塗り直したいかしら？」

ある記憶がよみがえり、ジョンは笑いだした。「きみがハモンドパークの内装を変えたときのことを覚えているかい？」並んでまた歩き始める。「きみが主寝室をあの深紅色に塗ったが、全部塗ってみたら嫌だった。ぼくは気に入ってそのままにしたいと主張し、かなり言い争った」

「そして、あなたが勝ったのよ」ヴァイオラが答え、布地屋の前で立ちどまり、ジョンが扉を開けるのを待った。「いつもそうだったわ」扉を抜けながら、肩越しに言う。「どれほど譲歩したかを考えただけでもいらいらするくらい」

ジョンもヴァイオラのあとについて混みあった店のなかに入った。「なぜかわからないが」隣りでつぶやく。「きみを説得してなんとかぼくの考えに同意させたかったんだな。ぼくの記憶によれば、ぼくに賛成するように説得するために、いつも、かなりたくさんキスをしていた。それがうれしかったんだろうな」

「そういう話を持ちだすのはやめていただきたいわ！」

ヴァイオラがまた顔を赤らめたのがわかり、ジョンはほほえんだ。ベルベットのサンプルが積み重なっている細長い台に沿ってあとについていく。なるほど、これが今シーズンの最新流行の色というわけか。ヴァイオラのすぐうしろで立ちどまり、肩越しに布地をのぞきこんだ。

「ぼくたちがどんなふうにキスをして仲直りしたかを話してもいいかな？」まわりの女性たちに聞こえないようにそっと尋ねる。

　ヴァイオラが怒った顔で彼を見あげた。「わたしのまわりを影のようにつきまとわなければ気が済まないの？」問い返し、彼から離れようと一歩横に動いた。

「その質問に答えても仕方がないだろう」ジョンは台をまわり込み、ヴァイオラの向かい側に立った。「きょうのきみは栗のいがのようにとげとげしくて、なにを言っても突っかかってくる」

「理由が五つもあれば当然でしょう？」ヴァイオラがささやき声で言い返した。「いいえ、六つだわ、エルシーを入れれば」

　ジョンはそれに答えず、苔色《モスグリーン》の布地を取りあげた。ヴァイオラがこの色が好きであることは承知のうえだ。「これはどうだろう？」

　ヴァイオラはその布地を見やり、頭を傾げた。「あなたの家の図書室に合うかもしれないわ」いったん言葉を切り、それからつけ加えた。「あのバター色の壁と革の本によく映ってとても素敵でしょうね。どう思う？」

「きみは気に入った？」

　ヴァイオラが布地が広がった台を見おろした。「わたしが気に入るかどうかは重要じゃないわ」

「ぼくには重要だ、ヴァイオラ」

答えはなかった。前かがみになり、手袋をはめた指でベルベットをこすった。

「きみは気に入った？」もう一度尋ねる。

ヴァイオラは片足からもう一方の足に重心を移し、ため息をついて彼を見あげた。「そうね、気に入ったわ。それで満足？」

小さな譲歩ではあるが、一歩前進だ。ジョンはにっこりした。「きみが気に入るとわかっていたよ。だからこれを取りあげたんだ」

「わたしが好きだとなんでわかるの？」

「緑はきみが好きな色だと覚えていたんだ。すごいと思わないか？」

「自慢げな顔をする必要はないわ」その言葉を最後にヴァイオラは押し黙った。布地について彼の意見を確認するために、たまにひと言尋ねるだけだ。

布地の台に沿って進みながらも、まるで彼の家を装飾するために雇われたかのようによそよそしい物言いだった。ジョンの欲しいのは笑顔、笑い声、そしてキス。くそ、ヴァイオラを喜ばせたい。

ヴァイオラが嫌がりそうな色の布地が目に入ったジョンは、いいことを思いついてその切れ端をつかんだ。「気が変わった。図書室にあの緑色を使うのはやめて、これにしたい」

ヴァイオラは顔をあげ、彼の手のなかの布地を見て、気がおかしくなったかというような視線を向けた。「なんですって？」

ジョンはなんとか真剣な表情を保とうとした。「そうだ、さっきの緑より、こちらのほうが気に入った」

「それはオレンジ色よ」ヴァイオラがぞっとしたような声で言う。

ジョンはもう一度その布を見て、今の意見を考えるようなふりをした。目を見開いた、いかにも邪心ない様子でヴァイオラを見やる。「オレンジ色は好きだが。オレンジのなにがいけないんだ？」

「わたしは大嫌いよ！　胸が悪くなるようなひどい色だわ」

「だが、ヴァイオラ、ぼくは気に入った」

ヴァイオラの表情がいかにも強情そうにこわばった。「わたしたちの図書室にオレンジ色なんて、ありえないわ！」

「ついにやったぞ！」ジョンは叫び声をあげ、その布地を放りあげた。まわりのご婦人方がいっせいに彼をにらみつける。ヴァイオラはキツネにつままれたような顔をしている。「ついにやったぞ」

ヴァイオラは不安げな視線を周囲に走らせた。「いったいなんの話をしているの？」

ジョンはヴァイオラにほほえみかけた。メイフェア地区の全女性がこの店に集まっていてもかまわない。「わたしたちの図書室と言った」

ヴァイオラが顎をぐいっと引き、目をそらした。「言ってないわ」

「いや、言ったよ。言ったものは戻せない」

ヴァイオラが視線を彼に戻した。「ずるいやり方だわ、ハモンド。オレンジ色がほんとに気に入ったわけじゃないんでしょう？」

「もちろんだ。だからといって、きみがわたしたちの図書室と呼んだ事実は変わらない。それがなにを意味するかわかっているだろう？」ジョンは勝ち誇った表情でヴァイオラを見つめた。「ぼくが一ポイント稼いだということだ」

「点《ポイント》？　なんのことを言っているの？」

「点をたくさん稼いだほうが勝ちだ」

「そのポイントね。これもまた別のゲーム？」

「同じゲームだ。名前は〝ヴァイオラを獲得〟ゲーム」

懸命の努力にもかかわらず、ヴァイオラの口もとにほんのかすかだが笑みが浮かんだ。

「ということは、このゲームで、わたしは対戦相手であり、賞品でもあるわけ？」

「まあ、そういうことだ。勝利を得るためには何ポイント必要かな？」

ヴァイオラが笑いともとれるような音をもらしたが、すぐに指で唇を押さえたからそれ以上は聞けなかった。一、二秒後、ヴァイオラは手をおろし、台の上の布地探しを再開した。

「何ポイントかな、ヴァイオラ」

「数えられないほどよ」

「それはずるいな。はっきりした数を言わないと」

「わかったわ」少し黙り、それから言った。「八万七百四十二ポイント」

「それだけか？　それではあまりに簡単すぎる。ということは、もう一ポイントぼくに加算される」

その言葉にヴァイオラがまた顔をあげた。「なぜ、そんなことになるの？」

「もしもきみがぼくのことを、自分で言っているほど憎んでいるのなら、少なくとも百万ポイントくらいにしたはずだ。これがこのゲームのおもしろいところだ」

「なんてひどい人かしら！」ヴァイオラが金の葉が刺繍されているベージュ色の布地を取りあげた。「あなたの音楽室にこれはどうかしら？」

「あるいは、これはどうかな？」ジョンはラベンダー色のベルベットを取り、また真面目な顔をしようとしたが、今回は完全に失敗だった。

ヴァイオラがほほえんだ。前よりもずっと大きな笑みだった。「ラベンダー色？　音楽室には合わないわね。でも、あなたの寝室にはぴったりでしょう」

ジョンはサンプル地を置いて台越しにかがみ、ヴァイオラに顔を近づけた。「この色にしたら、きみも使うか？」低い声で尋ねる。

ヴァイオラはためらいもしなかった。「いいえ」

「それならやめておこう」ジョンは身を起こした。「犠牲は喜んで払うが、無意味なことをやっても仕方ない。そう考えると、この色のベルベットの有益な使い方はひとつしかないな」

「どんな使い方？」

「サー・ジョージのコートだ」

今度はヴァイオラも笑い、ジョンの気持ちがもう一段階上昇した。「気の毒な人」ヴァイオラが言う。「あなたとディランはほんとうに彼に恨みを抱いているのね。あなたたちふたりで、また彼のことを歌った五行戯詩《リムリック》を作ったに違いないわ」

「いや、作ってないよ。だが、レディ・セアラ・モンフォースのためにはひとつ作った。きみのもっともお気に入りの友人のひとりだろう？」ジョンは皮肉っぽくつけ加えた。「きみもきっと聞きたいに違いない」

「とんでもない」

まわりを見やって、聞こえる近さにだれもいないことを確認すると、ジョンはもう一度台越しに前かがみになり、低い声でつぶやいた。「レディの名はセアラ、乾《ドライ》いた心は砂漠のサハラ、抱き心地は海の冷たさ、話す気分はまるでマラリア」

ヴァイオラは一瞬、彼を憎んでいるはずであることを忘れて、ぷっと吹きだした。「いままで聞いたなかで、もっともひどい五行戯詩だわ」言いながらもまだ笑っている。

ジョンも一緒に笑った。「たしかにそうだな。でも、この詩のおかげで少なくとも十ポイントは稼いだぞ」

「十？　わたしがあげるのは二ポイントよ。あまりにもひどすぎて、それ以上はとてもあげられない」

「もちろんひどいに決まっているさ。詩の主題を考えてみてくれ。名前で韻を踏んで詩を作ったことはあるかい？　すごくむずかしいんだ。ぼくはどんな男でも音をあげるくらい何度もディナーであのレディの会話に耐えた。そのおかげで、マラリアという表現を思いついたんだ。この詩は事実を描写したものだ」

「事実？　なぜ？」

「彼女のそばにいると、必ずめまいがする。むしろ、気分が悪くなるというほうが正しいな。頭も心も完全に空っぽな人物の話を聞いているとそうなるものだ」

ヴァイオラがまた笑い、ジョンは笑っている彼女を、その金髪の明るさを、そしてその笑みの輝きを見つめて、息が止まるような感覚を覚えた。ヴァイオラがほほえみ、笑い声を立てると、まるで太陽が顔を出したようだ。もっと五行戯詩が必要だ。

ふいにヴァイオラの笑いが止まり、顔から輝きが消え去った。まるで太陽が雲のうしろに隠れ、冷たい風が店を吹き抜けたようだった。ジョンは振り返り、彼女の顔にそれほどの表情をもたらした存在を見つけた。

茶色の髪の美しい女性がサクランボ色の帽子をかぶり、部屋の真ん中の台にかがんで、巻いた布地を見ながら、とりまきの女性たちと笑い合い、言葉を交わしている。その女性が目をあげ、ジョンと視線が合うとかすかにうなずいた。一瞬、優しい表情を浮かべたが、彼が頭をさげると、すぐに視線を逸らした。

レディ・ダーウィン。

この男爵未亡人に会っていたときからどのくらい経つだろうとジョンは思った。少なくとも二年、もっと長いかもしれない。元気そうに見えるのはなによりだ。ペギーはつねに心優しくて親切だった。

ペギーの視線が彼を通り過ぎて背後を見ていることに気づいて、ジョンも振り向いた。ちょうどヴァイオラが店の扉から出ていくところだった。ジョンは激しい無力感にとらわれた。妻を取り戻すための努力がすべて水泡に帰したことが恐かった。

9

最悪だ。

妻に追いつこうと急いで戻り始めたが、長い台をまわりきったときには包みをかかえたふたりの太ったご婦人方が先に戸口の前に立ち、互いに道を譲り合っていた。ふたりが先例に従って妥当な順番を決定するまで待たなければならず、布地店を出るまでに永遠とも思える時間がかかった。歩道に出ると、ちょうど妻が急ぎ足でブルックストリートに向かって角を曲がるのが見えた。「ヴァイオラ、待ってくれ！」

ヴァイオラの名前を呼びながら、走って追いかける。通り過ぎる人々が振り返るのも気づかず、そこがメイフェアだということも気にかけなかった——上品で行儀のよいメイフェアでは叫ぶ者はいないし、走っている人など存在しない。

デーヴィーズストリートの角でヴァイオラに追いついた。「どこへ行くんだ？」

「家へ」

ジョンは彼女の腕に手をかけた。「グロヴナースクエアはきみの家ではない」

「今はわたしの家よ」ヴァイオラは彼の手を振り払って歩き続けた。「そして、永遠にそうなるわ、わたしの思い通りになれば」

「それについて話せないか？」

「立ち去る代わりに話し合いたいというわけ？」彼を見ずに言い返した。「あなたとしては画期的な変化だわ。でも答えはノーよ。わたしは話したくない。なぜなら、なにも言うことがないからよ。あなたたちは選びたくない。あなたに会いたくない。あなたと過ごしたくない。あなたの図書室に掛けるカーテンを選びたくない。あなたに去ってほしい、わたしを放っておいてほしい。ベトラムを跡継ぎにしたくないですって？　それはあなたの不運であって、わたしとはなんの関係もないわ！」

ふたりがそのブロックの端まできて、デュークストリートを渡りだしたとき、突然四輪荷馬車が走ってきた。車体の前に飛びださないようにジョンはヴァイオラをつかんで引きとめた。「気をつけろ、ヴァイオラ！」

ヴァイオラは荷馬車が通り過ぎるのを待ち、また彼の手を振りほどいて渡りだした。ジョンは道の向こう側に着くまでヴァイオラの横を歩いたが、そのあと、スクエアに入ったところで立ちどまった。彼女の後ろ姿を見守り、妻が振り返って彼がついてくるかどうか確かめることを期待した。だが、振り返らなかった。

ジョンは追いかけるべきかどうか迷った。話し合いを求めることはできるが、先ほど彼女が指摘した通り、話すことなどなにもない。

スクエアを横切ってトレモア邸に近づくヴァイオラの姿を見ながら、ジョンは手のひらをこぶしで殴り、苛立ちのあまり悪態をついた。ちくしょう、せっかくうまくいきかけたところだったのに。

ペギー・ダーウィンに会ったのは、最悪の事態と言える。だが、ヴァイオラと一緒に出かけるたびに同じことが起こる可能性を怖れないわけにはいかない。そうなれば、ほんのわずかな見込みも消え失せる。

ヴァイオラは依然として、彼がついてきているかどうか確かめようとしなかった。このまま行かせたほうがいいのかもしれない。

もちろんあなたは去っていくわ。いつもそうだから。

今回は違う。ジョンは大またでグロヴナースクエアを横切った。家に入ると、ちょうどヴァイオラは螺旋階段の一番上までのぼったところだった。「ヴァイオラ、待ってくれ」

ヴァイオラは足を止めなかった。

「去っていこうとしているのはどっちだ？」後ろ姿に叫ぶ。

彼の言葉が階段室に反響して戻ってきたが、返答はなかった。トレモアの使用人たちの怪訝そうな視線を無視して、ジョンは一段飛ばしで階段を駆けのぼった。それでも、追いついたのはヴァイオラが三階の廊下を曲がってからだった。目の前で扉を勢いよく閉められたが、うまく取っ手をつかみ、ヴァイオラが鍵を掛けることを思いつく前に無理やり押し開けた。

そこはヴァイオラの寝室だった。彼女のメイドのセレステ・ハーパーがいて、ベッドの上に服を並べていた。「ハーパー」ジョンは穏やかに言った。「ふたりだけにしてくれ」

「いいえ、セレステ」ヴァイオラが彼の指示を取り消した。「そこにいて」

ジョンはそれ以上なにも言わなかったが、その必要はなかった。メイドは心得ている。彼女の賃金を支払っているのは夫のほうだということを。セレステはふたりのそれぞれに小さく頭をさげ、小走りに戸口に向かった。

「こんなふうに部屋まで追いかけてきて、わたしのメイドにあれこれ命令するなんてあんまりよ！」扉が閉まるのも待たずにヴァイオラが叫んだ。「ここはあなたの家じゃないわ。すぐに出ていかないと、アントニーに頼んで追いだしてもらうわよ！」

「お兄さんの背後に隠れていても、なにも解決しない」

「出ていって。喜んで迎えてくれる女性を見つけにいけばいいでしょう」

「もうそうするつもりはない。断じてするものか！　きみと争い続けるつもりもないし、ぼくが変えられないことを引き合いに出して責めるのも終わりにしてくれ。過去についてぼくができることはない。言えることもない」

「言えることがないってどういうこと？　なにか気の利いたおもしろいことを言えば済むことじゃないの。わたしを笑わせて、この不愉快な状況から気を逸らせるようなことをね。それがいつものやり方でしょう？」

その言葉がぐさりと胸を貫いたが、どれほど傷ついたかをヴァイオラに知らせることはあえてしなかった。「奇妙なことに、気の利いたセリフがひとつも浮かんでこない。今はきみを笑わせることさえ無理だ。そうできればいいのにと思うが。ペギーやアンやエルシーやそのほかぼくがつき合った女性について言えることはなにもない。それについてはきみに乗り越えてもらうしかない」

「ただ許して忘れろと言うの？　それだけ？　あなたにとっては、なんと都合のいいこと」

「ペギーについて話してほしいというのか？　ぼくをさらに軽蔑するために？」むなしい状況に苛立ち、ジョンは言い返した。「そうなのか？」

ヴァイオラは答えなかった。

「そうした女性の何人かは、ぼくにとってなんの意味もない」彼女の沈黙にあおられてさらに言い続ける。「たとえば、アン・ポメロイがそうだ。彼女はぼくを利用した。ぼくも彼女を利用した。ひどいことではあるが、それだけだった。ペギーは違った。彼女とぼくには共通点がひとつあった。形だけのむなしく無意味な結婚による孤独感だ」

ヴァイオラの顔によぎった苦悩の表情を見ても、ジョンは自分を止められなかった。「ペギーとぼくは慰め合った。ほんとうだ。ふたりとも慰めが必要だったんだ」

「やめて！」ヴァイオラが両手を耳に押しあてた。「そんなこと、聞きたくないわ」

「聞きたいから、その話題ばかり持ちだして、ぼくを責め続けているんだろう？　ペギーとは約一年間つき合っていた。優しくて思いやりのある、一緒にいて楽しい女性だった。それだけの関係だが、つき合っているあいだは楽しく過ごすことができた」

「いたるところであなたの愛人たちに出会うだけでもひどいことなのに、あなたがその女性たちについて話すのまで聞く必要はないでしょう」

彼を避けようとしたが、真ん前に立ちはだかった。「なぜだ？　それほど気になることなのか？」彼女の顔に浮かぶ苦悩の原因が自分であるとわかっていても、ジョンは言葉を止められなかった。さらに言いつのったのは、やむにやまれぬ自己防衛と残酷な衝動、そして――悔しいことだが――罪の意識のせいだった。「氷の女王でも、だれかを必要とするのかな？」

ヴァイオラが顔をそむけた。横顔でも唇が震え、ぎゅっと一文字に結ばれるのがわかった。

「ペギーとの関係が無意味だったと言うこともできるさ。男たちはみんな、妻にそう言うものだ。だが、これについては、そう言っては嘘になる」

「まるで嘘をつくのがむずかしいかのような言い方じゃないの」

「なんでもなかったわけじゃない。だが、愛情とか、そういったものではなかった。寂しいふたりの人間が好意を持ち合い、人間的な温かい触れ合いを必要としただけだ」

「ペギー・ダーウィンはあなたを愛していたはずよ」

「それはまったくのたわごとだ」

「たわごとなんかじゃないわ。彼女はあなたに夢中だった。みんなそれを知っていたわ。あなた以外はね」

ヴァイオラが背を向けて離れようとしたのを、肩をつかんで引きとめた。「それは愛情ではない、ヴァイオラ。欲望だ。話し相手を確保し、孤独を癒す手っ取り早い方法、それだけだ」

ヴァイオラは信じられないという様子で首を振ったが彼のほうを見ようとしなかった。顎をつかみ、顔をあげさせると、涙が頬を伝っていた。彼の手に涙のしずくが落ちて、酸剤のように肌を焼く。

「いい加減にしてくれ！」ジョンは手を離し、数歩さがって窓のほうを向いた。ふたりのあいだに八年間の壁を築いてきた彼女がうらめしく、それを築かせる多くの理由を彼女に与えた自分がそれ以上に憎かった。「きみはなにを望んでいる？　なにが欲しいんだ？」

「なにも欲しくないわ。なにかを欲しがっているのはあなたのほうでしょう。わたしが与えることができないものを。それはもうなくなってしまったのよ、ジョン。取り戻せないし、修復もできないわ」そう言うなり、ヴァイオラは振り返り、戸口に向けて歩きだした。

「なんど言わなければいけないんだ？　過去についてはどうすることもできない」

「いいえ、できるわ」戸口で止まり、こちらを向く。「過去から学ぶことができるでしょう。わたしはそうしたわ。あなたを二度と信じてはいけないと学んだのよ」

その言葉を残し、ヴァイオラは行ってしまった。

窓にもたれ、ベッドを見つめる。彼女の兄の家にある彼女のベッド。その上に置かれた薄ピンク色の服。先ほど聞いた彼女の笑い声が心にこだました。彼女を笑わせたりほほえませたりできるなら、所有するすべての家をピンク色の壁紙で飾っただろう。それで効き目があるのなら。だが、そんなことはなんの役にも立たない。

ベッドに背を向けて窓から外を眺め、ガラスに頭を打ちつけたい衝動と闘った。「くそっ」

口のなかでつぶやき、少し前に、彼女を傷つけるために口にした乱暴な言葉の数々を悔いた。

「くそっ、くそっ、くそっ」

過去にも幾度となく同じ状況に陥った。彼女が冷淡になり、彼は怒りをぶちまけ、そのせいで彼女が傷つき、それで彼も傷つく。彼女は許すことができず、彼はそれがどうしても納得できない。彼は出ていき、彼を批判したり、切り刻んだりせず、軽蔑もしない女性を見つける。修復できないことだという彼女の言葉は正しいのかもしれない。なにを言おうが、なにをしようが、なにをしようと試みようが、充分とは言えないだろう。禁欲を誓って、イタリアの僧院にこもることはできるだろうが、それでも足りないだろう。彼が生きているかぎりヴァイオラは許せないのだろう。

ふと、真下を歩くカップルが目にとまった。トレモア公爵夫妻だ。スクエアの真ん中の楕円形の公園に沿った小道をゆっくり並んで歩き、トレモア公爵がみずから乳母車を押している。赤ん坊のニコラスに散歩をさせているらしい。数歩うしろを乳母のベッカムが小走りでつき従っている。

夫妻は練鉄製のベンチのそばで立ちどまった。公爵夫人が乳母車からニコラスを抱きあげてベンチに座った。赤ん坊の胴を両手で持って、膝の上で立たせている。夫が隣りに腰を掛け、妻を包むようにベンチの背に片手をまわした。

幸せな結婚をした幸運なカップルそのものだった。笑い合い、語り合い、自分たちの息子を連れて公園を散策する。

まさに家族のあるべき姿だ。

ちょうどそのとき、ヴァイオラが家の前の通りを横切り、兄夫婦に合流するのが見えた。帽子を手に持ち、黄褐色の髪が陽光のなかで黄金のように輝いている。

ベンチの前で足を止め、ベンチの脇の芝生に帽子を投げるや、両手を差しだして、母親からニコラスを受け取った。赤ん坊を高く頭の上に持ちあげ、そのままゆっくりと体をまわす。頭をそらし、赤ん坊に向かってほほえみかけている。ジョンの胸に、こぶしで殴られたような激しい痛みが走った。

その光景に背を向けようとしたが、体がしびれたように動かなかった。両側の窓枠を両手でつかみ、ガラス越しに妻が赤ん坊を抱きあげている姿を凝視する。彼の息子ではない赤ん坊を。これほどの無力感を感じたことがなかった。これほどの怒りも、これほど人生から取り残されたという思いも。この思いをヴァイオラに告げればいいかもしれない。彼の苦痛が彼女にとって一番の慰めだろうから。

「まあ、大変、また大きくなったわ！」ヴァイオラは赤ん坊を高く持ちあげていた手をさげ、今度はあやすように抱っこしながら義姉の隣りに腰掛けた。「もう、あまり長く持ちあげていられないわ」

「でも、この子、そうしてもらうのが大好きみたい」ダフネが赤ん坊を受け取ろうと手を出したが、ヴァイオラは身をそらして赤ん坊を母親から遠ざけた。「もう少し抱かせて。きょうは抱っこするチャンスが一度もなかったのですもの」

「でも、そろそろお昼寝の時間よ」

「あとちょっとだけ」肩にもたせるようにぎゅっと抱きしめたが、赤ん坊が身をよじりだしたので、今度は膝に立たせ、両手を持ってしっかり支えた。赤ん坊は小さな指でヴァイオラの指をしっかりつかみ、立とうと集中しているせいで額に皺を寄せている。「しっかりしてきたわ」赤ん坊を見ながらヴァイオラは言った。「今にも歩きだしそうね」

「もうすぐだと思うわ」ダフネがうなずいた。「なにかにつかまれば立ちあがれるのよ。一歩踏みだしたとたんに尻餅をついてしまうけど」

「毎朝、それをやっている」アントニーが妻の向こう側から身を乗りだし、ヴァイオラと赤ん坊をのぞき込んだ。「朝食のあとに書斎で一緒に過ごしているあいだ、足載せ台の端をつかんでひたすら立とうとしているんだ。なんど尻餅をついても諦めない。頑固者だ、ぼくの息子は」

「当然だわ」ヴァイオラが言った。「だってこの子は――」

車輪が敷石を踏む音が鳴り響き、ヴァイオラは言葉を切った。三人が顔をあげると、ちょうどアントニーの家の前にジョンの馬車が止まったところだった。三人が座るベンチから二十メートルほど離れている。

ジョンが玄関から出てきて、無蓋《むがい》馬車に乗りこむのが見えた。かんかんに怒った様子で顔をしかめている。ヴァイオラは、彼がこちらに目を向けないのがありがたかった。

「ずいぶん怒った顔をしていたわね」ダフネが小さい声で言うのと同時に馬車が走りだした。

「なにかまずいことがあったのかしら」

「消化不良じゃないか？」アントニーが期待するように言う。

「アントニー、ひどいわ！」ダフネが咎めた。「そんなことを言うなんて意地悪よ」

「わたしが原因だと思うわ」ヴァイオラはつぶやき、ニコラスの頭を肩にもたせるように抱え直しながら、走り去る四輪馬車を見つめた。スクエアから曲がって見えなくなるまで見送り、ジョンが慰めのために、だれか別な女性を探してひと晩を過ごすつもりなのだろうかといぶかった。魅力的な女性が見つかれば、ここには戻ってこないはずだ。その見通しによって希望を抱けるはずなのに、そうはならなかった。まるで胃のなかに塊ができたように吐き気がする。ヴァイオラは赤ん坊を強く抱きしめた。

「あなたたち、喧嘩をしたの？」ダフネが尋ねる。

ヴァイオラは振り返って義姉の顔を見つめた。「いつものことでしょう？」

アントニーがため息をついて立ちあがった。「きみたちがハモンドのことを話すなら、ぼくは先に失礼するよ」

「そんなつもりはないわ」ヴァイオラは兄に言った。「夫のことは、一番話したくないことですもの。まだ行かないで」

アントニーは首を振った。「いや、どちらにしろ、そろそろ行かねばならない。ホワイツでデューハーストに会って、選挙法改革の修正案について話し合うことになっている。充分間に合うように戻ってきて、きみたちふたりをモンフォース邸の夜会にエスコートしていくつもりだ」

ヴァイオラは首を振った。「わたしは行かないわ。セアラ・モンフォースには我慢できないの。風邪だということにして、今夜は家にいるわ」

「あなたよりもわたしのほうがレディ・セアラ・モンフォースを嫌う理由があるのに」ダフネが笑った。「アントニーはもう少しでわたしでなく彼女と結婚するところだったのですもの」

「それを思うと、いまだに震えてしまうわ」ヴァイオラもうなずいた。

「どちらもレディ・セアラを嫌う必要はないだろう」アントニーが異議を述べる。「結局ぼくはあの女性と結婚しなかったのだから」

「その喜ばしい事実をもってしても、彼女を好きになるには不充分よ、お兄さま。ねえ、ダフネ、一緒に家にいましょうよ。ピケットで遊んで、マデイラワインで酔っぱらいましょう」

「そして、レディ・セアラに、わたしのハンサムな夫に言い寄る機会を与えるというの？」ダフネが渋面を作ってみせた。「とんでもない！」

「本気で心配しているような言い方だな」アントニーが妻の頭の上にキスをした。「七時には迎えに戻ってくるよ」そう言い残し、女性ふたりを残して立ち去った。

「ほんとうにわたしをひとりでレディ・セアラのもとに行かせて、あなたは家に残るつもりなの?」ダフネが聞いた。

「ええ、今夜は静かに夜を過ごすことにするわ」ヴァイオラは甥の頭のてっぺんにキスをした。「ニコラスがつき合ってくれるでしょう。レディ・セアラよりはずっとよい話し相手だわ」

ダフネが笑った。「そんなふうに言うのを聞くと、あの女性が気の毒になってくるわ。あなたがわたしを好きになってくれてほんとうによかった！」そのとき、ヴァイオラの肩のあたりを動くものに気づいて、ダフネが慌てたような声をもらした。「ヴァイオラ、大変、あなたの帽子が飛んでいってしまったわ」

ヴァイオラが振り向くと、春風にあおられて帽子が芝生の上を転がっていくところだった。ニコラスを母親の手に返し、帽子を追いかける。何メートルが追いかけて帽子の縁をつかんだとき、また強い風が吹いた。あやうく、届かないところに飛んでいってしまうところだった。

息を切らせながらベンチに戻り、またダフネの横に座った。

「かぶっていたほうがいいわ」義姉がニコラスの背中を叩きながら忠告する。

「かぶりたくないのよ」ヴァイオラは帽子を膝に置き、飛ばないようにリボンを手に巻きつけた。「これだけ風が強いと、ハットピンで留めなければならないでしょう？　そうすると必ず頭が痛くなるんですもの」

「ほんとうに帽子が嫌いなのね。一生かぶらずに持っていそうだわ」

きみが帽子をはぎ取り、空に投げあげて笑ったのも覚えている。

ヴァイオラ自身はそのことを忘れていた。ジョンと一緒に馬を駆ったことも。たくさんのことを忘れていた。ブラックベリージャム。彼に首筋にキスをされたときの感触。彼が彼女を隅に追いつめてキスを盗むやり方。彼がどんなふうに笑わせてくれるか。彼の瞳に浮かぶ熱い欲望。彼がどれほどひどく彼女を傷つけることができるかも。

「花がひとつ破れてしまったわ」ダフネがニコラスをもう一方の肩に抱き直し、空いた手を伸ばして帽子を縁取る紫と黄色のパンジーのちぎれた部分に触れた。「これでは、修理できないかもしれないわね」

ヴァイオラは絹で作った花を見おろした。菫《ヴァイオレット》。ヴァイオラと同じ名前の花。結婚式の花束にもこの花を使った。「修復できないものもあるわ」ヴァイオラはささやいた。

「あした一緒に買い物に行って、新しい帽子を買いましょう。出かけたついでにベルズにつき合ってもらえたらうれしいわ」

帽子の縁を持っていたヴァイオラの指に力が入った。「布地店の？」

「よいベルベットが入荷したと聞いたから、見ておきたいと思って」

赤い帽子をかぶった美しい女性が布地を見ながら笑っていた姿が脳裏をよぎる。「そんなによくなかったわ」

「もう見にいったの？」

「きょうの午後、ハモンドと一緒にベルズに行ったのよ」ヴァイオラは口ごもった。「レデイ・ダーウィンがお店にいたの。ジョンと喧嘩した原因はそれよ。彼女は四年前に彼の愛人だったわ」

「今は愛人はいないのよ。エマ・ローリンズとも別れ、彼女はフランスに行ったと聞いているわ」

「そんなこと関係ないのよ、ダフネ。彼はまた次の人を見つけるわ。いつもそうですもの。そしてわたしはまた、その女性に会ったり、みんながその女性のことを噂するのを聞いたりしなければならないのだわ、今までと同じように」ダフネのじっと見つめる視線を感じて、ヴァイオラはため息をついた。「ベルズでレディ・ダーウィンに会っても苦痛など感じないはずなのに、やっぱり感じるのよ、ダフネ。いつもひどく傷つけられるわ。どの女性でもね。それなのに、彼はわたしに、なにごともなかったかのように振る舞い、一緒に住むことを期待しているのよ」

ダフネはしばらく黙ったままニコラスの背中を軽く叩き、金縁の眼鏡越しに夢見るように宙を見つめていた。それからヴァイオラに視線を戻し、思いもかけない質問をした。

「ハモンドともう一度一緒に暮らすことは、そんなに嫌なことかしら？」

ヴァイオラはあっけにとられて義姉を見つめた。「彼のやったことをすべて知っていて、なぜそんなことを聞けるの？」

「レディ・ダーウィンのことは知っているわ。エマ・ローリンズのことも、他の女性たちのことも。でも、それはうしろに置いて前に進めないかしら。ふたりで新しいスタートを切るのよ。あらたな人生を始められない？」

ヴァイオラは新しいスタートを切りたくなかった。あらたな人生も始めたくなかった。ジョンを望んでいない。こんなに苦しむほどの価値は彼にはない。「どんな女性だって、嘘つきで女たらしの男と新しいスタートを切ることはできないわ」心を揺るがせないように必死だった。「彼は再三再四、自分が信頼に値しない男であることを証明してきたのよ」

「信頼を築くのに必要なものは時間であって、その時間こそ、あなたがたふたりが九年近くも結婚していながらほとんど持てなかったものでしょう。時間があれば、共通の土台を見いだして平和に暮らせるのではないかしら」

ヴァイオラはたじろいだ。不当に非難されたような気持ちだった。破れたパンジーをつまんで、花束から引き抜く。「ハモンドとの共通の土台なんて存在しなかったし、平和に暮らしたこともなかったわ。わたしが瞳に星を浮かべて彼に憧れていたときでさえもね。いつでも喧嘩していたから」

愛を交わしていなかったときはいつも。

ヴァイオラは絹の花を握りしめ、夫と一緒に住んでいたときの起伏に富んだ日々を思った――情熱的な喧嘩と同じくらい情熱的な仲直り。ヴァイオラはもはやハモンドと喧嘩もしたくないし、仲直りもしたくなかった。そして、なによりも、彼について話し合いたくなかった。

しかし、ダフネはなんとしてでもその話題を掘りさげる決心のようだった。「あなたたちはふたりとも、前よりは年を重ねて賢くなっているでしょう。ふたりでなんとかうまくやっていく方法を見つけられないものかしら？」

「結婚とはそういうものなの？」ヴァイオラは義姉を見つめた。「ただ、なんとかうまくやっていくだけ？」

ダフネの菫色の瞳が眼鏡のうしろで真剣な表情を帯びた。「信じてもらえるかどうかわからないけれど、イエスよ、ほとんどのときはね。ロマンティックでないと言えばその通りだけれど、それが真実だわ」

ハモンドとうまくやっていくのはロマンティックでないどころではない。不可能だ。「あなたと兄は幸せな結婚をした。わたしの状況は理解できないと思うわ」

「わたしに理解できるのは、あなたの自尊心よ。それから、ハモンドがしたことのせいで、あなたに彼を信頼できない当然の理由があるということ。でも、男性にも自尊心はあるわ。それも非常に強くね。ハモンドはそのなかでももっとも自尊心が高いのではないかしら。しかも明らかに彼は心のうちをあからさまにする人じゃないわ」

「彼は心を持っていないのよ」

「いいえ、持っていると思うわ。それをうまく隠しているのよ。実を言えば、彼とわたしはとても似ていると思うの」

「なんですって？　そんなばかなこと！」

「ほんとうよ。あなたはわたしとは全然違うわ、ヴァイオラ。あなたは率直に愛情を示すし、出会った人全員を信頼するわ。その人たちが信頼できない理由を提供しないかぎりはね。そうなったときには――こんなことを言って許してほしいのだけれど――あなたはスコットランドの冬のように冷たくなる」

この言葉は胸に突き刺さった。ジョンがヴァイオラを描写した表現ととても似ている。ヴァイオラはごくりと唾を呑みこんだ。「わたしが容赦ない人間だと言っているの？　つまりわたしが……わたしが、氷の女王みたいだと？」

「わたしが言いたいのは、あなたはとても情熱的で、その情熱を長く保つことができるということよ。あなたの視点はとても明確ではっきりしている。黒か白か。良いか悪いか。正しいか間違っているか。友だちか敵か。だれもがあなたのようじゃないわ。たとえばわたしは違う。わたしの印象では、たぶん子爵も違うと思うわ。わたしたちふたりは、あなたに比べれば穏やかで中庸なのよ。もちろん、同じように自尊心は持っている。でも、その表し方が違うの。たいていは、感じていることを外に出さないわ」

「あなたが自分を彼と一緒にしていること自体が信じられないわ。まったく違うもの！　あなたは絶対に嘘をつかない。ほかの人の愛情をもてあそんだりしない。あなたを愛する人に不誠実なことはしない。困難な状況に背を向けることもしない。もし間違ってだれかを傷つけたとしても、それに気づいて反省して、なんとか償おうとするでしょう。わたしはあなたよりもハモンドのことを知っているわ。彼はあなたが思っているような人じゃない」

ダフネがヴァイオラの肩に手を置いた。「あなたはかつて彼を愛していた。わたしがわかっているのはそのことよ」

胸がぎゅっと締めつけられるのを感じて、ヴァイオラは顔をしかめた。「それは周知の事実でしょうね。だからこそますます、だまされて悔しい思いをするんだわ」

赤ん坊が母親の腕のなかでもぞもぞと動き、ダフネはまた背中をそっと叩いた。「男性にとってはつらいことに違いないわ」考えこむ様子で言う。「一度は自分を熱烈に愛してくれていた女性に嫌悪され、背を向けられるのは。そして、ベッドから追いだされるのも」眠っている赤ん坊の頭越しにヴァイオラと視線を合わせた。頬がピンク色に染まる。「そちらのほう……肉体的な面は男性にとってはとても重大なことよ、ヴァイオラ。わたしたちにとって以上に重大なのではないかしら。あなたはもちろんわかっていると思うけれど」

ヴァイオラは自分の耳が信じられなかった。「あなたはハモンドの味方なの？」

「わたしは彼の味方をしているんじゃないわ。彼の見方で見ているのよ」

この世で一番の親友がハモンドの肩を持つことなど、とても耐えられなかった。「彼には見方もなにもないわ」怒りをぶつける。「少なくとも筋の通ったものはね。彼はただの財産目当ての悪党よ。わたしに嘘をついて、わたしを見捨てて、そのあとは女性から女性へ渡り歩いた。そして、社交界の人々はそのすべてがわたしのせいだと責めている」

「すべてではないでしょう。彼も同様に非難されているはずよ。そういう話を直接耳にしたこともあるわ。大半の人は、ハモンドがずっと前にあなたをベッドに引っぱっていって跡継ぎを作らなかったのが悪いと思っている。男らしさを疑問視されるのは、男にとっては耐えがたいことでしょう。彼は、どんな噂をされようと気にしていないように振る舞っているけれど、感情のほとんどを隠すことでそうしているのだとわたしは思うわ」

ヴァイオラは博物館での情熱的なひとときを思いだし、首の横をこすった。苛立ちが抑えられない。「彼の男らしさを疑問視する人がいるとは思えないわ。あれだけたくさんの女性とつき合っていれば、証明する必要もないでしょう」

「むずかしいとは思うけれど、彼がその女性たちのところへ行った理由を考えてみてはどうかしら？」

ペギーとぼくは慰め合った。ほんとうだ。ふたりとも慰めが必要だったんだ。

「あなたは残酷だわ、ダフネ。わたしのせいでこうなったと言うのね！」

「そんなことは言ってないわ」ダフネがいつもと同じ静かで落ち着いた口調で言う。「ハモンドのような男性だったら、この八年間にどんなふうに思ったり感じたりするだろうかと考えているだけ。彼のことはよく知らないから、彼の性格を間違って判断している可能性もあるわ。アントニーだったらそう言うでしょうね。ハモンドが縛り首か八つ裂きになって、大切な妹を傷つけた罪を償うべきだと思っているから。あなたが歩いた地面もあがめそうですもの」

「アントニーがハモンドを嫌っているのは、人を見る目があるからよ。少なくともわたしよりすぐれているわ」

「そうかしら？」ダフネがにっこりした。「地味で内気で家柄の低い娘を見て、自分の兄の妻として、レディ・セアラ・モンフォースよりもずっとふさわしいと思ったのはあなたなのよ。アントニーがそういう目でわたしを見ていなかったことは覚えているでしょう？」

「わたしのような見方をするまでに少し時間がかかっただけよ。でもたしかに、あなたについてはわたしが正しかったわ」

「わたしについて正しかったのだから、おそらくあなたは自分で思っているよりも人を判断する能力にすぐれているのよ。ハモンドと恋に落ちたときのあなたも、もちろん若かったけれど愚かだったはずはないわ。きっと彼がすばらしい資質を持っていて、それをあなたが感知したに違いないわ。さもなければ、ひと目見て恋に落ちることなどあり得ないもの」

「彼の性格も資質もなにも知らないうちに恋に落ちてしまったのよ」ヴァイオラは首を振った。「それももう、どうでもいいことよ。今は彼を愛していないのですもの。あの愛は消えてしまった。いったん消えた愛を戻すことはできないわ」

「わたしはできたわ。二回、アントニーに恋に落ちたもの」

「ダフネ、こんな話、やめましょう。わたしは恋に落ちたいわけじゃないわ。とくにハモンドとは。もう一度なんてとんでもない。そんなことは望んでいないのよ！」

荒らげた声にニコラスが目をさまし、身をよじって泣きだした。

ヴァイオラは、赤ん坊と同じようにしたいというあまりにばかげた願望にとらわれた。

「愛についてこうして話していても無意味だわ」声を抑える。

「それでは、結婚のほかの目的についてはどうかしら？」ダフネが赤ん坊を揺らし、なだめてまた眠らせようとしながら尋ねた。「子どもは、ヴァイオラ？　子どもは欲しくないの？」

その質問はナイフのように心に突き刺さった。ヴァイオラはずっと前に、自分の子どもを持つことはないだろうと諦め、その事実を受けいれていた。「ハモンドに跡継ぎがいないことで、社交界はわたしを非難している。あなたも同じようにわたしを非難するの？」

「非難とかそういう問題じゃないわ。ただ、あなたが子どもを欲しいかどうか尋ねただけ」

「もちろん欲しいわよ！」ヴァイオラは叫んだ。心が激しくうずく。「小さなときからずっと、それが願いだったわ。いつも夢みていた――すばらしい夫を愛し愛され、たくさんの子どもを産みたかった――ジョンと結婚したとき、その夢がかなうと思ったわ」喉が詰まり、涙で目がぼやけた。「ロマンティックなことしか考えていない愚かな娘だったから」

「愛する夫と子どもたちを望むのは愚かしいことではないわ。あなたはすでに夫を得ている。彼は子どもを望んでいる。ねえ、ヴァイオラ、これはあなたの夢を実現させるための二度目のチャンスだとなぜ考えないの？」

「ハモンドと？」ヴァイオラは首を振った。「いいえ、ダフネ、だめよ。たとえ、あの人に対する愛情を多少なりとも取り戻したとしても――そんなことはないと思うけど――なんの違いがあるというの？　彼はわたしを愛していないのよ。昔も今もそして将来も。そして、わたしももう彼を愛していないし、今後愛することもない。それだけのこと」

「あなたがそう言うのなら」

「わたしがそう言っているの。それに、もし愛など関係なくて、ただ一緒に暮らすだけの結婚でも、ハモンドとわたしはそれさえもうまくいかないでしょう。さあ、この話はもうおしまい」

そのあとダフネが話題を変えてくれたのはありがたかったが、ヴァイオラ自身は頭を切り換えることができなかった。

ハモンドとただ一緒に暮らすことなどできない。なぜなら、彼に首にキスをされ、頬に触れられるだけで、膝ががくがくしてしまうから。ほんの少し譲歩しただけで、彼は何十倍、何百倍もごり押ししてくるから。彼のほほえみと笑い声と瞳に浮かぶ熱っぽい表情を信じたら、またもだまされることになるから。もし彼のベッドに連れていかれたら、また彼を愛してしまう危険を冒すことになるから。こうしたすべてが行きつく結果はひとつ。もう一度、心がずたずたに引き裂かれる。

ヴァイオラは帽子についた菫の花を見つめた。結婚の誓いは彼にとってなんの意味も持たない。もし彼の望むものを与えたとしても、最後にはまた置き去りにされるだろう。今はヴァイオラを欲している。もちろんそれはわかっているが、愛情と欲望が同じものでないこともわかっている。これまで、ハモンドはたくさんの女性を望んできた。ヴァイオラもそのうちのひとりに過ぎない。

ヴァイオラはこぶしをあげて手を開いた。紫と黄色の絹の切れ端が春の風に吹かれてふわふわと飛んでいった。愛情が伴わない欲望は風と同じ。実体を持たないから、つかまえておくことも不可能だ。そのことをつねに心にとどめておいたほうがいい。

10

アングリオズの入り口を通ってなかに入ったとたん、ジョンは剣がぶつかり合う音と男たちの悪態に包まれた。いやしくもスポーツマンと呼ばれるに値する男ならだれもが、ことフェンシングとなると妥協を許さず、せっせとアングリオズに集っては剣の技に磨きをかけている。

ジョンが着いたとき、ディラン・ムーアはすでに来ていた。ふたりで日課のように一緒に練習していたが、それもこのところとぎれていた。ジョンが妻を取り戻すことに没頭してほかのことを考えられなかったせいだ。

ベルズでレディ・ダーウィンを見かけてから一週間が経っていた。そのとき以来何度かヴァイオラと話そうと試みたが、会うことさえ拒絶された。きょうは彼女が要求した三週間の猶予期間が終わる日だったが、迎えにいってみると荷物はできておらず、会うことも拒まれ、兄の公爵に帰るよう申し渡された。法的手段に訴えないかぎり、ヴァイオラとの関係は暗礁に乗りあげたままだろう。ジョンはどうしたらよいかわからなかった。

蓋をしたまま沸騰している鍋のような気分だった。きょうの午後、グロヴナースクエアを辞したあと、ディランに今夜アングリオズで落ち合って練習しようという手紙を届けさせたのは、自分がついに沸点に達し、蒸気をのがさなければ爆発してしまうとわかっていたからだ。

ジョンが練習室に入っていくと友が顔をあげた。すでにシャツだけになって準備を整え、手に持った剣で素振りをしている。「きみから誘ったくせに遅れてくるとはな」

ジョンは、遅れた理由は正気を逸したせいだとは言わなかった。遅れたのが妻のことで頭がいっぱいのせいであることも、苛立っているせいであることも、途方にくれているせいであることも、さらに悪いのは、なすすべがないせいであることも説明しなかった。

ディランをにらみながら上着と胴着を脱ぎ、クラバットをはずして扉のそばに立っている少年に投げ渡す。従業員が服を持って退室すると、ジョンは壁のフックから気に入っている剣を取った。「今夜は足もとに気をつけたほうがいいぞ」警告する。「ぼくは最悪の気分で、きみを徹底的にやっつけようと思っている」剣を振る。「女というのは、ほんとうに厄介な生き物だ」

「夫婦間のもめごとか？」ディランが憐れみのこもった表情で彼を見る。

「きみにはわからないだろうよ」ジョンは言い返した。

男ふたりが向かい合う。構《アンガルド》えの姿勢をとり、剣を交え、そして試合を開始した。ジョンが最初に突きを入れ、ふたりの剣がぶつかる音が部屋じゅうに響き渡った。

「ロンドンじゅうが噂で持ちきりだ」ディランが言いながら、その突きを払う。「ハモンド卿夫妻が仲直りしたらしいと聞いたぞ。いや、やっぱり違うらしいとも聞いた」

「仲直り？」ジョンはさがってまたすぐに二回続けざまに突き、巧みな剣さばきで相手を何歩か後退させた。「自分でも疑わしくなってきた。仲直りというのは、ふたりいないとできないからな」

もう一度ディランが突きを払い、しばらく互角にやり合ったあとはジョンが後退したが、次の瞬間には、ふたりとも部屋の中央に戻っていた。

「コヴェントガーデンでも一緒に座っていたとか」剣を構えてまわりながら、ディランが言う。

「ピクニックと馬車の遠出もか」笑いだす。「ハイドパークで妻にキスをしたのか、ハモンド？　博物館に連れていった？　カーテン生地を探して一緒に買い物か？　ぼくにはまさに仲直りに思えるがね」

「というよりは、闘いのあいだの一時的休戦のようなものだ。ところで、コヴェントガーデンの演奏はよかった」ジョンは話題を変えようとした。「すばらしい交響曲だ。きみが作曲したなかでも最高だと思った」

「ありがとう」ディランが突きだし、ジョンが払い、ふたりの剣がまたぶつかった。「先週はレディ・ダーウィンも買い物に行ったと聞いたぞ。そのせいで休戦が撤回され、戦闘が激しくなったと見たが」

ディランがせっかくの話題をのがすはずがないとわかっているべきだった。友人を意地悪くからかうのはこの男の趣味のようなものだ。「ぼくの結婚生活がきみになにか関係あるか？」視線を逸らさず、ゆっくりまわりながら、互いに相手の次の動きを待つ。

「いいや」ディランがにやりとする。「キスの一回や二回では、彼女をなだめて戻ってきてもらうことはかなわなかったわけだ？」

挑発されるつもりはない。「もちろんだ」そっけなく答える。

「地獄に堕ちろと言われたのか？」答えを必要としないほど、ムーアは女というものを熟知しており、もちろん答える暇など与えずに言葉を継いだ。「息子が必要だと判断して彼女に接近したとき、どうなると思ってたんだ？　彼女がその必要性を理解するとでも？　彼女が妻としての責任に目覚めるとでも考えてたのか？」

「うるさい」

ディランが笑いだした。おかしくてたまらないという笑いだ。「あるいは、伝説になるほど名うての女たらしとしては、二、三週間求愛にいそしめば、彼女みずからきみのベッドへ倒れこむと思ったんだろうな」

ヴァイオラの非難にムーアの嘲笑が追加され、ジョンの理性は爆発寸前だった。「ぼくには妻などいない！」激しく言いながら、先に突く。相手が払いのけ、ふたりでにらみ合う。どちらの剣先も下を向き、手首が交差する。「八年半ものあいだ、妻などいなかった」

「いなかった？　きみに妻がいないなら、レディ・ハモンドと名乗っているあの金髪の美しい女性はだれなんだ？」ムーアが交えた剣を押しまわして剣先を天井に向かせ、身をかわしてジョンの逆側に飛び、振り向きざまに剣を突きだした。

その動きを予期していたジョンは横に身をかわし剣先を避けた。相手の向こうにまわりこみ、振り向いたディランを隅まで追いつめて、友の胸のど真ん中を突く。「当たりだ《ヒット》」宣言するなり背を向け、大またでその場を離れた。

「だれを言っているかわかるだろう？」ディランがあとを追って部屋の中央に戻りながら言葉を継ぐ。「小柄」ふたりがまた向かい合う。「榛色の瞳。愛らしい唇。九年前、きみはまさにその描写に当てはまる女性と結婚したと思ったが」

「ふたりが別々な家に住んで、違うベッドで寝ているのは結婚じゃない」突きだしたジョンの剣がムーアの剣にぶつかる。「まさにジョークだよ」また突く。「最初からジョークだったんだ。周知の事実だ」

ディランが受け流し、体をまわすようにして払った。鋼が鋼に当たって滑り落ちる。すぐに向きを戻し、ふたりは一メートルほど離れてまた剣を構えた。どちらの息も弾んでいる。

ディランがジョンの目をのぞき込んだ。「ジョークか、ハモンド？　きみは笑っていないようだが。きみ自身がジョークというわけか？」

ジョンは答えなかった。左に出すと見せかけて右に突き、もう一度胸を狙ったが、相手はごまかされなかった。その動きはなんなく避けられ、ジョンの剣が壁に当たる。体勢を立て直す前に、下に入りこまれ、今回脇腹を突かれたのはジョンのほうだった。

「当たり《ヒット》」ディランが言う。「集中していないじゃないか」

「そんなことはない。さっきはぼくの当《ヒ》たり《ット》だった」

移動してまた構《アンガルド》えの姿勢になり、剣を交え、試合を開始する。数分間はどちらも無言で、剣のぶつかる音ときしむ音しか聞こえなかったが、ディランが説教を再開するまでにさほど長くはかからなかった。「きみに忠告しよう」前に出たが突き損じて飛びすさる。「きみが奥さんと仲直りするのに役立つぞ」

「そう言えばきみも結婚していたな、まるまる七カ月間だったか?」ジョンは言い返し、空いた手で額の汗をぬぐった。今度はこちらが茶化す番だ。ジョンは笑い声をあげた。「ぼくに結婚について忠告するつもりなら、少なくとも数年は待つべきだな」

「真面目に言っているんだ、ハモンド」ムーアがさがり、剣を上に向けて試合を中断した。「耳を貸してもいいだろう? わかっているだろうが、ぼくは普通は友人の情事に干渉したりしない。そのぼくが忠告するんだ。気に入らないかもしれないが、助けになることは間違いない」

ムーアの口調に誠意が感じられ、そのせいでかえって好奇心が湧いた。「どんな忠告だ?」

「ヴァイオラに、友人になりたいと言うんだ」

なんとばかげたことを。ジョンは軽蔑するように鼻を鳴らすことでその所感を表明した。

「きみが真面目な話と言ったように思ったが。ヴァイオラとぼくが友人? なんという思いつきだ!」

「本気で言っている。彼女の友だちになるんだ」

「やれやれ、いい加減にしてくれ」ジョンはユーモアのかけらもない笑い声を立てた。「この八年半、きみはいったいどこにいたんだ？　ヴァイオラはぼくを憎んでいる。ぼくたちが友だちになれると考えているなら、きみの頭がどうかしてしまったんだ。彼女と出会って九年、さまざまなものになったが、友人になったことは一度もないぞ」

「それでは、ますます試してみる価値があるじゃないか。とにかく、ぼくの場合は効果があった。グレースとぼくは恋人になる前は友人だった」

「愛人だったじゃないか」

「それは友人になったあとだ」

「それが本当だとしても、提案したのはきみじゃないだろう。ぼくはきみをよく知っている。グレースのアイデアに違いない」

「その通りだ。そのときぼくが嫌だと思ったことも認める。だが、最終的にはぼくの人生で最高の結果となった」

「きみたちは恋愛している真っ最中だった。ヴァイオラとぼくはもう結婚している。そのふたつはまったく違う」せかすように剣を振った。「さあ、来い。もう一度やろう」

「なんでそのふたつが違うんだ？　今はもう結婚しているが、なんら違いはないぞ。グレースとぼくはいまだに友だちだ」

「きみとグレースは犬と猫のように喧嘩したりしないだろう。グレースはきみを軽蔑していない」ジョンは構えの姿勢を取り、剣でディランを招いた。「フェンシングをやるのか、それともおしゃべりするのか？」

「ヴァイオラがきみをもう一度愛するようになるかもしれない。きみはそれを怖れているのか？」ディランが真向かいに立って同じ姿勢を取り、剣をあげてジョンの剣と交えた。「それとも、自分が彼女を愛するようになるのが怖いのかもしれないな」

その言葉を聞いて、ジョンのなかでなにかがぷちんと切れた。「愛、愛、愛！」大声で怒鳴る。うずいていた感情がついに爆発した。「その言葉にはもううんざりだ！」

すばやい動きで剣を激しく突きだし、技能の限りを尽くしてディランを壁に追いつめる。ヴァイオラに愛という話題を幾度となく突きつけられたことを考え、何度もペギー・ダーウィンとの関係を愛だと決めつけられたことを思いだして、ジョンはどう猛な恨みがましい気分に陥った。その苛立ちを相手にぶちまけてひたすら突きまくり、しまいには間隙を縫ってディランの腹部に鋭い一撃を食らわせた。「やったぞ」

ディランがジョンを見つめる。彼の激しさに仰天したようだった。「どうやら、図星を突いたらしいな」

激しくあえぎながら、ジョンは数歩さがり、剣をおろした。ディランに背を向ける。「愛か。みんな、とくに女は年がら年中その言葉を投げかけてくるが、その言葉になんの意味がある？　たいていは、ただ、ありきたりの欲望を意味しているだけだ。あるいは、理想化した憧れか。ときにはそのふたつが一緒になる。それが愛か？」

「きみがその質問に対する答えを得ていないなら、ぼくに答えることはできない」ディランも部屋の中央に戻ってきた。「ぼくは見つけた」

「どうやって？」ジョンは彼のほうを向いた。「どうやって見つけたんだ？　それを見つけたとき、どうやってそれが本物だとわかったんだ？　キューピッドに矢を射られ、天使が歌を歌ってくれる。そんな感じか？」

「なんと辛辣な言いぐさだ。きみの皮肉っぽい性格がいかに根強いものか、ぼくは理解していなかったよ、ハモンド。愛というものを、かつてのぼくより強くさげすむ者が存在するとはね」

「辛辣なわけでも、愛をさげすんでいるわけでもないさ。ぼくはただ――」

それがどういうものか知らないのだ。

そう気づいて、ジョンはその場で立ちすくんだ。友をぼう然と見つめる。まるで彼がそこにおらず、その背後を見ているかのように。心の目に映っていたのは、妻が赤ん坊を高く抱きあげて笑っている姿だった。またあの奇妙な無力感がわき起こった。この一週間、幽霊のように彼の心から離れなかった空虚な感覚だ。いくら脇に押しやり覆い隠しても、その虚無感はずっと消えずに残っている。

「ハモンド？」ディランの声が思いをさえぎった。「どうしたんだ？」

「なにが？」ジョンは目をしばたたき、友を見つめてなんとか頭を働かせようとした。

「立ちつくして、ぼう然とぼくを凝視していたぞ。具合が悪いのか？」

「いや」なにかを言わなければ。「大丈夫だ、と思う」首を振り、頭をはっきりさせようとした。「きょうは終わりにしよう」

愛とはなんだ？

ふたりで剣を片づけ、上着を着てフェンシング競技場をあとにするあいだも、ジョンはその質問を自分に投げ続けていた。

うるわしい五月の午後も夜になれば春に逆戻りし、雲がたれ込めてめっきり冷えこむ。アングレオズの前の歩道で馬車を待ちながらディランが話を蒸し返したが、からかうような口調は消えていた。「ハモンド、ぼくが言ったことを考えてみてくれ。ヴァイオラに、友だちになろうと提案するんだ」

「前にも言ったが、彼女は絶対に同意しないさ。面と向かって笑い飛ばすだろう」

「とにかく提案だけでもしてみろよ。友だちになるように説得できれば、ふたりがうまくやっていくうえで絶対に助けになるはずだ」

ジョンは隣りに立っている友に皮肉っぽい視線を投げた。「男と女がベッドの外でうまくやっていければ、いつかベッドのなかでもうまくやっていける。そういう意味か？」

ディランがにやりと笑った。「それは、きみがどれほどよい友人になれるかどうかにかかっている。だろ？」

彼の皮肉っぽいウィットは感染力が強い。最悪な気分のさなかでも、ジョンは笑わずにはいられなかった。ディランの四輪馬車が先にやってきた。雨が降ったときに備えて幌があげてある。「きみはまさしく悪魔だよ」

「もちろんだ」ディランが馬車に乗りこみながら言う。「結婚はしても、悪名は健在だ」馬車が発車し、ジョンは歩道に取り残された。

ディランは馬車の座席にもたれ、笑みをもらした。たしかに自分は悪魔だ。今この瞬間にハモンドがどう感じているかも、これから、それがさらにひどい状態になることも充分にわかっている。子爵は絶望的になっている。藁にもすがる思いで、ヴァイオラとの友情を試してみるだろう。かわいそうなやつだ。ベッドに連れこみたくてたまらない女との友情はこの世の地獄だ。

だが、地獄を通り抜ければ、天国が待っている。最終的にはハモンドも望み通り息子を得るだろう。だが、それより重要なのは、愛する妻に戻ってきてもらうことだ。その価値が計り知れないことをディランは知っている。

ハモンドのことも好きだし、ヴァイオラに対しても深い愛情を感じている。願わくは、どちらもディランの提案を真剣に受けとめてほしいものだ。そうすれば、ふたりは幸せな夫婦に戻れるだろう。

ディランは笑いだしたくなった。このディラン・ムーアがキューピッド役を務めるとは。だれがそんなことを考えただろう。ディランは帰宅してグレースにこの話をするのが待ちきれなかった。

馬車を待っているときにジョンの心を占めていたのは友情ではなかった。それは愛という概念だった。

愛とはなんだ？　詩人が愛について書いている。ムーアのような人々は音楽にする。だれもが四六時中人を愛し、愛について語り、愛のために苦悩する。だが、愛とはいったいなんだ？

ジョンはディランのことを考えた。この世の全男性のなかで、もっとも結婚する可能性がない男だと思っていた。ところが、結婚した。しかも自分の愛人と。グレースのどんなところが、英国でもっとも悪名高き放蕩者をとりこにしたのか、ジョンには見当もつかなかった。たしかに美しいし、優しくて愛情深い女性だ。だが、ディランが心を奪われた様子は尋常ではなかった。激しく思い詰めて、こちらが怖くなるほどだった。

ジョンの馬車が曲がり角に姿を現した。ジョンはそちらに向かって歩き始めたが、すぐに足を止めた。ふいに歩いて帰ろうと思いたち、手を振ってそのまま馬車を行かせた。家まではかなりの距離があるが、歩きたい気分だった。夜になって気温がさがり、夜風が肌にひんやりと心地よかった。雨が降り始めたら、辻馬車を拾えばいい。

さまざまな形の愛があるのだろうとジョンは思った。姉のケイトのことを考える。幼い頃の記憶を掘り起こし、抱きしめられた感触と笑い声と、亡くなったときに彼のなかにぽっかり空いた恐ろしい穴を思いだした。姉のことは愛していた。それははっきりわかっている。パーシィとコンスタンスを思い浮かべた。このふたりの友人については、いかなるときも大切に思い、ふたりもジョンのことを大切に思ってくれた。ふたりの愛情と信頼に疑念の入る余地はなかった。普段はなるべくパーシィのことは考えないようにしている。考えただけで傷口が開くような痛みを感じるからだ。この従兄弟を兄のように愛していたゆえの痛みだった。コンスタンスも愛していた。ほかにはあまり感じたことがないような特別の愛情と敬意を抱いていた。だが、ほんとうに彼女を愛していたのだろうか？　パーシィの葬儀のときに彼女が言った言葉を思いだし、答えがノーであることに気づいた。コンスタンスがジョンではなく従兄弟と結婚したとき、一週間まるまる飲み続け、そのあと数カ月はあちこちの売春宿に入り浸ったが、それで乗り越えた。もしあれが愛ならば、真実の愛ならば、そんな浅薄な方法でそんなにたやすく乗り越えられるか？　当然無理だろう。

前方で歩道が広がり、大通りにぶつかっているのが見えて、ジョンは物思いから引き戻された。道を間違えたことに気づいて足を止める。ブルックストリートで東方向に曲がらなければならなかったのに西方向に曲がってしまい、今、真っ正面にあるのは、グロヴナースクエアの公園を囲む練鉄製の柵だった。

ちくしょう。この場所にはもう嫌というほど来ているじゃないか。脳が少しでも働いていれば、すぐにも背を向けてここを立ち去り、喜んでベッドに迎えてくれる女性を探しにいっただろう。

だが、きびすを返す代わりに、ジョンはスクエアに入り、公園の柵に近づいた。柵の棒を両手で握り、棒のあいだから、ちょうど一週間前のきょう、妻が座ってニコラスを抱いていたベンチを見つめた。

両親のことを考える。ふたりのあいだには、愛どころか好意のかけらもなかった。自分の結婚の行きついた状態を思うと、そのあまりの皮肉さを感じずにはいられない。両親の互いに対する冷淡な態度は、子どもの頃の記憶のなかでも、はっきりと思いだせることのひとつだ。九年間、父親のようにはならないと思い詰めてきたが、結局は、まさに父親と同じ、偽りの結婚にとらわれている。

雨が降りだした。こぬか雨が上着にかかり、内側のリネンのシャツまで湿らせる。すでに凍えるほど寒くなっている。ここに立っているのはあまりにばかげたことだ。雨が霧雨から土砂降りに変わって全身びしょ濡れになる前に帰るべきなのだ。

振り返ったが、立ち去る代わりに鉄の柵に背をもたせ、トレモア邸の明かりがともった居間の窓を眺めた。窓ぎわを金の輝きがよぎる。ヴァイオラの金髪だ。

九年前の、娘だった彼女の姿を思い浮かべる。開けっぴろげで傷つきやすくて、情熱的で、そして、彼を心から崇拝し、それを愛だと信じていた。ジョンはそうは思わなかった。今も思っていない。どうすればひと晩のうちに人を愛することができるというのだ。二回踊って、ちょっと会話を交わした以外、相手のことはなにも知らずに。現実を見ていないのだから、愛であるわけがない。そんな愛があるとは信じられなかった。今でも信じていない。

彼女を思い通りにする力が自分に備わっていることは、最初から気づいていたが、それがなんだったのかいまだにわからない。兄の希望にことごとくそむき、ジョンが無一文であると知りながら、そして、いい加減な男であると聞かされ、放縦《ほうじゅう》でろくでなしという評判も耳にしながら、彼女は会って三カ月で彼と結婚した。理性で考えれば結婚しなかっただろう。ただ、彼を愛していたから結婚したのだ。パーシィが泥のなかに膝をついて、結婚してくれなければ自殺するとコンスタンスを脅したことを思った。それもすべて、彼がコンスタンスを愛していたからだ。

ジョンは片手で濡れた髪をかきあげ、顔についた雨をぬぐった。人々に常識も分別も失わせる愛とは、いったいなんなのだ？

公園の脇に立ち、霧雨ともやに身を隠してトレモア邸の窓を見あげる。どんなに長いあいだそうしていても、ジョンは答えを見つけることができなかった。

11

ヴァイオラは早めに床についた。アントニーとダフネは舞踏会に出かけたが、ヴァイオラは頭痛がしたので家にとどまることにした。お風呂に入って温まり、コックが入れてくれた柳の樹皮とペパーミントのティーを一杯飲むと、寝間着に着替えて九時にはベッドにもぐり込んだ。だが、ハーブティーを飲んだ甲斐なく、眠りは訪れなかった。シーズン中は夜更かしに慣れているから、早寝しても眠れないのだ。一時間ほど姿勢を変えたり寝返りをうったりしたあげく、ヴァイオラは諦めた。階下におりてクインビーを探す。執事を見つけると、図書室にいることを告げ、ヴァイオラのために用意された夕食を運ばせるように頼んだ。

図書室には従僕がついてきてくれて、湿った冷気を払うために暖炉を焚いてくれた。仕事を終えて従僕がさがると、ヴァイオラは棚から本を一冊選んだ。隅の長椅子にくつろいで、眠くなるまで本を読もうと思ったのだ。

だが、そのもくろみは成功しなかった。紅茶からまだ湯気が立ちのぼり、デュマの小説の二ページ目を読んでいるとき、よく知っている声にさえぎられたからだ。「やあ、ヴァイオラ」ぎょっとして目をあげると、戸口にジョンが立っていた。あわてて本を閉じ、椅子から立ちあがる。「ここでなにをしているの？」

「温まって、体を乾かそうとしている」戸口の側柱に片方の肩をもたせている姿を見て、ヴァイオラは彼がひどい格好をしていることに気づいた。いまだモーニングスーツから着替えておらず、しかもそのスーツは皺だらけで、小雨のせいか濡れている。湿った天候のときに必ずなるように、髪が首のあたりでくるくるに巻きあがり、リネンのシャツもよれよれだ。髭さえ剃っていない。顎の陰影はヴァイオラが何年も見ていなかったものだ。一緒に眠り、毎朝、肩に当たる彼の顎のちくちくした感触で目覚めた日々以来のことだった。

この一週間ずっと彼を避けてきたのに、張りつめた気持ちをわずかに解いた瞬間、彼が現れるとは。出ていくように言うべきだとわかっているのに、ただ彼を見つめ、彼がキスで起こそうとすり寄せてきた無精髭と頬のぬくもりを思いだしているとは。

彼がここに来たのがただ温まるためだとわかっていても、なぜかあのぬくもりが感じられ、それは火格子の奥で燃えている火とは関係なかった。三つ編みからほつれだした巻き毛をうしろに払い、贅沢な絨毯に包まれた足先を縮こまらせる。自分の乱れた寝間着姿を意識せずにはいられない。「クインビーがあなたの訪問を知らせるべきなのに」

「クインビーを責めないでくれ。彼の対応は執事として完璧だった。きみが不在だと告げたのだが、それが真実でないことをぼくは知っていたのでね。きみの兄上も留守で阻止できないのをいいことに、執事に対して地位を振りかざし、無理やり階段を駆けのぼった。非常に無礼な振る舞いだったが、仕方がなかった」

「なぜわたしが家にいることがわかったの？」

「なぜなら、これまでの二時間、ずっとそこの公園の脇にいたからだ。きみが居間にいるのを見かけた。ちょうど暗くなりかけた頃。メイドがカーテンを閉じる前に」

「二時間！」ヴァイオラはあっけにとられて彼を見つめた。「公園の脇で？　この天気なのに？いったいなんのために？」

「わからないか？」彼は扉から身を起こして図書室に入ってきたが、ヴァイオラが立っている場所よりかなり手前で立ちどまった。「ここまで入ってきて、仲直りしようと言うために、勇気を奮い起こしていたんだ」

彼は仲直りしたがっているが、それがどういう意味か、ヴァイオラは知っている。後悔しているようにも見えるが、それがなんの意味もなさないことも知っている。ヴァイオラがなにか言えるようになる前に、彼が言葉を継いだ。

「前に言い争ったとき、ぼくを信頼していないときみは言ったが、そう言うのは当然のことだ。ぼくはただ――」彼は大きく息を吸い、ゆっくりと吐きだした。まるで次に言うことを考えるかのように。「ただ、きみに会いたかった」

「それを言うためにここに来たの？」

「そうだ」彼はかすかに笑った。「かなり不甲斐《ふがい》ないことは認める。だが、降りしきる雨のなかで二時間過ごしていたからな。すっかり凍えてしまった」

ぬくもりが温めた蜂蜜のように体じゅうに広がるのを感じて、ヴァイオラは急いで彼の言心から。

葉が口先だけだと自分に言ってきかせた。彼が言うと、なんでも神の真実のように聞こえるのだ。そんな彼が言うことをなぜ信じられるというの？　だが、ヴァイオラは信じたかった。

数秒が過ぎた。時計が十時半を打つ。

彼が身動きした。「帰るよ」そう言って一歩うしろにさがる。「きみは早く寝たそうだ」

「帰らなくていいわ」

自分はなにを言っているのだろう？　だが、その言葉はもう口から出てしまっていた。取り戻すことはできなかったので、意味を限定しようと試みた。「つまり……凍えているなら、まずは温まったほうがいいわ。さもないと風邪を引いてしまって、それは……それは……よくないわ」声が小さくなって途絶えた。

ジョンが振り向いた。「ぼくにいてほしいということ？」

ヴァイオラはうつむいた。急に恥ずかしくなったのだ。なんと情けない。「ええ」見あげると、彼がほほえむのが見えた。「少しだけ」ヴァイオラはすぐに前言を修正した。

彼の笑みがさらに広がる。まったく卑劣な男。

ヴァイオラは長椅子に座った。「なにか話をすればいいと思うわ」

笑みが消えた。彼がうめき声をあげて天を仰いだ。「神よ、助けたまえ。最初は雨のなかに立ちつくし、次は話か」ため息をついて、濡れた上着を脱いだ。「簡単な話題にしてほしいな。たとえば、アイルランドの政治問題はどうかな？　あるいは、大英帝国内の貧困をどのように減らすかとか？　それとも、穀物法撤廃による悪影響について？」ヴァイオラをほほえませる方法を見つけだす。

なぜ彼はこんなことができるのだろう。どんなときでも必ず、ジョンは長椅子に近づいてきて、ヴァイオラの隣りに座った。暖炉のそばの椅子に上着をかけると、ジョンは長椅子に近づいてきて、
ヴァイオラはちょっと考えた。「はっきりわからないわ」ふいに不安を感じて、小さな笑い声をもらした。「ふたりで座って話し合うことになったら、たくさん話すことがあるだろうと思っていたけれど、今はまったく思いつかないわ」

「以前は話すことなどいくらでも見つけることができた」

「議論することもね」

「たしかに」彼が顔をしかめてヴァイオラを見やる。「それについては変わっていないが。気づいていないといけないので言っておくが」

「気づいているわ」言いよどんでから言葉を継いだ。「結婚して九年になるけれど、わたしはあなたのことを知らないわ、ジョン。実際には。いろいろな意味であなたが理解できない。昔も理解していなかったと思うわ。求婚期間と結婚してから最初の数カ月、わたしはあなたにすべてを話していた。たくさんのことを話したわ。自分のこと、家族のこと、望むことや好きなこと、考えていること。でも、あなたになにか聞くと——子ども時代がどうだったかとか、なにを感じているかとか——ほら、なんと言ったらいいか——個人的なこと？　それを聞くと、あなたはなにか思いつきで冗談を言って、必ず話題を変えたわ」

「それで？」

「あなたはわたしの夫かもしれないけれど、わたしにとっては知らない人と同じ。それを改善すべきだと感じるけれど、どうしたらできるかわからないわ。わたしがあなたになにか尋ねたら、あなたは答えてくれるかしら？」

「ぼくの子ども時代のことをか？　悪夢としか言いようがない。ほんとうだ。きみが聞きたいようなことじゃないし、ぼくも話すのが耐えられない。それより、ふたりのことについて話し合うほうが大事ではないのか？」

「でも、わたしたちのことについても、わたしがなにか尋ねて、あなたがそれについて議論したくなかったら、あなたは話題を変えようとするでしょう？」

彼が答えるまでに一瞬間があった。「いいや、そうはしない。質問してくれ。どんどん聞いていい」ソファの背に寄りかかり、ヴァイオラのほうに顔を向ける。「警告したからな。きみがぼくの答えを気に入るとは保証できないが、正直に答えることは約束する。それでいいかな？」

まさに要求した通りの状況を与えられ、ヴァイオラはどの程度ぶしつけな質問をしてよいものかを考えた。なにを尋ねてもよいと言われたのだから、この機会を利用しない手はない。

「愛人のうちで愛した人はいた？」

「ノー」

「わたしを愛していた、ジョン？」答えはすでに知っていたが、彼がそれを認めるのは聞いたことがなかった。彼から直接答えが聞きたかった。「結婚を申しこんで、愛しているとわたしに言ったとき、あなたは本気だった？」

「ぼくは……」ジョンは片手で両目を覆うようにこすりながら、ため息をもらした。それから手をおろし、ヴァイオラと目を合わせた。「ノー」

やっぱりそうだった。ありのままの残酷な真実。彼は自分の行為を説明したり、弁解したりしなかった。まさにヴァイオラが予期していた答えで、この八年間わかっていたことの確認に過ぎないのに、今もなお、この返事にはヴァイオラをひどく傷つける力があった。それでも、正直で無情な答えのほうが嘘よりはましだ。嘘はもう充分だから。

「あなたは――」ヴァイオラはためらった。彼に質問するのは、思い描いていたよりもずっとむずかしい。息を深く吸いこみ、ひと息に述べた。「つき合った女性たちとのあいだに子どもがいる？」

「ノー」

「ほんとうに？」

「ほんとうだ。予防する方法がある……男が使う覆いがあるんだ。絶対に確実というわけではないが、だが――」彼は言葉を失い、ヴァイオラの隣りで居心地悪そうに身じろいだ。

「ヴァイオラ、それについて話し合おうとは言わないでくれ。ぼくにはできない」

「ペギー・ダーウィンの一番下の息子はあなたの子どもだとみんなが言っているわ。夫のダーウィンが自分の子だと主張しているにもかかわらず」

ジョンがヴァイオラのほうに寄った。「ノーだ、ヴァイオラ、絶対に違う。前にも言った通り、ぼくの子どもではない。その噂が何年もささやかれ続けているのは知っているが、真実ではない」

「その確信は、いつも効果があるとはいえないその……覆いが根拠？」

「それと、ぼくが計算ができるというのが根拠だ。ペギーとの関係はウィリアムが生まれる一年前に解消した。十二カ月かかって産まれる赤ん坊はいない。これまで、ぼくの子どもだと主張されたことは一度もないよ」

彼が嘘をつくこともできるとわかっていたが、ヴァイオラはその言葉を信じた。彼を信じることを選び、そう決めたとたんに安堵の気持ちに満たされた。

「ぼくが質問してもいいかな？」彼は一度黙り、それから言った。「きみはぼくを愛した。なぜ？」

ヴァイオラは不意を突かれた。その質問の内容のせいもあったが、尋ねたときの彼の声が真剣みを帯びたのに気づいたからだ。彼を凝視する。「なぜ、わたしがあなたを愛したかってこと？」

「そうだ。なぜだ？　つまり、きみはぼくのことを知らなかった。先ほどきみが言った通り、ぼくたちは今でも互いを知らないくらいだ。それにもかかわらず、きみはぼくを愛していたと言う。ぼくにわからないのはそこだ、ヴァイオラ。いったい全体、なぜきみはぼくのような男を愛したんだ？」

彼の眉をひそめた表情は、こみ入った数学の問題を解説してもらうのを待っている小学生を思わせた。納得できる答えを期待しているのだ。ヴァイオラは手をあげて途方にくれたそぶりをした。「困ったわ、わからないんですもの。たぶんあなたがすべてを気楽に感じさせてくれたからだと思うわ。あなたと一緒にいるだけで、世の中のことすべてがうまくいくと思えて、ただただ幸せだった。空は青さを増し、草もより青々と見えて――」言葉を切り、目をそむける。「愚かなことに聞こえることはわかっているわ。でも、感じていたのはそういうこと。なぜかは説明できないけれど、たしかにあなたを愛していた」やっとのことで唾を呑みこみ、彼を見つめた。「自分の命よりも愛していた」

彼が手を伸ばし、ヴァイオラの顔に触れた。手のひらで頬を包み、指先でこめかみの髪をなぞる。「きみを傷つけるつもりはなかった。ぼくの言うことが信じられなくても、それだけは信じてほしい。結婚したときにぼくが期待したのは、満足感だった。それさえあれば、なにがなくても人生はやっていける。だが、きみにとっては不充分だったんだね？　満足感だけでは？」

ヴァイオラは身をずらして彼から離れようとした。「あなたが一度でも恋に落ちたことがあれば、そんな質問をする必要はなかったでしょうね」自分の言葉にはっとして、ヴァイオラは長椅子の端から彼をうかがった。ヴァイオラ自身があけた一メートルほどの隔たりが、何キロもあるかのように感じられた。「今まで、だれかを愛したことがあるの？」

彼が目をそむけた。「ノー」

おそらく、彼は人を愛することができないのだ。ヴァイオラのその結論が、声には出さなくても、まるで見えるかのようにふたりのあいだに漂った。ヴァイオラは向きを正して椅子の背にもたれ、前方をまっすぐ見すえた。「あなたはわたしを愛したことも、ほかの女性を愛したこともない。そして、今、わたしを愛していないことも明らか。それなのに、なぜあなたのもとに戻ることをわたしが考えなければいけないのか、納得できる理由を言ってちょうだい。わたしがあなたの妻であり、社交界のルールとしてそれしか選択肢がないという理由以外に」

「わかった」彼がさりげなく座り直して、ヴァイオラのほうに近寄った。「ひとつは、ぼくがきみを笑わせることができるからだ。もうひとつは、ぼくがキスをすると、きみが体からふっと力を抜いて、身を震わせるからだ。そして、ぼくがそれを好きだから。それがいつもすごく好きなんだ」彼が片腕を伸ばし、ヴァイオラが体をこわばらせるのを無視して、肩にまわした。「それから、きみに触れると必ず、まわりの世界が消え去ってぼくたちふたりだけになるからだ。そして、喧嘩をしているときでさえ、ぼくの頭の半分は、きみの服をどうやって脱がそうかと考えているからだ。これが、ぼくがきみに言えるもっとも正直な答えだ」

そんな答えでだまされない。「もちろん、ほかの女性たちのだれにも一度たりともそんなふうに感じたことがないというわけね？」

「同じじゃないんだ」

「どこが違うというの？」

彼が笑いともつかない声をもらした。「もうひとつの理由は、正気を逸して、窓に頭を叩きつけたくなるほどの気持ちにさせられる女性はきみのほかにこの世のどこにもいないからだ」

「そんなこと理由にならないわ」

「きみがぼくの妻で、ぼくはきみの夫だからだ。ぼくが子どもを欲しいからだ、ヴァイオラ。そしてきみも欲しがっていると思っているからだ」

「あなたの言っているのは、跡継ぎが欲しいということでしょう」

「違う、そういうことじゃない」それが彼女を連れ戻そうとするただひとつの理由だったことを考えれば、さすがのジョンも自分の言葉があまりにも信じがたく聞こえることに気づいたに違いない。すぐに答えを言い直した。「つまり、跡継ぎは必要、たしかにそうだが、ぼくは子どもが欲しいんだ。それが結婚の目的じゃないのか？」

「結婚が分別で選択するものなら、たしかにそうね」言っているそばからむなしさがこみあげる。

「ぼくや知り合いのほとんどにとってはそうだ。だれもが結婚をきみのように考えているわけではないよ、ヴァイオラ。つねに愛が優先するわけじゃない。ぼくたちの生活を支配しているルールのひとつだ」

たしかに彼が言う通りだ。ヴァイオラは爵位を持つ知人を思い浮かべた。アントニーとダフネは例外だ――知り合いの夫婦のほとんどにとって、結婚は愛によるものではない。ある種の提携であり、跡継ぎを確保する手段だ。その目的が達成されたあかつきには別々の人生を歩み、自分で選んだ愛人と過ごす。自分の前に延びる未来をヴァイオラは見ることができた――ジョンと結婚したときに絶対に避けたいと思っていた未来、愛のない結婚。

耐えがたい孤独を癒すために、自分がそうしたいと思えば愛人を持つことはできるだろうが、ジョン以外の男性に触られることなど想像もつかない。それでも、なぜか質問せずにはいられなかった。「そのルールはわたしたちふたりに適用されるのよね？　つまり、わたしもペギー・ダーウィンのように自分の愛人を持てるのね、わたしが望みさえすれば」

「いや、それはだめだ！」その言葉は思いがけない激しさで彼の口から発せられた。部屋のなかで銃が暴発したかのような勢いだった。

「でも、あなたはできるし、実際にこれまでも持っていた。それではあまりにも不公平でしょう」

「気の毒ではあるが」彼が振り向いてヴァイオラを見つめ、公平さを一蹴した。「ぼくの跡継ぎだ、ヴァイオラ。ほかの男の跡継ぎであってはならない。それもルールのひとつだ」

「でも、そのあとはどうなるの？　あなたはあなたの道を行き、わたしはわたしの道を行くわけ？　そして、あなたは好きなだけ愛人を持つことができるのかしら、今までと同様に？　以前とただひとつ違うことは、わたしも同様に振る舞えることじゃないかしら？　一般的にそういうものでしょう、ジョン？　もしわたしがあなたのもとに戻ったら、わたしたちもそうなるんでしょう？」

「ぼくはそうならないことを望んでいる」

「愛がなければ、ほかにどうできるというの？」

「ぼくの考えでは、それはきみ次第だ。きみがぼくを寝室から締めだすつもりかどうか。なぜなら、もしきみがそうすれば、ぼくは結果的に愛人を作ることになるからだ。単純なことだ」

「わたしたちの結婚の将来をすべてわたしのせいにするなんて、なんと都合のいいこと」

「でも、それが事実だ」

笑いだしたいくらいだったが、この状況におもしろいことなどなにもない。「では、もしわたしが誠実な妻でいれば、あなたもわたしに誠実になるということ？」

傲慢な態度が消え失せて、影が差すように、顔にすねたような表情が浮かんだ。両腕を胸の前で組む。「男はそういう質問には答えられないものだ」

「答えられない？　なぜ？」

「イエスと言っても、きみは信じないだろう。ノーと言ったら、きみをベッドに誘うチャンスを完璧にぶち壊すことになる。なにを言おうと間違った答えになり、ぼくは負ける」

「これはゲームじゃないわ！　勝つとか負けるとかいう話じゃない。わたしが望んでいるのは――」ヴァイオラは言葉を切り、言い直した。「わたしが要求しているのは、質問に対する正直な答えよ。もしわたしがあなたのもとに戻り、妻として貞節を尽くし子どもを設けたなら、あなたも浮気をしない誠実な夫になるの？」

「わからない」

ヴァイオラはあきれかえって彼を見つめた。「わからない？　それはいったいどういう答えなの？」

「正直な答えだ！　さっきも言ったが、これは男にとってどうしようもない質問だ。どう答えようがきみは満足しない。誠実な夫になるように最善を尽くすかどうか？　イエスだ。うまくできるかどうか？　もう一度言うが、きみ次第だ。きみはよい妻になれるのか？　愛情に満ちた、一緒にいてくつろげる妻になれるか？　きみが泣きだして、寝室からぼくを締めださないと信じていいのか？　ものごとがきみの思い通りに運ばなくても、情け容赦ない氷の女王になってしまわないと当てにしていいのか？」

どれほど傷ついただろう。ヴァイオラは唇を嚙み、彼の咎めるような表情を見つめた。これほどの非難を受けるいわれはない。「あまりに残酷な言葉だわ」

「きみが真実を望んだ」

「いい加減にして！」ヴァイオラは怒りにかられ、はじかれたように立ちあがった。「わたしが理不尽であるかのように言うなんて。女が夫に誠実でいてほしいと期待するのは理不尽ではないわ！」

彼も立ちあがった。「誠意を尽くす甲斐がある対応を妻に期待するのも理不尽ではないだろう！」

ヴァイオラがどのように返事をするつもりだったとしても、その答えは、閉じた扉の向こうから聞こえてきた泣き声によってさえぎられた。ふたりが扉のほうを向いたのと同時に乳母のベッカムが入ってきた。泣き叫ぶニコラスを両手に抱き、取り乱した表情を浮かべている。

「お許しください、旦那さま」乳母はジョンに向かってすばやくお辞儀をした。

ヴァイオラは邪魔されてほっとしていた。彼が質問に正直に答えても、ヴァイオラが満足しないだろうと言った意味を理解し始めていたからだ。「どうしたの、ベッカム？」

「大変申しわけありません。ミスター・ポピンを探しているんです」

「あら、大変」ヴァイオラはニコラスに話しかけた。「ポピンがいなくなっちゃったの？」

「そうなんです」ベッカムが答える。「きょうの夕方、奥さまと坊ちゃまがここにおられたので、置き忘れたのかもしれないと思いまして」

ヴァイオラは図書室のなかをぐるりと見まわした。「わたしは見てないけれど」

「ミスター・ポピンとは？」ジョンが赤ん坊の泣き声に消されないよう大声で言う。

「お気に入りのおもちゃです、旦那さま」乳母が彼に説明し、またヴァイオラのほうを向いた。「あれがないことに気づかず寝かせたんです。どうしてそんなことができたかもわからないんですけど、きっと、とても疲れていたせいで眠ってくれたんですね。でも、なにかの拍子に目を覚まして、どうやらあのおもちゃがないことに気づいたようで、ものすごい勢いで泣きだしたんです。ミスター・ポピンなしでまた眠ってくれるとは思えません」

ヴァイオラは赤ん坊を眺めた。この世の終わりであるかのように泣いている。「どうしたの、ニッキー？」あやすように言いながら手を差しのべた。濡れた頰にキスをする。「ポピンがあなたと隠れんぼで遊んでいるのね？」

キスの二、三回でニコラスが機嫌を直すはずもなく、泣き声はさらに高まった。ヴァイオラはベッカムと目を合わせ、ため息をついた。「あのおもちゃを見つけるしかないわね」

「そのようですね、奥さま」

赤ん坊を乳母に返そうとしたとき、ジョンの声がした。「よかったらぼくが――」ぷつりと言葉を切り、両手をうしろで組んで目を逸らした。「いや、なんでもない」

ヴァイオラは彼を見あげ、横顔を眺めた。顔から怒りが消えている。真剣な表情でやや落ち着かなげだ。困惑とも思える様子に、ヴァイオラは関心を引かれずにはいられなかった。

「なにか言おうとしたでしょう？」

彼が片足からもう片足に体重を移した。ヴァイオラの顔は見ようとせず、乳母に一瞬不安げな視線を走らせてから、赤ん坊に注意を向けた。「ぼくが抱いていられるかなと思っただけだ」小さくつぶやいた。「だが、あまりにばかげていて、わざわざ言うほどのことでもないと思い直した」

「ニコラスを抱きたいというの？」ヴァイオラはあっけにとられて聞き返した。彼の言ったことを正しく理解したとは思えない。男性は赤ん坊を抱きたがったりしない。あらんかぎりの声を張りあげて泣き叫んでいる赤ん坊など論外だ。だが、彼が小さくうなずくのを見て、ヴァイオラは彼が本気であることを理解した。

「ちっともばかげていないわ」そう言って夫に近寄る。「さあ」

ニコラスを渡そうとしたが、彼は手を伸ばそうとしなかった。「どうやればいいのかわからない」あわてふためいた表情だ。

ヴァイオラはニコラスをもう一度肩にもたせて、どうやって抱くのか実際にやってみせた。「こういうふうに抱けばいいのよ」一瞬間があったあとに彼がうなずいたので、ヴァイオラは赤ん坊を前に向かせ、夫に近寄って泣きじゃくる赤ん坊を手渡した。

彼はためらいながら赤ん坊を受け取った。いかにも自信なげな様子だ。ヴァイオラは自分の目が信じられなかった。ジョンがためらったり戸惑ったりする様子など見たことがない。なんと奇妙な晩になったことだろう。彼はニコラスを胸に引き寄せた。赤ん坊の尻を腕に乗せ、頭に片手を添えて、まさにヴァイオラがやってみせた姿勢で抱いている。

その瞬間、説明のつかない、まさに天使のみぞ知る理由でニコラスが泣きやんだ。ふいに訪れた静寂のなかで、ヴァイオラは夫を見つめた。まるで両手に奇跡を抱いているかのような顔をしている。それを見て、ヴァイオラは足もとの地面が崩れ落ちたような気がした。議論も一方的な非難も期待感もすべて消え、痛みにも似た奇妙な喜びが胸を貫いた。体を動かすことさえできずに、ヴァイオラは、心臓を射抜いたのが天使の放った愛の矢でないことを祈った。

「まあ、なんとありがたいこと」ベッカムがつぶやいた。「赤ん坊に慣れていらっしゃるのですね、旦那さま」

ジョンはわずかに身を引いて腕に抱いた赤ん坊の顔をのぞき込んだ。「こいつめ」すっかり感じいった様子で笑いだした。

赤ん坊が彼をじっと見つめた。額に皺が寄った様子は、まるで見知らぬ男の腕のなかでどうしたらいいかわからないかのようだ。それから、顔にはまだ涙のあとが残っているのに、ふいに笑みを浮かべ、まったく意味をなさないが、おそらくは好意の表明ではないかと思われる言葉を発した。

ジョンは額を赤ん坊の額に当てた。「こんなことをみんなに知られたら、ぼくはクラブで一生からかわれる。頼むから、ふたりだけの秘密にしておいてくれよ」

赤ん坊が返事をするように喉を鳴らし、片手をあげて夫の頰を叩くのがヴァイオラにも見えた。ジョンがそちらに顔を向けて手のひらに息を吹きかけると赤ん坊がまた笑った。夫はなんの苦もなくニコラスを魅了してしまった。赤ん坊でさえも、彼の魅力と無縁ではいられないらしい。

ジョンは子どもをひょいとあげて、腕の曲げた部分にもっとしっかり乗せた。わずかしか経っていないのに、前よりずっと気楽な様子で抱いている。「泣いていないときのきみはなんとハンサムなんだろう。瞳はお母さんの瞳だな。二十年後はレディたちの心をとりこにするだろう」

赤ん坊が身じろぎ、片手をジョンの胸に当ててよれよれのシャツと絹のクラバットをつかんだ。不満げな声を発し、ジョンを見つめてもがく。

「上流社会の人気者になることには関心がないわけだな？」ジョンが言った。「無理もない。女性ってものは、あらゆる機会をとらえて男の人生をめちゃくちゃにするようにできているからな。可能なかぎり避けたほうがいいぞ」

「なんてひどいことを言うの！」ヴァイオラは非難の言葉を挟んだ。「ニコラス、彼の言うことに耳を貸しちゃだめよ」

「問題ないさ」ジョンがヴァイオラに言う。「男は結局、避け続けることができないからね。コンパスの針がぴったり北を指していないのと同じだ。不可能なんだ」

赤ん坊が両手でジョンの胸を押した。「ポップ」ジョンに向かって言う。「ポップポップ」

「ああ、そうだった」わかったというようにジョンがうなずいた。「大事な仕事を思いださせてくれてありがとう」そう言うと、赤ん坊を抱いたまま、いかにもミスター・ポピンを探しているそぶりをしながら部屋のなかを歩き始めた。ピアノのうしろ、テーブルの下、椅子のあいだをのぞきながら、世事に長《た》けた口調で甥に話し続ける。「最悪なのは、われわれ男にとって女性はなによりも大切で、しかも、女性がそれをわかっているってことだ。女性全員がこの事実を利用するわけではないが、いちおう覚えておいたほうがいい」

赤ん坊を抱いたまま、膝を曲げてローズウッドの丸テーブルの下をのぞいた。「油断しないことが肝心だ」

立ちあがり、歩みを再開せずに甥の顔をのぞき込んだ。「勝算のない質問にはとくに気をつけたほうがいいぞ」真剣な表情で一心に見つめている赤ん坊に向かって忠告をたれる。「そういう質問をされていると気づかぬうちにいつの間にか窮地に立たされる。わかるな？」

ヴァイオラが鼻を鳴らして不興を表明したが、気に留めた様子はなかった。「当然のことながら、そういう状況になると」ヴァイオラのほうに向かって歩いてくる。「男はたいてい最悪のことをやらかす――言い返して、なにか傷つけるようなことを言ってしまうんだ」少し手前で足を止め、ヴァイオラの目をじっと見つめた。「すぐに後悔し、自分を最低なやつだと感じるがあとの祭りだ」

彼はポピン探しを再開し、それ以上なにも言わずにヴァイオラのそばを歩き過ぎた。謝罪の言葉だった。知り合って九年間、どんな喧嘩であっても、ジョンから謝罪を受けたことは一度もなかった。匂わせることさえしなかった。もちろん今のもただの言葉に過ぎないが、少なくとも彼がこれまでけっして口にしなかったことだ。

唖然としてただ彼を目で追う。彼はソファの逆側にまわっていき、誇らしげな声をあげた。「ここにあったぞ！」片腕はしっかりニコラスにまわしたまま、膝を曲げてソファのうしろにかがみ込む。そして、ふわふわした茶色のクマのぬいぐるみを持って立ちあがった。「これがミスター・ポピンに違いない」

歓喜の叫び声をあげて、ニコラスがぬいぐるみを片腕に抱えこんだ。しゃっくりのような音をたて、満足げなため息とともにジョンの胸にもたれ、ジョンの首に顔を埋める。空いているほうの手がしばし空中で振りまわされてから、髭でざらざらのジョンの頬を叩き、最後にこぶしになって濃紺色の絹の胴衣に突っこまれた。

心臓が締めつけられて、ヴァイオラはふたりに背を向けた。見ているだけで目がちくちく痛んだからだ。ジョンがヴァイオラに望んでいるもの、そして、その見返りとしてであっても与えてくれるつもりがないもの、そのふたつのことを考えた。目をしばたたき、書き物机の上に散らばった本を見おろす。赤ん坊なんて不可能だ。不可能に違いない。その夢はずっと昔に消滅している。

「これは大変なことだ」ジョンが言った。

ヴァイオラは本を積みあげることに集中しているふりをしながら、なんとか言葉を押しだした。「なにが大変なことなの？」

「トレモア家のなかで、少なくともひとりはぼくの味方がいた」

ヴァイオラは身をこわばらせ、なんとかして防御壁を築こうとした。「それで安心しないほうがいいわ」心を鋼のように固めてから、彼のほうを向く。「こんなことは言いたくないけれど、ニコラスはだれのことでも好きになるんだから」

「そうかも知れないが、ぼくは特別だ。ミスター・ポピンを救出したんだからな」そう言って、赤ん坊の頭のてっぺんにキスをした。「きみの叔母さんはぼくを好きじゃないんだ、ニッキー」つぶやき声で言う。「だが、きみの言うことなら聞くと思うよ。ぼくのために口添えしてくれないか？　いい子だから」

ヴァイオラは、ベッカムに赤ん坊を受け取るように身振りでうながした。乳母がそばに寄る。ジョンはためらい、いかにも気が進まない様子だったが、ヴァイオラは、彼が赤ん坊を抱いている姿をこれ以上見ているのが耐えられなかった。「ニコラスを早く寝かせなければいけないわ、ハモンド。もう遅いから」

「もちろんだ」ジョンに赤ん坊を渡されると、ベッカムはすぐに部屋を出て子ども部屋に戻っていった。ニコラスも、疲れ果てたせいか、ポピンが戻って満足したせいか、叔父の魅力から引き離されても気づかなかったようだ。閉じた扉の向こうからも廊下に反響する泣き声は聞こえてこなかった。

しーんと静まりかえり、ぎこちない沈黙が流れる。

彼が一歩ヴァイオラに近づいた。「ヴァイオラ――」

「もうとても遅いわ」一歩さがり、それから書き物机のうしろに逃げこむ。

「まだそんなに遅くはない」彼は足を止めなかったが、ヴァイオラに逃げだす選択肢を与えるためか、足取りはゆっくりで慎重だった。だが、なんだかよくわからない愚かな理由で、ヴァイオラは逃げなかった。

彼は目の前で立ちどまった。彼の長くて黒いまつげがほんの少しさがる。ヴァイオラの編んだ髪を手に取り、口もとに持っていって口づけ、深く息を吸いこんだ。「菫の香りだ」

体の奥が震えるのを感じて、ヴァイオラは書き物机の端に指を食いこませた。娘時代のロマンティックで非現実的な夢が思い浮かんだが、そうした夢はすでに死に絶えていると必死で自分に言い聞かせた。

彼は三つ編みをヴァイオラの肩に掛けて背中にたらした。それから両手をあげてヴァイオラの顔に触れた。両方の指をヴァイオラの頬を走らせ、鼻の脇をかすめて眉の形をなぞる。指をこめかみから髪に差し入れ、手のひらで頬を包むようにして親指で唇を撫でた。そのあいだもずっと、彼は彼女の目を見なかった。ただ自分の手と触れている彼女の輪郭だけを見つめ、動作だけに集中している様子だった。

親指の腹でヴァイオラの唇の端のほくろを撫でながら、もう一方の手を彼女のウエストまでおろし、寝間着の薄いモスリン地をつかんだ。「ここに来たのは理由がある」ヴァイオラに思いださせる。「キスをして仲直りをするためだ」

「キスのことはなにも言ってなかったわ」

「またきみをだましたんだ」彼女の顎をあげて唇に唇を押しあてた。

博物館のときと同様、ジョンのキスは昔のように強力に作用し、いともたやすく世の中にキス以外のものが存在するのを忘れさせた。ジョンの両手が腰を滑り、引き寄せられる。彼の指がヴァイオラの臀部《でんぶ》を包みこみ、彼の唇が、ヴァイオラに口を開くようそそのかす。

ヴァイオラの片手が机の端を離れ、彼の髭を剃っていない頬まであがって砂のようにざらざらの肌に触れた。唇がわずかに開く。彼の髪の毛が濡れた重たい絹のように指に触れるのを感じながら、ヴァイオラは彼の頭のうしろに手のひらを滑らせ、キスを深めた。

舌と舌が触れると、彼は腰をつかんだ両手に力をこめ、ヴァイオラを机とのあいだに閉じこめてさらに深く味わった。無精髭に口のまわりをこすられる、燃えるようなチクチクするキス。ジョンと過ごした朝のエロティックなイメージがからかうように浮かんでくる。何年ものあいだ苦しめられ、ようやく永久に葬り去ったと思っていたイメージだ。ハモンドパークのマホガニーの巨大なベッドで、朝の光を浴びながら、彼の両手に触れられている情景が脳裏をよぎると、しびれるような興奮が体内を駆けめぐり、思わず体を押しつけて腕を彼の首にまわした。

彼がヴァイオラの唇に向かって荒々しい声をもらし、キスを中断した。横に身を傾けて、片腕で机の上を一掃し、本の山を床に落とす。そしてヴァイオラの尻を両手で包み、持ちあげて机の上に乗せた。

ヴァイオラのウエストに結ばれた飾り帯に手を伸ばしてすばやくほどき、部屋着の合わせを引いて開く。彼の指先が寝間着の上から胸を触り、固くなった乳首を上下にこすった。体のなかで快感がわき起こる。長らく忘れていた快感に、ヴァイオラは興奮のあまり激しくあえぎ、身を震わせた。彼の髪に差し入れた指がこわばり、彼の頭を自分の胸のほうに引き寄せた。

彼の舌がヴァイオラの胸の先端をなめて綿モスリンを湿らせた。片手があがってもう一方の胸を包み、親指と人差し指で薄い布地越しに乳首をいじる。乳首を吸われ、もう片方の乳首を指で寝間着の上からいじられると、唇が引っぱる強さと指で転がす刺激が引きおこす鋭い感覚に貫かれた。

両手で彼の頭を包み、彼を引き寄せようとした。彼の両手と口の熱くて切迫した愛撫にヴァイオラは我を忘れた。前に彼の手を体に感じてから、どれほど長い時間が経ったことだろう。この荒々しく官能的な衝動を感じたのはどれほど前のことだろう。自分の喉の奥から小さくもれるうめき声が聞こえる。苦しいほどの欲望と痛いほどの乾きを訴える声だ。自分が彼の名前をうめく声も聞こえた。

彼は体を起こし、片手を彼女の寝間着の一番上に移動させた。真珠のボタンをはずしながら、もう一方の手で寝間着の裾を膝の上まで引っぱりあげた。「ああ」彼がヴァイオラの喉もとでうめく。「どんなに恋しかったか」

なにが恋しかった？　女性を抱くこと？

その疑問が心のなかにふいに現れ、氷水を浴びせられたように現実に引き戻された。なんてこと。自分はなにをしようとしているのか。

彼の手が太腿のあいだに動くのを感じて、ヴァイオラは身をこわばらせ、両足を固く閉じて、この狂気を止めようとした。「だめよ、ジョン」あえいで、彼の手首をつかむ。「だめ」

彼がはっと動きを止めた。手がヴァイオラの内腿を包み、荒い息が彼女の息と入り交じる。

「ヴァイオラ」彼の手が、押さえつけている彼女の手に抗《あらが》って内腿を数センチのぼった。

ヴァイオラはその手首を押しやった。「離して」

彼はためらった。そのわずかな躊躇《ちゅうちょ》がヴァイオラの気持ちをあおり立てた。「離して、離して、離して！」

パニックに陥り、手でめったやたらに彼の肩を打ち、向こうに押しやろうとした。もがいて身を脇にずらす。彼から逃れようとあせり、部屋着の裾につまずいて倒れこむように机のうしろに退いた。「どうかしてたわ」つぶやいて頭を振った。「気がおかしくなったに違いないわ。どうしちゃったの？　自虐的傾向でもあるのかしら？」

「ヴァイオラ――」

数歩離れたところで、彼の呼びかける声に足を止めた。振り向いたが、同時に部屋着の前をきつく合わせ、彼の視線から全身を隠そうとした。「あなたといると、毎回毎回、なぜこんなに簡単にばかなことをしてしまうのか、自分でも信じられないわ」額を指で押す。一回、二回、三回。押しながら、頭のなかでなにが起こっているのだろうといぶかった。

「わたしは救いがたい愚かものだわ」

彼がヴァイオラを見つめた。まだ息をはずませ、顔には、彼女とはまったく違う意味で信じられないという表情が浮かんでいる。一歩近づき、手を伸ばしてヴァイオラに触れようとした。

その手を逃れて届かない場所に移動する。「これについて、あなたを咎めることさえできない。最悪なのはそのことよ。あなたが嘘をついたわけじゃない。あなたはわたしを愛したことがないと認めた。しかも、今後わたしを裏切らないと約束することさえできなかった。それなのに、三十分も経たないうちに、わたしは進んであなたの前に身を横たえようとしている。理性はいったいどうしてしまったのかしら。自尊心はいったいどこへ行ってしまった

の自尊心は問題じゃない。理性も関係ない。これはタイミングの問題だ」

「自尊心？」彼が両手で顔をこすり、深く息を吸いこんだ。「なんていうことだ、きみの自尊心は問題じゃない。理性も関係ない。これはタイミングの問題だ」

「あなたのいない八年間、必死の思いで自分の人生を築きあげた」彼の言葉を無視して続ける。彼に対してというより、自分に対する叱責だった。「それなのに、たった数回出かけ、二回キスをされただけで、あなたの娼婦たちと同じようにふしだらに振る舞うなんて」

「きみはぼくの妻だ！　夫との性行為を望むのはふしだらなことではない。しかも、きみは望んでいた。違うとは言わせない。なぜ止めたんだ？」両手で髪をかきあげ、顔をそむけてさらにののしった。「くそっ、ヴァイオラ。きみを理解することさえ不可能なのかと、ときどき絶望的になるよ」

「出ていってほしいわ」

彼はヴァイオラから遠ざかり、部屋のなかほどまで歩いた。彼が背を向けたまま衣服を整えているあいだに、ヴァイオラも自分の衣服をまっすぐにした。どちらも無言のままだ。ほどなく、彼は移動し、最初に濡れたコートを掛けた椅子に近づいた。取りあげて身につける。

「三週間が過ぎた。あしたの正午にきみを迎えにくる。今夜のうちに、どちらの家に住みたいか決めたほうがいい。明日までに決めていなかったら、その翌日には上院からトレモアに召喚状が届くだろう」

ヴァイオラは否定の言葉を述べようとしたが、振り向いた彼を見たとたんに、諦めて口を閉じた。彼の表情は挑戦的で、彼女の意向を完全に拒絶していた。あげた眉とぐっと引いた顎が彼のプライドをはっきり示している。この顔つきをヴァイオラはよく知っていた。反論しても無駄だ。

「前に約束した」彼がこわばった強い口調で言う。「ぼくが望んでいるのは自発的なパートナーだから、無理やり押し倒されることは心配しなくていい。きみを売春婦のように扱うつもりは毛頭ない」

そう言うなり一礼し、ヴァイオラを残して出ていった。

心配しなくていいと言われたのは結構なことだが、それが問題なわけではなかった。ヴァイオラを苦しめているのは心配ではない。彼女の体の奥が恐怖にうずき、次の船に乗ってフランスに発ちたくなった理由は別のこと。

それは、あれほどヴァイオラを傷つけた男が、あの軽蔑すべき男が、泣きわめいている赤ん坊を両腕に抱いて笑わせたということだった。そして、これまでやったすべてのことにもかかわらず、いまだにヴァイオラのことも笑わせられるということだった。キスをするだけでヴァイオラをとろかしてしまうこと、触れるだけで彼女の体に火を点けてしまうこと。今はもう愚かな娘ではないのに、それでもまだあの男を望んでいる。あまりに、あまりにも簡単すぎる。イエスと言い、彼の望むものを与えることがどれほどたやすいか。返してもらえるものはない。誠実でいるという約束さえもない。

そう、心配どころではなかった。ヴァイオラは脅えていた。

12

冷たい朝の光が差す頃、ようやく欲望と怒りが静まって脳が働き始め、ジョンはふたたびはっきりと考えられるようになった。考えなければならなかった。次の動きをどうすべきかを見極めなければならなかった。

皿を見つめ、ぼんやりと腎臓《キドニー》とベーコンをフォークで動かす。昨晩、なにかを考えていたとすれば、といっても、考えていたかどうかさえ疑わしいが、与えられた幸運をできるだけすみやかに利用するということだけだったはずだ。おそらく、もっとゆっくりとことを進める――愛を語り、おだててその気にさせて、そっと二階の寝室に連れていく――べきだったのだろう。だが、そうしなかった。そのうえ、態度を硬化させ、彼女に三週間が過ぎたと念を押すことで状況を悪化させた。きょう、もし彼女が一緒に来なかったら、議会に出向かなければならない。前言を撤回するわけにいかないからだ。そして、もし一緒に住むまでにこぎつけたとしても、妻をベッドに誘うために、さらに真剣な求愛をしなければならない。

フォークが皿に落ちた。苛立ちのせいで思わず悪態をこぼす。妻によるこんな扱いを堪え忍んでいる男などほかにはいない。同じ境遇だったら、たいがいの男は妻をベッドに引きずりこんでなんとかうまくことを運ぶはずだ。だが、ほかの男がどうするかを考えてもなんの助けにもならない。自分はそういう男ではない。これまでもそうではなかった。

ちくしょう。ジョンが望んでいるのは求めてくれる妻だ。情熱的な妻。それが不相応な望みというのか？

ヴァイオラは、彼を信頼できないと言った。彼があえて指摘しなかったのは、信頼はお互いさまのものであり、相手を傷つける力についても同様だということだ。ほかの女性のベッドに絶対に行かないと言うことはできる。だが、妻が怒ったときに彼を拒絶しないという信頼を得られないかぎり、ジョンはその約束をするつもりはなかった。性的なことを種に脅迫される柄ではないが、彼女が彼に対してやったことはまさにそれだ。しかも本人はそれをわかっていない。ふたりはどうすればこの呪縛から逃れられるのだろうか。

ジョンはヴァイオラと友だちになれというディラン・ムーアの提案を思った。言われたときは常軌を逸した考えに思えた。もちろん、ムーア自身が非常識なやつだから当然だ。これまでもずっとそうだった。

ジョンはため息をつき、椅子の背にもたれて、テーブルに置かれたジャムの瓶を眺めた。ブラックベリーとアプリコット。ハモンドパーク。

そうした日々は、ずっと以前に彼の心の奥底に押しやられ、ほかのなかば忘れていた若かりし日の夢と同様、そこでずっと息をひそめていたものだ。それが今になって彼に呼びかけ、満ちたりた、幸せでさえあった日々に戻るよう差し招いている。あの頃はヴァイオラを幸せな気持ちで満たすことができた。それはたしかだ。あの当時のすべてを呼び戻す方法がなにかあるはずだ。すべてを永久に失ったと引きさがるわけにはいかない。

友だちになるんだ。

ジョンは椅子のなかでまっすぐ座り直し、ジャムの瓶を見つめた。ムーアの言っていることは当たっているかもしれない。ジョンとヴァイオラが友だちだったこともある。スコットランドで過ごした夏やノーサンバーランドで過ごした秋、あの頃は友だちだった。恋人でもあったから、恋人にありがちな口論やつかみ合いの喧嘩もしたが、友だちのように笑い合ったり、楽しさを分かち合ったりすることもできて、彼女を妻に選択したという喜びは想像以上に大きかった。それから、すべてが悪いほうに向かった。

ジョンは願った——心から——あのときに戻ることができればと、この瞬間にもベッドで彼女と朝食を食べていられたならと、彼女の顔についたブラックベリージャムをキスでぬぐうことができればと。今の段階では、その可能性は惨めとしか言えないほど低い。

「朝の郵便です、旦那さま」

パーシングが郵便の束を皿の横に置いたのに驚いて、ジョンは目をあげた。普段は秘書が郵便を持ってくる。「ストーンはどうした？」執事に尋ねた。

「ミスター・ストーンは麻疹《はしか》です。義理の兄弟が医者で、その忠告に従って、ほかの人たちにうつらなくなるまでクラッパムの妹の家に行きました。今後十日間もあなたさまのご用をできなくて、大変申しわけないと申しております」

「手紙を送って、家じゅう麻疹にかかるよりは秘書がいないほうがましだと言ってやってくれ。完治するまでクラッパムに滞在してよいからと」

「承知しました、旦那さま」執事がさがった。

ジョンは手紙を仕分けして目を通した。

レディ・スノードン邸の晩餐の招待状。ハモンド卿夫妻宛てだ。スノードン伯爵夫人は、ジョンの結婚生活について、本人よりもはるかに楽観的らしい。タッタソールズから、二週間前に購入した雌馬をノーサンバーランドの自宅に配送したという通知。ヴァイオラのためにその馬を買った。元気な四歳馬のサラブレッドでまれに見る俊足だが、現況からして、妻と一緒に丘陵地帯で馬を走らせるより、この馬が老衰で死ぬほうが早そうだ。この通知は返事が必要なかったので、火格子の奥で燃えている火のなかに投げこみ、ジョンはまた手紙の処理を続けた。ハモンドパークの家令から諸事の報告。仕立屋と靴屋からの請求書。どちらも、ヴァイオラの慈善舞踏会に着ていくための衣装だが、妻からまだその舞踏会に招待されてはいない。エマ・ローリンズからまた一通の手紙。

香水を染みこませた繊細な紙が折りたたんで封印してある。その手紙を前にジョンはためらった。この女性のしつこさは賞賛に値する。これで何通目だろうか？　少なくとも一ダースは来ているはずだ。最初の数通はジョンも読んだ――独占したがったことに対する謝罪、その次は彼の冷たい返事への文句、そのあとは彼の無関心に対する痛烈な非難。それ以降に届いた手紙はすべて無視して、読みもせず、返事もしなかった。彼が与えたコテージを売り払い、今はフランスで暮らしていると人づてに聞いた。そこにずっと居続けてくれることを願いながら、ジョンは彼女の最新の手紙も開封せずに火にくべた。

ハモンドパークの家令の報告書はグロヴナースクエアへ行く馬車のなかで読むために、招待状は、返事する前にヴァイオラの都合を聞くために持って、朝食のテーブルを離れる。請求書については、ストーンが戻ってきたときに支払えるように、彼の机に置いておくようパーシングに指示した。それから自室にあがり、風呂に入って着替えをした。

従者に世話されて朝の決まった手順をこなしながら、ヴァイオラの次の動きを予想する。彼の妻は天気のように予測不可能だが、彼に会うことを拒否して、彼が議会に訴えざるを得なくなるというのが一番ありそうだとジョンは思った。だが、正午にグロヴナースクエアに到着すると、妻は彼に会うことを拒否も同意もしなかった。すでに街を離れていたのだ。

「どこへですか？」この知らせを告げた公爵夫人に問いかけ、ジョンは、その美しい菫色の瞳をのぞき込んだ。

公爵夫人はしばらく返事をしなかった。代わりに紅茶をかきまわし、考え深げに頭を傾けて、金縁の眼鏡のうしろから彼をじっと見つめた。「それについて答えるかどうか決める前に、ひとつ質問をしてもいいかしら、ハモンド」

「なんなりと」

「もしヴァイオラがあなたのもとに戻ることを拒否したら、ほんとうに議会に請願して彼女を無理やり連れ戻すつもりがあるのかどうか」

ジョンはかすかにほほえんだ。「公爵夫人、妻に彼女がしたくないことをさせるのは、議会であろうと無理ではないかと、ぼくはときどき思うんですよ」軽い口調で言おうと務める。公爵夫人は彼の答えに満足しないようだった。穏やかな澄んだ瞳で吟味するように彼を見つめ続けている。ジョンは息を吸い、ゆっくりと吐いて、自分でも知らない答えを、公爵夫人に向かってなんと答えればいいか考えた。そして、思いつくなかでもっとも正直な言葉でこの義姉に返答した。「妻が戻ってこないという可能性を受けいれるつもりはありません。それは断固拒否します」

「それで、どのくらい長く拒否しているつもり？」

ジョンは歯を食いしばった。「妻を説得して妻にも拒否させるまで」

「長く待つことになるかもしれませんよ」夫人は小さな銀のスプーンを茶碗の脇に軽く当て、受け皿の後ろ側に置いた。

反論することができず、ジョンは口をぎゅっと結んでうなずいた。「ええ」

「ヴァイオラを取り戻すという決心のもとになっているのは愛ではないのね」

今の言葉は非難だろうか？　それとも有罪宣告？

彼が決めかねているうちに、夫人は紅茶をひと口すすり、また口を開いた。「ヴァイオラはエンダービーにいます」

公爵夫人の突然の無条件降伏にジョンは仰天した。表情に出したつもりはなかったが、夫人は気づいたようだった。「それは予想していなかったようですね？」

「ええ、していませんでした、公爵夫人」

「でも、ヴァイオラを探すとなれば、あなたは最初にエンダービーを訪ねたでしょうし、使用人たちも彼女がいることを認めたでしょう。なんといっても、給金を払っているのはあなたですから」

「ぼくに居場所を教えてくださったのは、それだけが理由ですか?」

美しいラベンダーブルーの瞳が見開かれた。「ほかにどんな理由があるというのです?」

「なにかあるはずです。こうしてぼくとお茶を飲んでいるだけでも、ご主人が激怒する危険を冒《おか》しているわけでしょう」

「その通りですね」それについて心配している様子はいっさいなく、誇り高き公爵の心はこの優しい物静かなレディの掌中にしっかり握られているのかもしれないとジョンは思った。愛とはなんと不可解なものか。「もしあなたがヴァイオラをまた傷つけることになったら、トレモアはあなたに決闘をいどむでしょう。意気揚々とあなたを殺すと思うわ」

「それで、あなたは?」ジョンは純粋な好奇心から問いかけた。「ぼくに対する彼の敵意に与《くみ》しますか?」

「いいえ、しないわ」

ジョンは思わず笑った。「なぜなのかまったくわかりません」

「そう?」同情のこもった表情で見つめられて、ジョンは思わず座り直した。「絶望したときにどう感じるかをわたしは知っているからです、ハモンド。夫と義妹とは違い、わたしはお金も生活の手段もないときを経験しています。人生でもっとも恐ろしい経験でした。その恐怖から逃れるためでしたら、どんなことでもしたでしょう――どんなことでも。幸運にも、トレモア公爵と英国への渡航券がわたしの人生に与えられなければ、お金のために結婚せざるを得なかったでしょう」夫人は言いよどんだ。「あるいは、もっとひどいことになったかも」

「そうならずに済んでほんとうによかった」ジョンはうなずいた。本心からそう思った。

「わたしのほかにも、もうひとり味方がいるでしょう」夫人がほほえんだ。「息子はあなたのことを大好きなようだわ」

ジョンもほほえみ返し、ニコラスとミスター・ポピンのことを思った。「あのことを聞かれたのですね？」

「ベッカムから」

「すばらしい坊ちゃんですね、公爵夫人」そう言いながら、ジョンは心の底でねたましい気持ちがたぎるのを感じた。この家の窓から、トレモア公爵が家族で公園を歩いているのを見たときに感じた焼きつくような嫉妬と同じものだ。ほほえみを消し、義理の姉の思いやりあふれた瞳から視線をそらした。「ほんとうにいい子だ」

「ありがとう」夫人が立ちあがった。「真の結婚と家族を取り戻したいというあなたの願いが真剣なものであることを祈っています、ハモンド。そうでなければ、あなたを気の毒に思うしかありません」

ジョンも立ちあがった。「それはあなたのご主人がぼくと決闘するからですか？」

「いいえ」夫人がすぐに答えた。「アントニーが困った立場にならないよう、わたしが自分であなたに弾を撃ちこむつもりだからです。いずれにしろ、ばかげているけれど」

「あなたは本気なのですね」夫人の顔がふいにこわばったのに気づいて、ジョンはつぶやいた。

「もちろん本気です」夫人が彼に手を伸ばした。

「では、安心していてくださって大丈夫です、公爵夫人」ジョンはかがんで夫人の手にキスをした。身を起こし、言葉を継ぐ。「なぜなら、ぼくは真剣だからです。ぼくが頑固で皮肉っぽいことは認めます。悪い夫、たぶんそうでしょう。でも、真剣であることは保証します」

「そう祈ります。あなたのためにも、ヴァイオラのためにも」

ジョンはトレモア邸をあとにした。公爵夫人がジョンのことをなぜよく思ってくれているのかわからなかったが、その思いやりに心から感謝していた。だが、ブルームズベリースクエアの屋敷に戻っても、すぐにエンダービーへ行く準備はしなかった。

この状態を当然と思ってはいけない。ヴァイオラが法的な争いに持ちこまないと決めたことは明らかだが、譲歩するまでには至っていないはずだ。前の晩、トレモア邸の図書室で起ったことが、それをはっきり示している。そう考えると、今取るべき最善の策は、妻に呼吸する余地を与えることだろう。彼女がいないほうが、彼女の心が和らぐことは間違いないと、ジョンは皮肉っぽく考えた。

　ジョンは一週間待った。それから、従者とふたりの従僕を連れてエンダービーに向かい、夕食の一時間前に到着した。彼の来訪は多少の混乱を引きおこした。エンダービーの主人がこの地所に姿を見せたことはもう何年来なく、しかも、事前に知らせておかなかったからだ。ジョンはエンダービーの今の執事であるホーソンに、ヴァイオラの居場所を尋ねた。

「レディ・ハモンドは午睡を取っていらっしゃるかと存じます。客間にご案内いたしましょうか？　そのあいだに確認してまいります」

「自分の家の客間に訪問客のように座り、長々と待たされていろというのか、ホーソン？」ジョンは穏やかな声で言い、ほほえんだ。

　うっかり大失敗をしたことに気づいて、執事が顔を紅潮させた。「いいえ、旦那さま」しゃちこばって言う。

「よろしい」執事をこれ以上狼狽させる必要はない。「荷物をぼくの部屋に運んでおいてくれないか？　それから、ぼくの従者のスティーブンズにここエンダービーでの決まり事を教えてやってくれ。彼をみんなに紹介して、洗濯室に案内し、食事の時間などを教えてやってほしい。もちろん、きみのほうがなにが必要かよくわかっているだろう」

　今まで会ったことのなかった主人から叱りつけられずに済んで、ホーソンは心底ほっとした様子でうなずいた。「わかりました、旦那さま」

　ジョンは、曲線を描く広い階段を練鉄製の手すりに片手を掛けてのぼり始めた。エンダービーは彼の地所のひとつだが、ここ何年もヴァイオラがもっとも長く滞在する屋敷であり、二年前に完全に別居してからは、彼女の唯一の住まいになっていた。ジョンはほとんどハモンドパークに滞在しており、このエンダービーに最後にいつ来たかさえ思いだせない——少なくとも四年は経っている。だが、幼少時代の大部分はここで過ごしたし、ケンブリッジを卒業したあとは、父が亡くなるまでここが彼の家だった。つまり、どこに寝室があるかは、正確に覚えている。

ヴァイオラがこの家にずいぶん手を入れたことは、階段をのぼっただけでわかった。かぎりなく女性的で、すべてが淡い色調と花々でまとめられている。ジョンの父がこれを知ったら、墓のなかでひっくり返るだろうとジョンは思った。それだけでも、少しは心が慰められる。

ヴァイオラの部屋に通じる扉の前で止まり、そっと開けて部屋のなかをのぞいた。たしかに妻がまどろんでいるのが見えた。ジョンは音をさせずに部屋に入り、後ろ手に扉を閉めた。扉が閉まる音に妻がかすかに身じろぎ、夢うつつになにかつぶやいたが、目覚めはしなかった。寝返りを打ち、彼のほうに顔を向ける。ほつれた巻き毛が顔にかかる。髪が黄金色に輝き、まるで眠っている雌ライオンのようだ。

ジョンが咳払いをすると、また身を動かした。ゆっくりと目が開く。

「よく眠れたかい?」声をかけた。

「あなた!」ヴァイオラがはっと目を覚まし、あわててベッドからおりた。

ジョンは、一週間前の夜に性急に押しすぎたことを自分に思いださせた。気軽でさりげない働きかけが一番いいだろう。「一緒に横になって、キスで目覚めさせようと思ったのに、きみが早く起きすぎた」がっかりしたように首を振る。「ものすごくいい計画が台なしだ」

彼女の目が狭まった。もし雌ライオンならば、とっくに爪で引っかかれているはずだ。そのくらい猛々しい表情でにらみつけている。「ここでなにをしているの？」

ジョンは申しわけなさそうな表情を浮かべた。「ここはぼくの家だ」

そんな理由はヴァイオラには通用しない。彼の背後の扉を指した。「わたしの部屋から出ていって」

彼はその逆をやった。閉じた扉から数歩進んだのだ。周囲を見まわし、家具装飾に関心を示してみせる。「ここがきみの部屋か？　いや、聞くまでもなかったな。ピンク色で塗られている。もちろんきみの部屋に違いない」

彼の寝室に通じる扉に向けて部屋を横切り始めたが、すぐに足を止めてヴァイオラを見やった。「まさか、ぼくの部屋はピンク色に塗っていないだろうな？」

「そのことを思いつけばよかったわ」

ジョンは、安心したようにほっとため息をついた。半分は見せかけだが、半分は本心だった。「昼寝を楽しんでくれ。夕食のときに会おう。田舎の時間のままやっているのかな、それとも、都会の時間か？　いや、かまわないよ。ホーソンに聞こう。デザートのあとはチェスをやりたいか、それとも、ピケットのほうがいいかな？」

ヴァイオラが首を振った。「まあ、そんな、まさか、ここに滞在するつもりじゃないでしょう?」

ジョンはまごついたふりをした。「きみが街に戻って、ブルームズベリースクエアに住みたいという意味か? 個人的には、残りのシーズンはここにとどまるほうがありがたい。ゴシップが少なくて済む」

ヴァイオラが両手に顔を埋めた。「わたし、神さまに嫌われているんだわ。こんなふうにあなたにわたしを苦しめるさせるなんて」

ジョンは自分の部屋の扉を開けながら、わざと悲嘆の声をもらした。「それではまるで、ぼくがエジプトの十の災害であるかのような言い方だ」

ヴァイオラは顔をあげた。「あなたにぴったりの描写だわ!」声をあげるなり、彼を追ってきて、戸口から押しだそうとする。「それ以上うまいのは思いつけないわ。早く出ていってくださいません?」

これ以上欲ばらないことに決めて、素直に戸口から押しだされた。「出ていくところだ」振り向いてヴァイオラを見つめた。「きょうの夕食はなんだろう? あまりひどいものじゃないといいが」

ヴァイオラがわざとらしくほほえむ。「毒ニンジン」

「それはぼくの大好物だ」

彼の目の前で、扉がバタンと閉まった。彼はその場にとどまり、待った。

一瞬のちに、閉じた扉の向こう側から、待っていたものが聞こえてきた。「耐えがたい人だわ！」

くすくす笑いながら、ジョンは鈴の紐を引いてスティーブンズを呼び、夕食のための着替えにかかった。

13

ジョンがエンダービーまで追ってくると確信し、ヴァイオラは不安に張りつめて過ごしていた。最初の二、三日は、彼の馬車がいつ現れるかと、屋敷の表側の窓から数分ごとに外をのぞいていたが、なんの気配もないまま一週間が経過した頃には、彼が和解を諦めたのかもしれないと考えるようになった。その時点で信じられないことが起こった。

彼がいなくて寂しいと感じ始めたのだ。

夜になって暖炉の前に座ると、グロヴナースクエアの図書室での情熱的な瞬間が思いだされ、その感情がひとしお募った。なんと夢まで見るようになった。彼の夢、彼のキスや手の感触の夢。あまりに困惑する展開だ。彼に知られたら、どんなに屈辱的だろう。

その晩の夕食の席で、ヴァイオラはずっとうつむいていた。ときおり、そっと目を走らせ、長い食卓の向かい側に座っている彼を観察する。彼がそこにいるのを見るのは奇妙な感じだった。この家に彼がいること自体が奇妙に思える。この屋敷を自分だけの家と見なすようになっていたからだ。もちろん、彼女のものではない。先ほど彼が指摘した通り、ここは彼のものであり、彼がこの屋敷の主人だ。

きみはなにを望んでいるんだ?

彼の問いかけが頭のなかに響いた。数週間前だったら、その答えは単純明快だった。すなわち、出ていって、という言葉。だが、今はどう答えたらよいかわからない。猶予期間は終了した。だが、それが理由で、会話しようという彼の努力を無視して黙りこくっていたわけではない。理由は彼女自身の当惑だった。そして自分に対する苛立ち。彼は誠実でいるという基本的な約束さえできなかった。自分に対して腹を立てているのは、もし彼が約束すれば、自分がその言葉を信じようとしたとわかっているからだ。そして、結果的に二度もばかなまねをするはめになったはずだと。図書室の晩のことを考えただけで困惑はさらに深まった。

そして怖れていた。これ以上傷つきたくない。彼を信じたくないし、彼と共に過ごす幸せをふたたび味わいたくもない。次の社交シーズンには、彼の別な愛人とお茶のテーブルを挟んで座るとわかっているのに。

きみはなにを望んでいるんだ?

ヴァイオラが今なお望んでいるのは、これまでずっと望んできたこと、愛情と献身、そして子ども。ジョンが与えようとしているのは、そのうちのひとつだけ。それでは充分ではない。誠実さを期待するのがなぜ理不尽なのか、ヴァイオラには理解できなかった。理不尽なんてとんでもない、彼自身が妻にそのことを要求しているのだからなおさらだ。

突然、ジョンがカチャッという音を立ててフォークを皿に置いた。「うまくいかないな」

ヴァイオラは林檎《りんご》のタルトから目をあげた。「なにがうまくいかないの?」

「自分に話しかけながら、食事をとることが」

「話したい気分ではないわ」

「そうみたいだね。なにかまずいことがあるのか、ヴァイオラ？」

口に入れたタルトがふいにおがくずのように感じられ、ヴァイオラはあわてて水で流しこんだ。「あの部屋に――」言いかけて言葉を切り、咳払いをした。そばに動きまわる召使いたちをちらりと見やり、彼を見ることができずに、また皿に視線を戻した。「スティーブンズがもうあなたのベッドを用意したそうだけど」

「ぼくが別のベッドで寝るだろうと思っていたのかな？」あまりに露骨な質問だった。

「ジョン！」過去二晩に見た夢がまざまざとよみがえり、ヴァイオラは顔を赤らめて、食器棚のかたわらに控えるホーソンとふたりの従僕のほうをちらっと見やった。

ジョンが長いテーブル越しにヴァイオラをじっと見つめた。「ホーソン？」

執事が前に出た。「はい、旦那さま？」

「従者を連れてさがってくれ。必要になったときにまた呼ぶから」

執事が一礼して扉に向かい、従僕たちもあとに続いた。彼らが部屋から出ていくのを、ヴァイオラはぼう然と見送った。「まだ食事が終わっていないのに、なぜ、さがらせたの？」

「きみと話し合いをしたくて、きみがそれをしない理由に彼らを利用しないためだ、もちろん」

「話し合いをしたいですって？」信じがたいという口調にならざるを得ない。「あなたが？」

彼はワインをひと口飲み、ヴァイオラのほうに身を乗りだした。「このあいだの晩、きみが言ったことを考えたんだ。冷たい見せかけの結婚は望んでいないということだ。たいていの夫婦がやっているような結婚生活。子どもをひとりかふたり設けて、あとは夫婦別々の道を行く。それこそぼくの両親がやっていたことだし、ぼくもそのような結婚は望んでいない。そして、それを防ぐ方法がひとつだけある。友だちになるんだ」

「なにになるですって？」彼が言葉を発するたびに驚きの連続だった。

彼がうなずいた。「そうだ。ぼくたちは誤解し合い、互いのことを知らないまま、この八年を過ごしてきた。きみはぼくを信頼していない。それが当然であることは認める。ぼくが提案しているのは、その状態を修復するために、友だちになるという方法だ」

「そんなばかげた話、聞いたことがないわ」ヴァイオラは言下に否定した。ジョンと親友になるなんて、豚に翼が生えるようなものだ。「あなたとわたしが友だち？　どこからそんな考えを仕入れてきたの？」

「ディランだ」

「ディラン？」

「まさかと思うだろうが彼の助言だ。ぼくたち両方を好きだから、この不和にいい加減うんざりしている。ぼくたちふたりを同時に晩餐に招きたいので、とにかく和解してくれというわけだ。ぼくたちが友だちになれば、すべてがうまくいくと彼は考えている」

それについては懐疑的な見方をせざるを得ない。「ディランがそんな楽観的な人だとは知らなかったわ」そっけなく言い捨てた。

「彼も父親だからな。おのずと楽観的にもなるだろう」

「つまり、幸せな結婚をして父親になったから、もはやあなたと一緒にスキャンダラスな冒険は続けられないということね」

「それは関係ないさ。どちらにしろ、ぼくはもうそういうことはしていないし、今後もしないからね」

「お願いだから、これまでやってきたことは間違いだとわかったとか、テンプルバーのいかがわしい場所に出入りするのはやめたとか言わないでほしいわ。なぜなら、わたしは信じないから」

「では言わないが、ほんとうに最近は行っていない。行きたいとも思わない。ずっとそうだ。悪友たちの執拗な誘いにもかかわらず、空いている晩はほとんどクラブで過ごしている。万が一きみが気づいていないときのために言うが、今シーズンはゴシップの対象にもなっていない」

たしかにそうだったが、それがいつまで続くか、疑問に思わないわけにはいかない。

「奇妙なことだが」彼が言葉を継いだ。「ディランが結婚したことで、彼とは以前より親しくなった。前は一緒に売春宿に繰りだすか、同じ賭博台を囲むだけの知り合いに過ぎなかったが、今年は違う。たまにはダモン卿やサー・ロバートと一緒に酒を飲んで大騒ぎをすることもあるが、一番よく会っているのはディランだ」

「そういう場所に繰りださないで、賭け事もしないなら、あなたとディランはなにをしているの？」今度は純粋な好奇心だった。

「フェンシングだ。アングリオズでほとんど毎日会っている」

「うらやましいわ」林檎のタルトと生クリームの最後のひと口を食べながら、ヴァイオラは告白した。「子どものときにフェンシングを習いたかったのだけど、許してもらえなかったから」

「なぜ許してもらえなかった？」

「パリのマダム・デュブル寄宿学校はヨーロッパでも一、二を争う名門校なのよ。娘が運動競技を学ぶ？」恐怖におののいた表情を浮かべてみせる。「とんでもない！」

ジョンがにやりとした。「なにを勉強していたんだ？」

「たくさんの本を、ほんとうは読むべきときに頭に乗せて歩くこと。ほら、ギリシア語や歴史や数学を学ぶよりも、優雅な美しい歩き方のような女性的な素養を学ぶほうがずっと重要だと思われているでしょう？　わたしも歩くことにかけては、熟練の域に達しているわ。ほかには、そうね、ピアノの演奏や水彩画、それからクッションの刺繍」

「だが、フェンシングはなかった」

「悲しいことに」

彼がヴァイオラを見つめ、かすかにいたずらっぽい表情を浮かべた。ヴァイオラが座っている位置からでも、目尻の笑い皺が見えた。「習いたいかな？」

ヴァイオラは面くらって顔をしかめた。「フェンシングを習いたいということ？」

「そうだ」彼が立ちあがり、長い食卓の脇を歩いてきてヴァイオラのうしろに立った。「デザートは終わったな。さあ、行こう」

「行こう？」ヴァイオラは体をひねって彼を見あげた。「どこへ？」

「フェンシングのレッスンだ」彼がヴァイオラの椅子を引いた。「習いたいと言っただろう」

「それは娘のときよ！　ずっと昔のことだわ、ジョン」

「齢《よわい》二十六にして、きみが墓に入る用意をしていることはよくわかった。だが、何度かフェンシングのレッスンをする時間くらいはあるだろう」背後からヴァイオラの両腕をつかみ、引いて立たせた。「こう考えたらどうかな。きみはぼくを嫌っている、そうだな？」

「ええ」即答だった。

「よし、それなら、これは、きみがぼくを剣で突き刺せる最高のチャンスだ」

それを聞いて、ヴァイオラの気持ちはすぐに決まった。「じゃあ、すぐにやりましょう」

「きみがやりたがると思っていた」彼が頭を傾けてヴァイオラの首にキスをしたが、すぐに身を引いたので、文句を言う間もなかった。「ぼくの古い用具が屋根裏部屋になかったか？」

食堂を出ながら尋ねる。

「知らないわ」ヴァイオラも彼について食堂をあとにし、廊下を歩いて階段に向かった。

「そこにしまってあったの？」

「子どものときはそうだった」

　ふたりで屋根裏部屋にのぼり、彼が少年時代に使っていた練習用の剣が何本か、木枠の箱にしまわれているのを見つけだした。

　ジョンがそれらを引き抜き、そのうちの一本を自分で取ってもう一本をヴァイオラに渡した。屋根裏部屋の中央の広く空いたスペースに彼女を立たせ、向き合って自分も立つ。

「ぼくがやる通りにまねして」そう言って左手をやや後方に高くあげたので、ヴァイオラも同様にした。右手に持った剣を彼女に向けたので、ヴァイオラも自分の剣を彼に向けた。

「よろしい。さあ、ぼくを見て」

　彼が一歩前に出て膝を曲げ、手に持った剣を前に突きだす。緩衝材をつけた剣先をヴァイオラの肋骨の下当てた。

　ヴァイオラも彼がした通りにやろうとしたが、すぐに問題に突きあたった。「うまくできないわ」不満を述べる。「スカートが邪魔で」

　彼が身を起こしてにやりとした。「もしもスカートが問題ならば――」

「だめ」彼が考えを述べ終わる前にさえぎる。

「だが、それを脱ぎさえすれば――」

「とんでもない！　その可能性は頭から消し去って」

「その可能性はけっして忘れないが」彼がうしろを向いた。「だが、きみがあくまで淑女らしくやるつもりなら、別な解決策を考えなければならないな」

　彼は剣を置き、部屋を横切って古いトランクに近寄った。「子どもの頃はここに衣装が入っていた」そう言いながら、蓋を開けた。「仮装舞踏会や劇に使う衣装だ」積み重なった古い服をかき回してズボンを引きだす。「ぼくのだ。十四歳くらいのものだ。これならきみにも合うはずだ」白いリネンのシャツも引きだし、両方をヴァイオラに放った。

ヴァイオラは両腕で服を受け取った。しばらく待っても、彼はうしろを向こうとしない。

「ジョン、もし友だちになりたいのなら、ふさわしく振る舞ってくれないと」

「きみにふさわしいことならいくらでもできるが」彼の言葉とその口調はまったくかけ離れた意味合いを含んでいた。

「そういう意味じゃないわ！　うしろを向いて」

彼は深いため息をつき、言われた通りにした。「これについては高潔に甘んじよう」ヴァイオラがレースのつけ襟をはずすあいだも、うしろを向いたまま話しかける。「まったく不公平だと思うが。自分の妻と一緒にいて、ペティコートをかいま見ることさえ許されないとは」

「ペティコートなんて、嫌になるほどたくさん見ているでしょう」胴着の前ボタンをはずしながらぴしりと言い返した。「わたしのを見る必要はないわ」

ドレスと下着を滑り落とし、上靴を蹴るように脱いでから、ズボンとシャツを身につけた。

「おしまい」シャツのボタンをとめながら声をかける。「もうこちらを向いていいわ」

彼はヴァイオラをひと目見るなり、自分の子どものときの服を着た姿がおかしかったらしく、くすくす笑いだした。「ぼくが昔着ていたよりも、きみが着たほうがずっと格好よく見えるな」そう言いながら、部屋の中央に戻った。

ヴァイオラはシャツの袖をまくりあげ、ズボンの裾も折りこんでから、上靴を履いて剣を取りあげた。

向かい合い、まず、先ほどと同じように剣を相手に向けた。それから、今回はヴァイオラも一歩足を出して膝を曲げ、見せられた通り剣を前に突きだした。

「これが突きだ。もう一度、やってごらん。今回はぼくの胴のどこかに狙いをつけるんだ」

ヴァイオラは唇を嚙み、頭を片側に傾けて考えた。視線をさげる。

「適切などこかに」彼がすぐに言い直した。

一歩踏みだし、彼の胃を狙って剣を突きだす。それに合わせて、彼が刀身をあげ、ヴァイオラの動きをさえぎった。「これが払いだ」

ヴァイオラは身を起こしながらうなずいた。「わかったわ」

「よし」彼がヴァイオラの正面に立ち、剣を向ける。「ぼくを憎んでいる、そうだな?」

「ええ」

「では、それを示すチャンスだ」自分の刀身を誘うように振った。「かかってこい。突き刺すんだ」

彼の瞳に挑むような表情が浮かんでいるのを見て、ヴァイオラは剣をあげて狙いをつけた。彼の姿勢をまねして再度突きだしたが、及び腰だったせいで、体を横に向けるだけであっさりかわされた。

「情けない」彼が首を振った。「真剣味が足りないぞ」

「間違ってあなたに怪我させたくないわ」

彼が大声で笑った。「それはないと保証する」また剣を振った。「さあ、来い。もう一度やってみろ。きみがぼくを憎んでいる理由を全部考えればうまくいくかもしれないぞ。さあ、ぼくをなぜ憎んでいるんだ？」

「なぜ？」ヴァイオラはあっけにとられて彼を凝視した。「どうして今頃そんなことが聞けるの？　たくさんありすぎて、全部挙げることができないくらいよ！」

「どれでもいい。とにかく言ってみてくれ」

ヴァイオラはもう一度、今度は前よりも激しく剣を突きだした。

「だいぶましだ」彼が言いながら、手首を一回ひねっただけで彼女の動きをさえぎった。

「続けて。なぜぼくを憎んでいる？」

「結婚する前にわたしに嘘をついた。だからよ」彼めがけて剣を突きだす。彼がまた払った。

「うまいぞ。こつをつかんできたようだ」

「あなたがあまりにも格好の標的だからでしょ」

「そうだろうな」続けるように身振りでうながす。「さあ、やめないで。ここで全部の怒りをぶちまけてほしい」

「そのためにこれを始めたとか？」尋ねながら突きだし、また当てそこねた。「それですべてが解決すると思っているの？」

「いや」今度は彼が突いたが、非常にゆっくりした動きで、ヴァイオラが教えられた通りに剣を持ちあげて身を守る時間を考慮したものだった。「だが、それが始まりだと思っている」

どちらもうしろにさがる。

「つまり」彼が続けた。「ぼくが結婚前にきみに愛していると言って、それが嘘だった。そのためにぼくを憎んでいるんだな？」

「それだけじゃないわ。エルシーもいるじゃないの」

「ああ、エルシーか、その通りだ」彼がうなずいた。腹立たしいほど冷静な口調に、ヴァイオラは剣を彼に向かって投げつけたくなった。そうせずに、彼に向かって剣を突きだし、払われるとまたさがり、そして間をおかずにまた突いた。ふたりの剣がぶつかり合う。

「彼女のことを知ったとき、打ちのめされたわ。それ以上、あなたと一緒に眠ることが耐えられなかった。そして、あなたはそのままわたしを見捨てたわ！　あなたを憎んでいるのは、あなたがわたしを置いて出ていったからよ」

「一カ月待ったじゃないか。ひとりで寝て、きみが隣りの部屋にいながら、一緒に眠らせてくれないという事実に気が狂いそうになりながら待っていた。だが、きみは態度を和らげようとしなかった。ただ泣いていただけだ」

「出ていくまでに一カ月待った。たしかにあなたにしてはがんばったわけよね。まるまる一カ月ですものね」言いながら、ふいに堰《せき》が切れたような気がした。彼から与えられた剣を用いて、ヴァイオラは感じていることをぶちまけ、剣と舌の両方で彼を突き刺した。「あなたはひと言もなく去っていった。ただ荷物をまとめて、出ていった。さよならもなく、メモの一枚もなく！　あなたのことをほんとうに愛していたから、エルシーのこともいつかは許していたはずなのに、あなたはそのチャンスもくれなかった。わたしの立場を考えようとさえしなかった。わたしの心を引き裂いたのに、それを気に掛けもしなかった」

ヴァイオラは身を引いた。「二カ月後、あなたはここにやってきた。ただ和解を求めて。なんて傲慢で思いあがった——」ヴァイオラは言葉をぷっつり切り、また剣を突きだした。ふたりの剣が交わり金属音が鳴り響く——一回、二回、三回。ヴァイオラは引きさがり、激しくあえいだ。

「そんなふうには言っていない」彼が髪をうしろに振り払う。「それに、思いあがってなどいなかった。とりわけ、きみがぼくの顔の前で扉を叩き閉めて、地獄に堕ちろと言ったときは」

「でも、地獄に行きはしなかった、そうでしょ？」彼に向かって突き、彼がまた払った。「あなたはジェイン・モローのもとに行った。あなたが和解を望む気持ちはその程度だったと思うしかなかったわ」

「きみがそう思ったのだとしたら、それは間違っている」彼が前に出て剣を突いたが、今回もヴァイオラが守りの体勢を取れるように、ゆっくりした動きだった。

「そうかしら？」言い返し、彼の剣を叩いたが、代わりに彼を叩きたいくらいだった。「わたしたちの結婚をどの程度重視しているかを示すうまい方法だと思ったけれど」

「ジェインはぼくにとってなんでもなかった」彼が言いながら身をまっすぐにした。「彼女にとっても、ぼくはなんでもなかった」

「つまり、二度目は、自分にとってなんの意味もない人のことで、わたしを傷つけたわけね。なんて素敵なのかしら。まさか、わたしを忘れるために彼女を利用したとでも？」

「実を言えば、その通りだ」

ヴァイオラは信じられない思いで笑い声を立てた。「では、マリア・アレンは？　あなたの傷ついた男のプライドを慰めるための別な女性？」

「きみがそういう言い方をしたいなら」彼が深く息を吸い、剣をおろした。「きみはおそらく信じないだろうが、そのときもぼくはきみと仲直りがしたかった。ブライトンだ」

ヴァイオラは驚いて夫を見つめた。「ブライトン？　なんのことを言っているの？」

「二年前、ぼくがきみをブライトンまで追っていったときのことだ。覚えていないか？　そのとき、きみはなにをした？　ぼくを見て、どんな男の血も凍らせるようなさげすみの表情で、愛人たちのもとへ帰れと言った。そして、背を向けて歩き去った。ぼくが荷ほどきもしないうちに、ブライトンを離れて、兄のもとに逃げた」

「わたしがブライトンを去っても、結局あなたがマリアのもとに行っただけのことでしょう」

「ノーでありイエスだ。彼女をめぐって決闘するはめに陥った。なぜか知りたいか？　もちろん誇れることではまったくないが、言っておきたい。彼女の数多いる愛人たちの最後尾にぼくが並んだのが、たまたま、彼女の夫がこれ以上浮気されるのは嫌だと決心したときと重なったんだ。だから、彼に呼びだされ、名誉のために互いの肩を撃ち合った。ばかげていることは認めるが、それが事実だ」

「でも、そのあとのことはどうなのよ、ジョン？」ヴァイオラは叫んだ。「わたしはハモンドパークに駆けつけた。あなたが心配でね。なぜだかまったくわからないけど！　わたしが着いたとき、あなたは寝ていた。出血がひどいとお医者さまに言われたわ。あなたに具合がどうか尋ねたら、あなたはなんて言ったと思う？　きみを失望させて悪いが、生き延びそうだ。ダーリン、きみにヒ素でも盛られないかぎりね、そう言ったのよ」彼を刺そうとして当てそこなった。「あなたが死んでしまうんじゃないかと、どれほど心配していたか。それなのに、あなたはわたしにそう言った」

「マリアのことがあったあとで、ほかになんと言ってほしかったんだ？」ジョンが聞く。

「こんなセリフか、すまない、またやっちまった。そばにいてくれたら、埋め合わせはする。そんなことを言うべきだったか？　正しい言葉があったのか？」

「重要なのは言葉じゃないわ！　問題なのはあなたのやったさまざまなことでしょう。わたしの生活がどんなものか、一度でも考えてみたことがあって？　あなたの愛人たちと同席して、わたしと一緒にいるよりも、この女性たちと一緒にいるほうがあなたにとってうれしいことだと思い知らされるのよ？」

「それは違う。ぼくはそれより妻と一緒にいたい。ぼくの子どもたちの母親となるはずの女性、そして、ぼくのベッドに一緒に眠るべきなのにそこにはいない女性だ。ぼくを憎んでいることを水晶のようにはっきりと示し、いつまでもぼくを憎み続け、ぼくの近くにいることが耐えられないという女性とだ」

「それで、自分のやったことが正当化されると思っているの？」

「ぼくは、自分がやったことを正当化しようとしているんじゃない。なぜそれをやったか、説明しようとしているんだ」

彼があまりに冷静でいることに、そして、保身も反撃もはかっていないという事実に、ヴァイオラはいっそう傷つけられた。剣をあげて激しく突きだし、たたみかけるように向かっていく。繰り返し彼を突いたが、そのたびに軽く払われた。彼の動きはいかにものんびりやっているように見えたが、それでも位置は少しずつさがっていき、ヴァイオラはさらなる攻撃でついに彼を壁際に追いつめた。

「あなたを憎んでいる理由はあの女性たちよ。あの人たちのもとに行く理由がなんであろうと、そんなこと知らないわ！」叫びながら彼を突く。そして、また突く。「あなたが憎いのはあの人たちのせいよ！　あなたがキスして、触れて、ベッドを共にした！　たくさんのものをあげた。わたしが受け取るべきものなのに、わたしだけが！」

彼の背中が壁にぶつかり、ヴァイオラがもう一度突きだした剣が彼の心臓に命中した。彼はその動きをさえぎろうともせずに、胸のど真ん中にその突きを受けた。「あなたが憎いのはね、ジョン」そう言いながら、うしろにさがり、激しくあえいだ。「わたしのあなたへの愛を、あなたが受けとるだけ受け取って、ずたずたに引き裂いたからよ。たった二回の気のない試み以外、和解しようとしなかったからよ。そして、ほかの女性からは得られないものが必要だからという理由で、今になって戻ってきたからよ」言葉を詰まらせた。「ようやく、あなたを諦めたときになって」

ヴァイオラはうしろを向いたが、もちろん彼がそのまま行かせるはずもなかった。彼の剣が床に落ちる音が聞こえた次の瞬間、彼の両手に強くつかまれるのを感じた。彼は息を切らしてもいなかった。なんていまいましい。

「ぼくをもっとよく理解したいと言ったから、ぼくは説明しようとした。過去にあったことについては、どうすることもできない。だが、もう逃げだすことはしないし、きみにもそうはさせない。今回は、傷つけ合わずに一緒に暮らす方法を見つけたい。そのために友だちになる必要があるんだ」

ヴァイオラは首を横に振った。「不可能よ」

「なぜ？」

彼につかまれている状態からのがれようと身を引き、彼も手を離した。彼の質問には答えなかった。言うだけ無駄だし、すでに消耗しきって、答える気力もなかった。何も言わずに階段をおり始めると、彼もうしろからついてきた。どちらも無言のまま、ヴァイオラの部屋の前までやってきた。ヴァイオラは立ちどまり、うしろを振り返った。「おやすみなさい、ジョン」

「なぜ不可能なんだ、ヴァイオラ？　いろいろなことを話し合いたいんだろう、それなら話そう。なぜ友だちになるのが不可能なんだ？」

ヴァイオラは苛立ちのため息を吐いた。「なぜなら、それは――」言葉を切る。彼が手を伸ばし、ヴァイオラのほつれた巻き毛を耳のうしろに掛けたからだ。ヴァイオラは彼の手を押しやった。「友だちは信頼し合うもので、わたしはあなたを信頼していないから」

「では、ぼくがまずやるべきことは、きみの信頼を勝ち取ることだ、そうだね？」

あまりにもっともすぎて反論のしようがない。ジョンが論理的になったときが一番危険なのだ。ヴァイオラは唇を噛んだ。「これはすべてトリックなんだわ。わたしをだまして、ベッドに引きずりこもうとしているのね」

彼が指を交差させて、嘘が嘘にならないまじないをしてみせた。「うまくいくかな？」

「いいえ。わたしはもう二度とだまされない」

「では、なにも心配する必要はない、そうだろう？」

「もちろんよ」背を向けて、寝室の扉の取っ手に手を伸ばした。とにかくこの場から逃げだしたかった。「なぜなら、あなたを今も憎んでいるから」

「いや、違う。今はもう憎んでいないはずだ」彼がヴァイオラの両手の上に手を重ね、扉を開けさせないようにした。「あのグロヴナースクエアの晩、雨に濡れたまま会いに行ったぼくを、きみは追いださなかった。それで、もうきみに憎まれていないとわかった」手を重ねたまま、彼が前にかがんだ。ほんのわずかながら、体に彼の体が触れるのを感じて、ヴァイオラの心臓がフェンシングのときのように激しく打ち始める。彼がヴァイオラの髪にキスをした、それから額、そして頬に。「きみは今、ぼくを憎んでいないし、友だちになれたら、これからも憎まなくて済む」唇を彼女の耳に押しあてる。「効果がわかっただろう?」

お腹の奥が震えるのを感じた。その震えは、脅えた気持ちと傷ついた心が欲望と混ざり合ったもの。ヴァイオラはみずからの混乱した感情におぼれていくような気がした。

「ぼくを信頼させてみせるよ」彼がつぶやいた。彼の手が取っ手を握ったヴァイオラの両手の甲を撫でる。「きみがもうぼくを怖れないように」

ヴァイオラは目を閉じた。「あなたのことを怖れているわけじゃないわ」

いいや、怖れていた。その通りだ。

そして、彼もそれを知っていた。「さて、今度は嘘つきはだれかな?」そう尋ねると、彼女の耳に口づけ、それから手を離して一歩さがった。「おやすみ、ヴァイオラ」挨拶すると、廊下のさらに奥にある彼の部屋の扉に向かった。

ヴァイオラは自分の部屋に入り、扉を閉めた。セレステに助けられて部屋着に着替えているあいだも、隣りの部屋から、彼が従者に話している低いつぶやき声が聞こえてきた。

彼が正しい。ヴァイオラはもう彼を憎んでいなかった。彼と話すたびに憎しみと怒りが消えていき、ほほえまれるたびに、笑わされるたびに、なにか優しいことをされるたびに、キスをされるたびに、昔の魔法がよみがえってくる。憎しみがなくなってしまったら、もはや自分を守る盾はない。武器もない。すべてをさらけ出し、無防備で傷つきやすい状態で立ちつくすしかない。

プライドはどこへ行ってしまったのか？　ヴァイオラはベッドに入って枕を抱きしめ、惨めな気持ちで丸く縮こまった。プライドはまことに結構、だが、プライドのパートナーは孤独な人生だ。

もしジョンと友だちになれば、また彼を愛してしまう。彼もそれを知っている。もし友だちになれば、ふたたび彼を信じるのは時間の問題だ。彼が誠実だと信じ、大切に思ってくれていると信じ、彼がだれのことも愛さないとわかっていながら、いつかは愛してくれると信じ始める。そして、もし彼をもう一度信じ始めたら、すべてを放りだして彼のベッドに直行し、ふたたび心のすべてを彼に差しだすだろう。そうなったらもうおしまい。なぜなら、彼がもう一度去っていけば、心が粉々に砕け散るだろうから。

14

翌朝、ヴァイオラがおりてこなかったので、ジョンは朝食を持っていくことにした。調理場に行き、まだ食事が妻に運ばれていないことを確認すると、ふたつの盆に妻と自分の好物を乗せ、彼女の寝室に出向いた。

扉を開けると、妻はベッドのなかで座り、朝に届いた手紙を読んでいた。「なにをしているの？」彼がふたりのメイドを従えて入ってくるのを見て、ぎょっとしたように声をあげた。

「なにをしているように見えるかい？」尋ねながら、手を振ってメイドのひとりにお茶の盆をサイドテーブルに置くように指示した。もうひとりのメイドから食べ物が乗った盆を受け取ると、また手振りでふたりを部屋からさがらせた。

「ベッドで食べられるように朝食を運んできた」

「こんなことはできないはずよ。わたしのプライバシーをこんなふうに侵害するなんて」

「すでにやってしまったことをできないというのはばかげている」答えながら扉を閉め、ふたりきりになった。ベッドの端に座って、盆をヴァイオラの膝に置き、ふたりのためにお茶をつぐ。「しかも、ここはぼくの家だ」

ヴァイオラはうめき声をあげ、くるみ材のヘッドボードに倒れこんだ。

「諦めたわ」嘆くように言う。「どうしても、ひとりにしておいてくれないのね」

「きみもようやくわかってきたようだな」彼女の手から手紙の束を奪いとった。床に放り投げ、ジャムの壺とナイフを取る。「ブラックベリージャムはいかがかな、レディ・ハモンド？」

彼女を見やる。朝の光線に包まれ、ほつれかけた三つ編みを垂らして頬をうっすらとピンクに染めた妻は息を呑むほど美しかった。寝間着はモスリンの繊細なもので、薄いせいで、胸の膨らみがはっきりわかり、すぼまった乳首と乳輪までかすかに透けている。それを見ただけで自分があっという間に高まるのを感じ、ヴァイオラはすぐに譲歩したほうが身のためだとジョンは思った。ベッドで妻と慎み深く朝食をとる日が続いたら、こちらがどうにかなってしまうからだ。ジョンはなんとか視線をあげて、妻の顔を見つめた。

彼が考えていることを感じたらしく、ヴァイオラは目をそむけた。頬をさらに紅潮させ、落ち着かなげにベッドの上で尻の位置を動かす。そのかすかな動きだけで、ジョンは気がおかしくなりそうだった。彼女は欲してくれている。そのはずだ。ああ、そうであってほしい。

だが、二度も同じ過ちを犯すつもりはなかった。強引すぎたり、せかしすぎたりすれば、彼女はまた逃げてしまうだろう。ジョンは盆を見おろし、そこに乗っている食べ物に意識を集中して、寝間着なしの妻がどんなふうに見えるか考えないようにした。ナイフでジャムをすくって壺を置き、バターを塗った熱々のトーストを取った。表面にジャムを塗り、差しだして待つ。ヴァイオラは唇を噛んで、トーストを見つめながらかなり長くためらい、それからため息をついて受け取った。

ジョンは内心嬉々としながら、自分のためにもう一枚トーストを取ってジャムを塗った。フォークを手にして、膝に置いた皿からベーコンと卵を食べ始める。うつむいて、半ば伏せたまぶたの下から妻を見守り、チャンスが来ることを願いながら待った。

ヴァイオラがトーストをもうひと口かじった瞬間、ジョンはブラックベリージャムのことを神に感謝した。フォークを置き、少しだけにじり寄る。ヴァイオラが動かなくなった。トーストを持った手を途中で止めて彼を見つめる。榛色の瞳が大きく広がった。

ジョンはさらに近寄った。「顔にジャムがついている」

ヴァイオラが顔をそむける。「やめて」

「なにをやめるんだ?」ジョンはつぶやいた。「きみがぼくを欲しくなる状況にしむけるなということか?」手を伸ばして、ヴァイオラの口の端にわずかについたジャムを触り、その指先で唇を左右になぞってジャムを広げた。ジャムはべとべとで、唇はとてもやわらかい。

「すまない」声が不安定になる。「だが、我慢できない。きみが欲しくてたまらないし、きみにもぼくを望んでほしい。その思いがあまりに強すぎて、少しばかり、気がおかしくなりかけている。だから、風雨のなかを外で立っていたり、買い物に行ったりした。だから、話し合おうとしている」深く息を吸った。「ピンク色の客間の家を借りたのもそのためだ。ぼくたちのあいだはこれ以上ないというほどひどい状態だったが、そのときでさえ、いつかきみが一緒に住んでくれるというかすかな希望にしがみついていた」

ヴァイオラの下唇が震えるのが、触れている指先に伝わってきた。「あなたの言うことは信じないわ」

「昔はいつも望んでくれた」唇を撫でる。「毎日、朝食のときに。覚えていないか？　すごく楽しかった、そうだろう？」

「ええ、そうだったわね」しゃべるのに合わせて、唇が彼の指をかすめる。ヴァイオラは伸ばした手を彼の手首にまわしたが、その手を押しやったり、顔をそむけたりはしなかった。

「楽しかったわ、少しのあいだは」

彼は静かに手を引いて彼女のまわした指から抜き、首のうしろにそっと滑らせた。ジャムがついてべとついた指に髪の毛がからまる。前かがみになると同時にヴァイオラを引き寄せ、顔を近づける。「いつからふたりのあいだがうまくいかなくなったか覚えているかい？」彼女の顔から三センチほど手前で顔を止める。「うまくいかなくなったのは、それが楽しくなくなったときだ。好きなことをしなくなって、ぼくがきみを笑わせることができなくなったときだ」

「楽しさや笑いでは解決できないものもあるのよ、ジョン」

「わかっている」ジャムだらけの唇を見つめる。欲望が体を激しく駆けめぐり、どのくらい長く耐えられるか、ジョンは自分でもわからなかった。「そのためにキスがある」

「あなたにとっては、そんな単純なことなの？」ヴァイオラが尋ねる。「そんなに簡単なこと?」

「そうだ。きみが複雑にしすぎるんだ」キスをしないではいられない。たった一度だけ。すぐに放せばいい。彼女の首に当てた手に力がこもり、最後の三センチを引き寄せた。唇を彼女の唇の端に触れあわせ、肌についたジャムを味わう。その喜びが強すぎて、焦がれる気持ちが激しすぎて、そのまま膝の上の盆を払いのけて、彼女の上にのしかからないために全神経を集中しなければならなかった。完全に静止したまま痛いほどの欲求と闘い、自分を押しとどめてそれ以上動かずに、ただ彼女の唇のブラックベリージャムを味わい、菫の香りがする息のぬくもりを深く吸いこんだ。

ヴァイオラが顔をそむけて、キスを中断した。

そのまま放さなければいけないとわかっていた。今のうちに。まだ可能なうちに。ヴァイオラはまだ準備ができていないし、また逃げだしてほしくない。彼女の首に沿わせていた手をおろして身をうしろにそらし、興奮しきって解消のめどがまったく立っていない苦悶を無視しようとした。フォークを取り、また卵とベーコンを食べることに専念する。

ヴァイオラも同じようにした。彼のことは見ないで、ひたすら膝の上の皿を見つめている。そろそろ食べ終わろうという頃、ようやく自然に振る舞えそうな気になったジョンは、一般的な話題を持ちだした。「ところで、きみがここをどう変えたのか、ぜひ見せてほしいな。ぼくの言っているのは外まわりのことだ、もちろん」ベーコンを刺したフォークで周囲を示した。「花いっぱいの夢の園と化した館内ではなく」

「そんなことを言うなら、勝手に見てまわればいいわ」トーストをほおばったままヴァイオラが言う。「ひとりで」

「だが、ひとりで見てまわっていては、どこかの隅できみのキスを盗むことができないじゃないか」当然のことを指摘し、ベーコンを口に放りこみながら、きょう、妻からさらにキスを盗み、しかも衣服を一枚もはがせなければ自分は死んでしまうかもしれないと考えた。

ヴァイオラはジャムを塗ったトーストの最後のひと口を呑みこんだ。「そんなこと知らないわ」

「ぼくのキスは好きだろう？　自分でもわかっているはずだ」さりげなく言って立ちあがった。お盆を受け取り、振り向いてそばのテーブルに置く。「夕食までには、卒倒しそうなくらいぼくに夢中にさせてみせるさ。さあ、着替えをしたらいい。ぼくは下で待っている」

「あなたに夢中になって卒倒したことなんてありません」ヴァイオラが寝間着からパンくずを払いながら言い返した。「一度たりとも」

ジョンは妻の上にかがみ、はさみ込むように腰の両側に手をついた。マットレスをたわませながら、さらにかがんで顔を近づける。「まだだ。だが、一日は長い」そう言うと、止める間を与えずにすばやくキスをした。身を起こして背を向け、戸口に向かう。「夜はさらに長い」

「まあうれしい」ヴァイオラは、自分が一日じゅう拷問に耐え抜かねばならない立場であるかのようにうめいた。「なんてありがたいこと」

　ヴァイオラは彼を案内し、自分が手を加えた場所を見せて歩いた。ジョンは、ヴァイオラが庭に作らせた柘植《つげ》の木の迷路を気に入り、ぼろぼろだった川べりのボートハウスを取り壊したことを大いに憤慨し、前の年に建てた新しい厩舎を見てご満悦の体だった。また、新しい穀物庫には惜しみない賞賛を表明した。

「すばらしい仕事ぶりだ」そう言いながら、水車用貯水池のそばで足を止め、水面を見渡す。「画期的な改良ばかりだ。しかも、どれも整然として美しい」

「ありがとう」

　なにかに気をとられたらしく、ジョンが話を中断した。貯水池に突きだした木製の桟橋に向かって彼が歩いていくのをヴァイオラは見守った。桟橋の横に手漕ぎボートが浮かんでいる。「底にオールが置いてあるぞ。乗ってみよう。池を横切って小川をくだろう」

　ヴァイオラは不安で胃が締めつけられ、必死に言いわけを探した。「水の上に出るには少し寒すぎるわ」

「寒い？　全然だ。さわやかな午後じゃないか。それに、泳ぐわけじゃない」彼は上着を脱いで脇に放った。

「ボートを漕ぐのは嫌だわ」

「それはぼくがやる」彼が言う。「ぼくがオールを漕ぎ、きみを見つめてシェリーの詩を詠ずるあいだ、きみはただ優雅に船尾に座っていてくれればいい」

ヴァイオラが見守るなか、ジョンはクラバットをはずし、シャツのボタンを三つはずして胴衣も脱いだ。桟橋にひざまずき、ボートの上にかがんでオールを取りだしたのを見て、ヴァイオラの恐怖が一気に増した。「いいえ、ジョン。乗りたくないわ」

「ぼくのボートハウスを壊したんだから、そのくらいはしてもいいだろう？　気晴らしだ。楽しいぞ」

ヴァイオラは汗ばんだ手のひらをスカートにこすりつけた。「ジョン、ボートには絶対に乗らないから！」

声がうわずったことに気づいたらしく、彼が肩越しにヴァイオラを振り返った。「なぜだ？　ボートに酔うのか？」

ヴァイオラは気分が悪くなったような気がしてお腹に手を当てた。恐怖のせいで、声も出せずに首を振る。

彼はヴァイオラをしばらく見つめていたが、それからオールを置いて桟橋を戻ってきた。

「どうしたんだ？」

「泳げないのよ！」

彼が笑った。「それだけのこと？」

「それだけ？」ヴァイオラは本気でパニックになりかけていた。「もしボートがひっくり返ったらどうするの？　おぼれてしまうわ」

「きみはおぼれない」彼は笑うのをやめ、片手を伸ばしてヴァイオラの頬を包んだ。「ぼくは泳ぎが得意なんだ」

　ヴァイオラはまた首を振った。「だめよ」

「浅い池だし、川のほうも蛇行しているから流れは遅い。それに、たとえボートがひっくり返っても、ぼくがいるから絶対に大丈夫だ」彼が身を乗りだしてヴァイオラにキスをした。「きみがしなければならないのは、ぼくを信頼することだけだ」そう言って、ヴァイオラの手をつかんだ。「さあ、行こう。なにも起こらない、約束する」

「絶対に好きじゃないとわかっているのに」彼に引っぱられてボートに向かいながら、ヴァイオラはうめいた。

　彼は片足を厚板に置いたまま、もう片足をボートに乗せ、本体を引き寄せて桟橋にぴったり横づけした。「しっかり押さえているから」彼が言う。「乗ってくれ」

　ヴァイオラは息を深く吸いこみ、スカートを握って邪魔にならないように持ちあげ、彼の手にしがみつくようにして、おずおずとボートに乗りこんだ。船尾に腰を落ち着け、放された手で木の船端を握りしめ、嘔吐するような恥ずかしいことにならないよう祈る。

　ジョンも座り、繋留《けいりゅう》してある縄をほどいてオールを取った。片手で二本とも持ったまま、もう一方の手で桟橋を押して船を出すと、オール受けにオールを差しこんでちらりと背後に目をやり漕ぎ始めた。

「小川に向かって曲がっているところに近づいたら教えてくれ」なめらかな動きでオールを漕ぎながら、彼が言う。ボートはかなりのスピードで滑るように進んでいる。「オールで方向を変えるから」

「川の入り口はもうすぐよ」彼の肩越しに先を見やった。「あなたの左のほう」

彼はうしろをすばやく見やり、漕ぎながら船の向きを変えて立ち並ぶしだれ柳や樺《かば》の木のあいだを蛇行する小川に乗り入れた。川がまっすぐに長く続く場所までくると、ジョンはヴァイオラに顔を向けた。

「大丈夫か？　気分は悪くないか？　ここまでくれば、もう緊張はしないだろう？」

ヴァイオラは嘘をついた。「ええ」

「最初はフェンシング、次はボート。比較的すぐに、泳ぎを教えることになるな」

ヴァイオラは恐怖の面持ちでジョンを見つめた。「そんな、とんでもない」

「いや、やろう」オールを漕ぎ続ける。「裸で」言いたした。「月明かりのなか」

ヴァイオラの体がかっと熱くなった。彼の後方に目をやり、顎を突きだして、川の湾曲部を見張るふりをした。つま先まで真っ赤になっていることなどそぶりにも出さない。「ずいぶん想像力が豊かなこと」

「その通り」ジョンが熱っぽい口調で同意する。ヴァイオラを見つめる眼差しから、実際になにを想像しているのか、ヴァイオラにもはっきりわかった。「たしかに想像力は豊かだな」

流れはゆっくりだったから、漕ぐのも楽そうだった。漕ぎ方は力強く、ボートはなめらかに流れるように動いた。彼が漕ぐのを見ていると、まるで催眠術を掛けられているようだ。ボートが川をくだるあいだ、ヴァイオラは行く手を見張らねばならないと、何度も自分に思いださせなければならなかった。「漕《ロゥ》ぐのがとても上手ね」

「これはオールが二本だから、ロウではなくスカルのほうの漕ぐだ。ロウは一本の櫂で漕ぐ」

「そうなの、では、あなたは漕《スカル》ぐのがとても上手ね。一本で漕《ロゥ》ぐのもきっと上手でしょうね」

「うまくなければ困るな。かなり練習したからね。ハロー校とケンブリッジで両方ともやった」身をそらしてオールを引く。「ケンブリッジでは、ケム川の五月のボート競技で四年間ずっとチームのリード役の漕手だった」

「勝った？」

「たいていはね」ジョンが笑いだした。「パーシィがぼくたちのチームの舵手《コックス》で、すごく優秀だったんだ。規律正しく、ほかのだれよりもうまくペースを作ることができた」

「彼が亡くなって寂しいでしょうね」

彼の顔から笑みが消え、漕ぐ手が止まった。ボートが漂い始めたが、彼は気づいていないようだった。オールにもたれたので、オールの先端が水面から出た。彼が従兄弟のことを話すだろうと思ってヴァイオラは待っていたが、彼は話しださなかった。ただ、うしろを振り返り、小川の土手とその向こうの林を見つめ、物思いに沈んでいる。

「ジョン、なにを考えているの？」

「彼がいないのはほんとうに寂しい。苦しいほどだ」思考をはっきりさせるかのように頭をぶるっと振り、それからまた漕ぎ始めた。「なにか楽しいことを話そう。きょうは楽しく過ごすはずの日だ。そうだ、ぼくの受けた大学教育を活用するのもいいかもしれないな。きみはどの詩人の詩を聞きたい？　ロマンティックなのを選んでくれ。そうすれば、燃えるような情熱的な朗読をして、きみがぼくを望むようにしむてみせる」

彼は前にも同じことをしたことがあるのだろうかとヴァイオラは思った。前にも女性をボートに乗せて、情熱的な詩を朗読したのだろうか。深く息を吸い、燃えあがる嫉妬心を抑えつける。「ジョン、わたしに詩を朗読してくれる必要はないわ」

「だれよりも麗《うるわ》しいその顔、だれよりもいとおしいその存在。人生の貴重な瞬間、それはこのとき、彼女がそばにいるそのひととき」

無造作に発せられた詩句は、ヴァイオラには聞き覚えのないものだったが、彼の瞳に浮かんだ表情はよく知っているものだった。きょうだけで、すでに二回その表情を見ている。彼女の寝室でトーストを食べていたとき、そして、彼が泳ぎの練習について言いだす直前だ。彼両方とも、単純な欲望以上のことを意味しているのかもしれないとたやすく信じられるような表情だった。ヴァイオラはごくりと唾を呑みこみ、目をそらした。「その詩は知らないわ」

「知っていたら驚きだ」彼が皮肉っぽく言った。「たった今、ぼくが作った詩だから」

あっけにとられて、ヴァイオラは彼をじっと見つめた。「え、たった今？」

彼がうなずいた。「昔は年がら年じゅう詩を作っていたんだ」

「知らなかったわ。もちろん、あなたとディランはいつも五行戯詩《リムリック》を作っているわよね。でも、あなたが詩作に凝っていたとは知らなかったわ」

「ぼくも、きみが泳げないとは知らなかった」彼がまぶたを半ば閉じるような表情をした。

「そうだ、泳ぎの練習はできるだけ早く始めるべきだな。ここの貯水池は浅くて、きみでも充分に立てる。練習するには絶好の場所だ。今夜始めるべきだろう」

「わたしが今考えているのは、もう家に戻るべきだということよ。そろそろ三時になる頃でしょう。ディナーの前にお風呂に入って着替えをしたいわ。ここは田舎時間ですべてが動いているから」彼に念を押す。「夕食は五時よ」

彼が頭を傾げてヴァイオラを見つめた。「ふたりで入れるくらい大きな浴槽があったかな？」

「いいえ、ありません」

ヴァイオラの取り澄ました声を聞いてジョンは笑ったが、それ以上なにも言わずに、背後を見やり、オールの一本を使って方向転換した。

帰りは流れに乗っていたので漕ぐのはさらに楽そうだった。ふたりとも無言だった。ヴァイオラは心のなかで、彼が作った詩の句を繰り返していた。彼が本心から言っているわけではないと、彼女の理性は主張し続けていたが、心は聞こうとしなかった。

「きみのことを詠った先ほどの詩があまり感心できなかったのなら、もうひとつ別な詩がある」彼が沈黙を破った。漕ぐのを止め、オールを水からあげる。もう貯水池に入って流れがなかったので、ボートは止まったままだった。「五行戯詩だ」

彼の瞳がからかうように輝いているのがわかった。「わたしのことについての？」

「ハンプシャーから来た麗人、その笑み《スマイル》まさに男を魅了《ビガイル》、その金髪は尊い褒賞《プライズ》、その瞳《アイズ》は泥のよう、そのキスまさに無上の喜び《プレジャー》」

「なんですって？」ヴァイオラは座ったまま背筋を伸ばした。憤慨しすぎて、キスが無上の喜びという部分くらいではおさまらない。「わたしの瞳は泥の色じゃないわ！」

「いや、まさにそこと同じ色だ」彼が貯水池の横の土手を指さした。「あそこの色、緑がかった茶色だ。もちろん、それが悪いなんて言っていない」ヴァイオラが大きく鼻を鳴らして苛立ちを示すと、さらにつけ加えた。「とても英国的だとぼくは思うな。それに、非常に詩的だ」

「詩的？」ヴァイオラは腕組みした。「詩というのは、女性の瞳を星や空やそうしたものに喩えるものでしょう？　わたしの瞳を緑がかった茶色い土に喩えるのが、わたしを誘惑するための策略のひとつなら、まったく効き目はないわ」

彼の瞳からからかいの光が消えた。オール受けからオールを引きだし、どさっと船底に落とすと、彼女のほうに近寄った。彼の顔つきがふいに真剣味を帯び、ヴァイオラははっと息を呑んだ。体を滑らせて彼女の前に膝をつき、腰の両脇に手を置いて座席の厚板の縁に指をからませる。

前かがみになり、唇をそっと、ほんの一瞬、彼女の唇に触れさせた。「これなら効き目があるかな？」

ヴァイオラの体の内側が激しく震え始めた。「いいえ」彼の愛撫に抵抗してぐっと口を結ぶ。
「ヴァイオラ、フェアに頼むよ」ヴァイオラの唇に向かってつぶやいた。「きみの瞳が池の泥のようだとたしかに言ったが、きみの金髪が褒賞だと言っただろう？　キスが無上の喜びだとも」ヴァイオラの唇を軽く嚙む。「だから、ぼくにここでキスしてその喜びを与えてくれ」

　ヴァイオラは顔をそむけた。「キスするつもりはありません」きっぱり言い、傷ついたふりをしたが、笑いだしたので効果はなかった。「だめよ、だめ。泥と言ったせいであなたはチャンスをのがしたわ」

　彼女の笑い声に誘われるように、彼も喉の奥で低くくすくすと笑いだした。「英国の池の泥はとても美しいんだ」ヴァイオラの頰にキスをする。「ぼくは好きだ」

　彼の両手がヴァイオラの下に滑りこんだ。唐突に彼の膝の上に引きあげられて、ヴァイオラははっと息を吞んだ。彼のまったく予期しない行動に、笑いながらも悲鳴をあげて身をよじった。ボートが揺れる。ひょいと横向きにされて彼の膝に座らされた。「ジョン、やめて！」叫びながらもがく。ボートがまた揺れ、今度は傾きすぎてひっくり返り、ふたりとも池に投げだされた。

　頭上からどっと水が流れこんできて、ヴァイオラの笑い声を詰まらせた。方向感覚を失い、薄暗い水のなかでなにも見えない。恐慌をきたし、ヴァイオラは両手を振りまわした。だが、次の瞬間には、その腕をジョンにつかまれ、まっすぐ立たされていた。「つかまえた」彼が両腕をヴァイオラにまわした。「きみをつかまえた」

大きく空気を吸いこみ、彼の濡れたシャツを握りしめる。ジョンがしっかり支えてくれていることと、足が池の底にしっかりついていることと、そして水が脇の下までしかないことに気づいて、即座に恐怖感は消え失せた。

「大丈夫か？」彼が身を引いてヴァイオラを見つめた。顔にかかっていた濡れた髪をそっと押しのける。

「大丈夫よ」ヴァイオラは腕をさすった。「寒いけれど、でも、大丈夫」

ジョンが膝をかがめて両腕でヴァイオラも濡れた服も全部一緒くたに抱えあげた。「きみを讃える詩を作った褒美がこれだとは」ヴァイオラを抱いて土手に向かいながら、いかにも傷ついた口調で言う。「冷たい水につかり、感謝のキスもなし」

「当然の報いよ」水際に立たせてもらいながら、ヴァイオラは言い返した。彼がボートを取りにいく姿に背を向ける。「泥のような瞳ですものね、まったく！」捨て台詞《ぜりふ》を残し、びしょ濡れのスカートを両手で持ちあげて草の茂る丘に向かったが、土手をのぼりながらも浮かんでくる笑みを抑えられなかった。

15

池の水につかったので、ジョンもヴァイオラも夕食前に風呂に入り、着替える必要があった。調理場の下働きのメイドたちが浴室にお湯を運び、銅製の浴槽をいっぱいに満たした。ヴァイオラが最初に入浴した。セレステに髪を洗ってタオルで拭いてもらいながら、そのあいだも、ヴァイオラを詠った詩を朗読したときの彼の表情のことしか考えられなかった。彼は本気だったのだろうか？

セレステにかしずかれて体を拭き、薔薇色のどっしりした絹の部屋着に身を包みながらも、心のなかをその疑問がめぐり続けた。浴室に隣接した支度部屋に移動し、セレステもあとに続いた。セレステが服を並べてヴァイオラが選べるようにかかげたときでさえ、ヴァイオラの心を占めていたのは、夕食のために着替えることではなかった。

彼は真剣なのだろうか？　彼があれほどたくさんの女性たちと関係したのを知りながら、ヴァイオラが、その女性のだれよりも彼にとって大切だなんて、どうして信じられるだろう？　たとえそうだしても、それがずっと続くとどうして確信できるだろう？　使用人たちがジョンのために新しいお湯を浴室に運んでいる音が聞こえ、ヴァイオラは彼が裸になって浴槽に入る姿を思い浮かべた。彼の裸身はもちろんよく覚えている。今になって、その記憶と想像力にからかわれ、苦しめられている。幾晩も見続けている夢と同じだ。

ヴァイオラをだれよりもいとおしいと言っていた。だれよりも麗しい顔とも言っていた。そのひとつでも真剣に言っていることなんてあるだろうか。言葉は不充分なもの。彼の欲望なんてなんの意味もない。わかってはいても、彼に触れられ、キスされたときにわき起こったみずからの欲望のことで頭がいっぱいのときに、理性的に考えるのはとてもむずかしかった。

ぼくたちはすごく相性がよかった。覚えているだろう？

もちろん覚えている。ヴァイオラは指でこめかみを押した。あまりにも頭が混乱して、うまく考えることができない。

「奥さま？」セレステが声をかけた。「お加減が悪いのですか？」

ヴァイオラは手をおろした。「まったく問題ないわ、ありがとう、セレステ」

ヴァイオラが十五歳のときから小間使いとして働いてくれているセレステは、ほっとしたように笑顔を見せ、もう一度二枚の服をかかげた。「アイボリーにしますか、それともアイスブルー？」

「ブルー」ヴァイオラはほとんど考えもせずに答え、セレステはブルーの服をかかえて支度部屋からヴァイオラの寝室に入っていった。だが、ヴァイオラはあとに残った。背後の扉の向こうは浴室だ。ジョンが従者のスティーブンズに話している声が聞こえてくる。ただし、なにを話しているかはわからなかった。ヴァイオラの心の耳に、けさ彼が朝食のときに言った言葉が響いていたからだ。

　ぼくはきみが欲しくてたまらないし、きみにもぼくを望んでほしい。その思いがあまりに強すぎて、少しばかり、気がおかしくなりかけている……ぼくたちのあいだがこれ以上ないというほどひどい状態だったときでさえ、いつかきみが一緒に住んでくれるというかすかな希望にしがみついていた。

　ふいに、すべてが水晶のように透明に感じられ、錯綜したさまざまな感情が溶け合ってひとつの決意に変わった。ヴァイオラは深呼吸をしてから、自分の寝室に入り、ベッドの上にブルーの服を広げているセレステに近寄った。

「セレステ」小間使いの横で立ちどまる。「だれかを調理場に行かせて、夕食が二時間ほど遅くなると伝えてちょうだい」

　セレステは戸惑った表情を浮かべながらうなずいた。「かしこまりました、奥さま」

「それから、呼びにやるまで、ほかの仕事をしていてくれるかしら？　あとでまた呼ぶかどうかはわからないけれど」

　年配の婦人は、はっと理解と驚愕の入り交じった表情を浮かべたが、そのまま頭をさげ、ヴァイオラをひとり残して寝室から出ていった。

　ヴァイオラは化粧台まで行って櫛を取りあげた。濡れた髪をとかしたが、三つ編みにはせず背中に流したまま、櫛を置いて支度部屋に戻った。

彼はまだ風呂を使っている――水のはねる音と従者と話している声が聞こえる。扉の取っ手に手を掛け、じっとしたまま深く息を吸いこみ、そして扉を開けた。

ジョンは浴槽にゆったりと座って両縁に腕をかけていた。スティーブンズが両手にタオルを持ってそばに控えている。ヴァイオラが入っていくと、どちらも仰天した表情を浮かべた。従者のことは無視して、ヴァイオラは夫を見つめた。「本気だったの？」前置きもなく尋ねる。「あなたが言ったこと？」

ジョンがスティーブンズを見やり、軽くうなずいた。従者は浴槽の脇の長椅子にタオルを置くと、すぐに廊下に通じる戸口を出ていった。扉が閉まる。

両手の指を祈るようにからませ、ヴァイオラは答えを待った。「そうだったの？」

ジョンが背中をうしろにもたせ、ヴァイオラを見つめてかすかにほほえんだ。「本気ってなにが？」口調はいかにも無心な様子だったが、瞳に浮かんだ熱っぽい表情がそうでないことを告げていた。「きみの瞳が泥色だということか？」

ヴァイオラは体重を片方の足からもう片方に移した。ふいに恥ずかしさと狼狽を感じ、自分が大変な間違いを犯したのだろうかと不安になった。「いいえ」ささやき声で答えるあいだにも恐怖心がわき起こり、心臓が激しく打ち始めた。あまりに大きく鳴り響く音が、不安に苛まれながら立っている場所から部屋を横切って、彼まで聞こえているに違いないと思うほどだった。「もうひとつの詩。〝だれよりもいとおしい〟とか、〝貴重な瞬間〟とか、そちらのほう。それから……それから、けさあなたが言った、いつかきみが一緒に住んでくれると希望していたという言葉。本気でそう思っているの？　それとも、ただ、わたしが喜ぶだろうと思って言っただけ？」

彼は答えず、ヴァイオラの意気込みは即座に消え去った。「なんでもないわ」口のなかでつぶやき、くるりと背を向けて、自分の支度部屋という安全な場所へ戻りだす。だが、二歩も行かないうちに、水が跳ねる音して、彼が浴槽を出たのかしらと思った瞬間には、腰を両手で抱えられ、強く引き寄せられていた。

「本気だ」彼がざらざらした低い声で言う。首筋に彼の唇が押しあてられる。「本気だ、ヴァイオラ」

濡れた彼の体と熱い唇、その両方の感触に、ヴァイオラに残っていたわずかな反感も溶け去った。ダムが崩壊したように、何年も抑えていた渇望がいっきに解き放たれる。叫び声をあげ、くるりと振り返って彼の首に腕をまわし、唇を彼の唇に押しつけた。貪るようにキスをする。彼なしで味わってきたつらく孤独な思いのすべてをぶつけた激しいキスだった。彼にただしがみつき、彼に対しても自分に対しても否定してきた情熱のすべてを込めて口づけた。

彼がヴァイオラの唇に向かって声をもらした。驚いた声のようだったが、彼はそのまま両腕で彼女を抱きしめ、キスを深めて舌をなかに差し入れ、両手で彼女のお尻を包みこんだ。その瞬間、世の中のすべてのことが無意味と化した。ジョン以外のすべてが。

ジョンは、熱く深いキスでヴァイオラの口を味わい、唇をついばみながら、ヴァイオラを彼女の支度部屋に、そして寝室に連れていった。部屋のなかを、まるでダンスを踊っているように彼女の体を導いて移動する。そして、ベッドの脇の壁にヴァイオラを押しつけ、部屋着の帯に手を伸ばした。帯をほどいて部屋着の合わせを押し開き、肩から腕に滑り落とす。腰のところでつかえたが、ヴァイオラが壁から背中を離したので、落ちて足もとにふんわりとたまった。

寝室のなかはひんやりしていたが、あらわになった肌をジョンに両手で触られると全身にぬくもりが炎のように広がった。彼が両方の胸に手を当ててぎゅっと包みこむ。固くなった乳首を指でそっとつまみながら、同じような優しさで頬にキスをする。頬から顎、そして額、それから唇。

ヴァイオラは彼の幅広い肩に両手を置いた。彼の肌は風呂の湯でまだ濡れてつるつるしているが、それでも燃えるように熱かった。両手を体に滑らせ、彼の肌に触れる自分の指を目で追う。このすべてを覚えている——壁のように固い胸の筋肉と、彼女の指の下でうねる腹部の筋肉。ジョンの肉体は、九年前と変わらず力強くて美しかった。平らな胃の上に両方の手のひらを当てたが、その手をさらに低く動かす前に両手をつかまれて押しやられた。

「シーッ」ヴァイオラの抗議の声を彼が抑えた。

「でも、あなたを触りたいのに」

「あとで」彼はキスでヴァイオラの抗議を封じこめ、彼女の両手を引いて大きく広げ、手首の甲を壁に押しつけた。かがんでヴァイオラの片方の乳首を口にふくむ。彼女を壁際に閉じこめ、その乳首を吸い、それからもう一方も吸った。

胸を撫でられ、いじられただけで全身が激しくうずいた。募る欲望にうめき声をあげる。歯でそっと嚙まれると体が反射的にびくんと動き、苦しいほどの快感に、ヴァイオラはむせぶような小さな悲鳴をもらした。腿のあいだが熱く濡れてくる。身じろぎし、彼の抱いた腕から背をそらすようにして腰を前に押しだした。強く押しあてたくても、彼の体に届かない。

「ジョン、お願い、触って」

彼の唇が乳首から離れ、その上のやわらかい膨らみにキスを這わせた。「もう触っている」

「じらさないで」ヴァイオラは懇願した。「お願い、触って」

「どこを？」

「どこかわかっているくせに」

「いや、わかってないよ」また乳首を吸う。

ヴァイオラはうめき、身をこわばらせた。「知っているくせに」

彼が身を起こし、片手で乳房をもてあそんだ。「教えてくれ。きみが言ってくれるのが好きなんだ、覚えているだろう？」

もちろん覚えている。欲望がこみあげ、ほてった顔を彼の肩に埋めながら首を振った。彼は多くを望みすぎる。急ぎすぎる。太腿の合わせ目を彼の指が撫でた。「ここのこと？」優しく聞かれ、彼の肩に顔を埋めたままうなずいた。

彼の指が脚のあいだに滑りこみ、濡れたやわらかい部分をなぞる。もっとも触れてほしかった場所。ヴァイオラは彼の肩に向かってうめき声をもらした。「そこよ、ジョン。それが好き」

「知ってるよ、ヴァイオラ」彼女の唇にキスをする。「でも、もっと好きなことがあるだろう？」

そう言って、ヴァイオラの前にひざまずいたから、どうするつもりか、ヴァイオラにもわかった。下半身をキスでなぞられ、ヴァイオラは体を震わせた。唇が胃のあたりから下腹、そしてもっと下におりていく。指が唇に続き、臍のまわりをそっと撫でた。彼がほほえみ、一本の指先でヴァイオラの太腿のヴァイオリンの形をした茶色い痣を触った。「この痣を覚えている」彼がつぶやく。「最近は、この痣が出てくるエロティックな夢ばかり見ていた」痣に唇を押しあて、それから少し上にもキスをした。唇がやわらかく生えた毛を撫でる。みだらな快感にヴァイオラは腰を強く彼に押しつけた。彼の両手に尻をつかまれ、持ちあげるように壁に押しつけられた。

彼の唇がそっとその場所をなめる。上下に舌が動き、それから秘部の襞《ひだ》を味わいながらなぞる。熱い興奮を送りこまれ、ヴァイオラの全身が激しくうずいた。身を震わせ、舌がそっとうごめくたびに息を呑み、彼の肩を持った手をぎゅっと握りしめる。

「ジョン、ああ、ジョン」あえぎながら、抱えられた腰をさらに彼に押しつけた。もっと動きたい。こうして抑えつけられたままでは立っていられそうもない。

彼の舌が、特別な場所をかすめた。そこがヴァイオラに最高の快感を与えることを彼は熟知している。何度か軽く舌を這わされて、どうにかなってしまうと思ったとき、彼が腰を押さえる手の力を少しゆるめた。頂点に達しようと、無意識のうちに腰を前に押しだし、彼の口に押しあてたとたん、絶頂がうねるように押し寄せた。さざ波のような快感は激しく、彼の舌の愛撫が少しずつ遅くなって軽いキスに戻っても、まだ永遠に続くかと思うほどだった。彼が最後にもう一度彼女を味わい、それからゆっくり立ちあがった。

ヴァイオラは完全に力尽き、あえぎながら彼にもたれかかった。激しいオーガズムのなごりで体がまだ脈打っている。

今度は彼がヴァイオラに腰を押しつけた。彼の熱く固く盛りあがった膨らみが腹部に当たる。手にとっても、指を完全にまわせないほど太く張りつめている。そっと撫でてその形をまさぐった。よく知っている形。

彼が彼女の手を止めた。「きみのなかに入りたい」せっぱつまった口調だ。彼女の両手を握って引っぱるようにベッドに横たえ、仰向けにした。膝を彼女の太腿のあいだに押しこみ、脚を分かつようにうながす。

「開いてくれ、お願いだ」うなるように言って、体を彼女の体にぴったり重ね、腕に体重を乗せた。「さあ、ヴァイオラ、さあ」

今度は彼が喜びと満足を得る番だ。彼の屹立したものが彼女の濡れた襞に押しつけられ、入りたいと懇願している。ヴァイオラは脚を広く開き、彼をいざなった。

彼が入ってくるのを感じて、ヴァイオラははっと息を呑んだ。そう、この感覚はよく覚えている。これがジョン、太くて熱くて固いものがぐっと押し入ってくる感覚。これがジョン、首筋にキスを這わせ、喉や肩をかじって彼女の体に震えを走らせる。腰を揺らしながら彼の大きさに慣れさせ、突くたびにさらに深く貫いてくる。

そう、よく覚えている。自分のなかに彼を感じたときの熱く甘い感覚。彼のペニスの先端が一番奥を突く。もっとも敏感で、先ほどなめられた場所よりもさらに快感を与えてくれる場所。ああ、この感覚も覚えている。ヴァイオラは叫び声をあげた。「ああ、ジョン、そこよ！」

最後の、そして最高の爆発が欲しくて、ヴァイオラも彼の動きに合わせて腰を動かした。彼女の懇願する声にあえぎが混じり、支離滅裂な言葉のつながりに変わる。「早く――ああ――お願い――そう――それ――ああ――そこよ――もっと早く――お願い！」

腕に全体重をかけて、彼はヴァイオラの取り乱した要求に従った。さらに強く、さらに早く、何度も何度も貫き、ふたたび彼女を絶頂まで押しあげる。みずからの絶頂を抑えているせいで、肩と両腕が緊張でわなないている。

「来て、ジョン、お願い、来て」彼のものでいっぱいに満たされた瞬間、ヴァイオラが彼の臀部をぎゅっとつかみ、彼を包みこんだ内壁が激しく痙攣《けいれん》した。

ジョンは彼女の髪に口を押しあてて荒々しい叫び声を抑えこんだ。両腕を滑らせ、彼女の下に差し入れて自分に引き寄せてこれ以上ないというほどに体を密着させ、これ以上できないほど奥深くまで彼自身を押しこむ。そしてついに自分自身の快感を解き、体を硬直させながら、温かいほとばしりを彼女のなかに放った。

彼がヴァイオラの上にくずおれ、枕に頭を乗せて激しくあえいだ。手をあげて、彼女の頬をそっと撫でる。「ヴァイオラ」彼がうめいた。「ああ、すごい、ヴァイオラ」深く息を吸いこみ、髪にキスをする。そして、耳に、それからこめかみに。

「本気だ」しゃがれ声で強くささやく。「一言一句、すべて本心だ」

ヴァイオラはほほえみ、彼の背中を撫でて、固く引き締まった筋肉と腱を指でなぞり、夫の重たい体の感触を味わった。とてもよく知っている感触だ。ジョン、ヴァイオラは自分の奥深くにきつく強く彼を感じながら思った。おかえりなさい、あなた。

16

「ジョン?」

彼女の声に起こされて、ジョンは自分が眠りこんでいたことを知った。菫の香りを吸いこんだとたんに欲望がわき起こり、直前の情熱的な抱擁が思いだされてすっかり目が覚める。まわした両腕の力を強め、彼女を引き寄せてやわらかく滑らかな背中に胸を重ねた。首筋に鼻をこすりつけ、むき出しの肩にキスをする。「ううん?」

「夕食の時間よ」ヴァイオラが彼の腕のなかで少し動いた。「お腹がすいたわ」

「ぼくもだ」相槌を打ち、片手を彼女のお尻に這わせる。

彼女が笑いだして彼の手を押しやった。「食べ物のほうよ。わたしは夕食をいただきたいの」

「先にお楽しみというのはどうかな?」彼女のお腹に手のひらを当てて、もう片方の手で乳房を包む。「そのあとに食事にしたら?」

「お楽しみのためには、栄養を摂る必要があるでしょう」ヴァイオラは指摘したが、言うそばから主導権を譲り渡し、身をそらして尻を彼の股間に押しつけた。

優しく彼女の肩を噛み、胸をいじる。下腹を指でそっと撫でると、腹筋が震えるのが感じられた。「くすぐったがりは変わってないな」

「ジョン！」ヴァイオラが笑いだし、彼の腕のなかでもがいた。

片手を彼女の脚のあいだに滑らせる。そのとたんに、彼女の笑い声がうめき声に変わった。すでに濡れている場所をそっと愛撫する。「食べ物かお楽しみか？　どちらを最初にしたい？」

「食べ物」

「ほんとうに？」ゆっくりと優しくなぶる。「こっちのほうが欲しいだろう？　わかっているさ」

午後も遅く、カーテンの隙間から入る光は薄暗かったが、それでもまだ彼女の横顔ははっきり見えた。唇を噛んで首を振る。「食べ物よ」

「最初にお楽しみにしよう」指先を彼女のなかに押し入れ、引きだして潤いをそっと塗り広げてまた撫でる。「どうだ、ヴァイオラ」おだてるように言う。「降参だろう？」

ヴァイオラはまた首を振ったが、すでにあえぎ始めていた。

太腿のあいだにペニスを押しこんだが、なかには入れない。自分もうめき声をもらしながらも、さらに指で彼女をじらし続けた。指を差しこむにつれて彼女は震え、小さな声でつぶやき始めた。絶頂に近づいている証拠だ。

「ほんとうに食事のほうがいいなら」彼自身の呼吸も速まっている。「今やめて食事にすることもできるが、うん？　やめてほしいか？」

「いいえ、だめ、やめないで。ジョン、お願い、やめないで」

「ほんとに？」

ヴァイオラが何度もうなずいた。「ほんとに」

「食べ物よりもぼくが欲しいか？」

「ええ、ええ」あえぎながら言う。「ええ」

彼女のなかに入る。背後から深く押しこむと同時に前側を撫でると、彼女はすぐに絶頂に達した。女性の至福ともいえる細かい痙攣に激しく締めつけられて、彼もすぐにあとに続いた。

彼を締めつける痙攣が次第におさまるまで、彼女のお尻を愛撫し続けた。彼女が満ちたりた様子でため息をついたときも、ジョンはそのまま動こうとしなかった。こうして、彼女の奥深くに入ったまま、ゆったり抱いているのが好きだった。これまでもいつもそうだった。

「ジョン？」

哀れっぽい口調だった。

「うん？」

「もう、食事にしてもいいでしょう？」

ジョンは笑いだし、身を離して仰向けになった。「ぼくもそうしてほしいな」傷ついた声で言い返す。「ぼくの愛を立証するために、今後もこんな大奮闘を要求され続けるなら、ときどき食べさせてもらう必要がある」

ヴァイオラが枕で彼をぶった。


夕食のあいだ、ヴァイオラはどんなに夫を見つめないようにしようとしても、長い食卓の向こうの端に座っている彼に視線を向けずにはいられなかった。彼がそこにいるのを見るのはまだ奇妙な気分だが、とにかくうれしい。正しいことをしている感じがする。

彼が目をあげ、彼女が見つめているのに気づいた。戸惑ったように眉があがる。「ずいぶん一心にぼくを見ているようだが」そう言ってほほえんだ。「なぜ？」

「あなたがその椅子に座っている光景に慣れようとしているのよ」

ジョンはワインをひと口飲んだ。「いい光景か、ヴァイオラ？　それとも、あまりよくない光景？」

彼は冗談を言っているのではなかった。「いい光景」素直に認める。「奇妙な感じ、でもいい感じ。ただし」わざと非難めいた声でつけ加えた。「エンダービーにおける毎日の予定時間を尊重して、夕食にあまり遅くおりてこないようにしてもらわないと」

「それは大変に申しわけない」彼がほほえむのを見て、ヴァイオラは息を吞んだ。いまだに、彼は笑っただけでヴァイオラの心臓をどきどきさせる。「やむを得ないことで手間取ってね」

「デザートでございます、旦那さま」ホーソンが彼の前にガラスのボウル皿を置き、従僕のひとりが同じものをヴァイオラの前に置いた。ヴァイオラはスプーンを取って、トライフルをひと匙《さじ》口に運んだ。

「さげてくれ」

ジョンの声とそっけない言葉に驚いて、ヴァイオラは目をあげた。声と同じ無表情な顔と、そのにべもない様子に、ヴァイオラはスプーンを置いた。夫を見ているのではなく、仮面を見ているような感じだった。

ホーソンがテーブルに置いたばかりの皿をさげた。「なにか別なものをご用意しましょうか、旦那さま？」

「ポートワインだけでいい」

執事があとずさり、ジョンのデザートをサイドボードに置いた。ポートワインの瓶とグラスを運び、ワインを注ぐと、またすぐにうしろにさがった。

ヴァイオラの視線を感じたらしく、ジョンが落ちつかない様子で座り直した。「トライフルは食べないんだ」ヴァイオラを見ずに言う。

「あなたが嫌いなことを忘れていたわ」

「変だよな、たしかに。ジャム、スポンジケーキ、カスタード。嫌う理由はない。英国の国民全員と違う嗜好《しこう》を持ちたいというばかばかしい願望のせいに違いない」

彼がまたほほえんだ。心臓が止まりそうな輝かんばかりの笑みは同じだったが、瞳が笑っていなかった。ただ嫌いなだけではない。その笑みには悲痛な、なにか空虚さのようなもの

愛の眠りは琥珀色

ご購読ありがとうございます。よりよい作品づくりのため、アンケートにご協力ください。

I

●この本を最初に何でお知りになりましたか？

1 新聞広告(　　　　　　新聞)　2 雑誌広告(誌名　　　　　　)
3 新聞・雑誌の紹介記事を読んで(紙名・誌名　　　　　　)
4 既刊本の予告・広告で　　5 ポスター・チラシを見て
6 書店で実物を見て　　7 ネットで見て(　　　　　　)
8 人(　　　　)にすすめられて　9 その他(　　　　　　)

J

●表紙のデザイン・装幀について

1 好き　2 きらい　3 ふつう

K

●この本の内容について

1 おもしろい　2 つまらない　3 ふつう

L

●お好きな作家・ジャンルは？

M

●この本に対するご意見、ご感想などをお聞かせください。

★ご協力ありがとうございました。いただいたご感想はお名前をのぞきホームページ・新聞広告・帯などでご紹介させていただく場合があります。ご了承ください。

郵便はがき

お手数ですが50円切手をおはり下さい。

102-0072

東京都千代田区飯田橋2-7-3

㈱竹書房

『愛の眠りは琥珀色』

アンケート係　行

※抽選で50名様に図書カードをお送りいたします。
〆切：2009年10月末日必着（発表は発送にかえさせていただきます。）

A	（フリガナ） お名前	B	男・女
C	〒 ご住所 ☎　（　　　）		
D	年齢　　歳	E	学年またはご職業
F	お買いあげ日 年　月　日	G	お買いあげ書店 書店　支店
H	●ご希望の方にはEメールにて新刊情報を送らせていただきます。メールアドレスをご記入下さい。 @		

※このアンケートは今後の企画の参考にさせていただきます。個人情報を本企画以外の目的で利用することはございません。

があって、それがヴァイオラも悲しませた。「ホーソン」執事に合図する。「すまないけれど、こちらもさげてくださいな。わたしも欲しくないから。そして、マデイラワインをください」

「きみはそうする必要はない」執事がヴァイオラの食べていない皿を持ってさがるのをさえぎるようにジョンが言った。

「そのほうがいいと思うわ。あなたは見るのもつらそうですもの」

彼は答えなかったが、答える必要もなかった。彼が非常につらいことははっきり伝わってきたからだ。「なぜなの？」

彼は顔をそむけた。

「そんなに大変なことなの、ジョン？」ヴァイオラは尋ねた。「わたしに話すことが？」

それでも彼はなにも言わず、ヴァイオラは失望感を押しやって席を立った。「日が暮れる頃だわ」ジョンに言う。「あなた、夕暮れ時に散歩するのが好きだったでしょう？　トライフルのことは忘れていたけれど、それは覚えているわ」ホーソンがテーブルに置いたマデイラワインのグラスを取った。「ワインをいただきながら、庭を散歩しましょうよ」

彼もポートワインのグラスを取り、ふたりは五月のひんやりした空気のなかに出ていった。暗黙の了解のもと、花壇で縁取られた砂利道を歩いて、川を見渡せる場所に建った懐古趣味的な建築物のほうに向かう。並んで歩きながら、ストックや半分開いた薔薇の香りを吸いこむと、求愛のあいだにジョンに食事に招かれて、兄と一緒にこのエンダービーを訪れた日々の甘い思い出が脳裏に浮かんだ。ジョンがアントニーの目を盗んで彼女の手を握ろうとしたときのことだ。その後の年月の大半をここで暮らしていたが、ヴァイオラは一度もこの小道を歩かなかった。ジョンが一緒でなければ同じではなかったからだ。

「あなたがここで開いていた晩餐会のことを覚えてる？　わたしたちが結婚する前に。終わると、いつもこの小道を散歩したわね」

彼は手を伸ばしてヴァイオラの手を取り、彼女が引っこめようとすると強く握って指をからませた。「覚えているよ、ヴァイオラ」

建物に通じる段々をのぼる。円形の建物は開放的な構造で、石灰石の柱の上の丸屋根は銅製だが、すでに緑青《ろくしょう》で緑色に変わっている。建物のうしろ側の高さ九十センチほどの壁にのぼり、以前にいつもやっていたようにそこに座った。手をつないだまま、テームズ川の対岸に広がるキューガーデンを見晴るかし、ボートが引かれて川沿いに並んだ桟橋に入っていくのを眺めた。

日が沈むあいだ、ふたりとも無言だった。彼は話したくないようだった。自分のことを明かすのが彼にとってなぜそれほどむずかしいのか、ヴァイオラには理解できなかった。彼がなにを秘めているのかもわからなかった。

だが、その夜のベッドで熱く甘い暗闇に包まれたとき、隠しごとはなにもなかった。触れ方もキスの仕方も迷いはなかった。彼女のなかに入ってくるときも、なんのためらいもなかった。ヴァイオラはそれを心から楽しみ、彼がいなかった八年間分の渇望を満たしたが、彼がどれほど喜ばせてくれても、充分でないことも明白な事実だった。

ふたりのあいだには、以前と同じほど大きなものが立ちはだかっていた。愛がなければ、どうして彼を支えることができるだろう。どんなに尽くそうが、なにを与えようが、ジョンはなぜトライフルが嫌いで、なぜ子ども時代が悪夢だったかを、打ち明けてくれないかもしれない。ヴァイオラはそれが怖かった。彼の心に入っていく鍵が見つけられるかどうか不安だった。そしてなによりも、彼がほほえみやキスや愛撫や詩のすべてを、彼女だけに注いでくれなくなることを怖れていた。


ヴァイオラは朝起きたときに愛し合うのが好きだった。だが、目覚めたとき、その面で妻を喜ばせようというジョンの意向はすぐに打ちくだかれた。一回、たった一回キスをしたところで、最初の邪魔が入ったのだ。

扉を引っ掻くような音がかすかに聞こえたと思ったときには扉が開き、テートが手紙の束を持ってきぱきした足取りで入ってきた。「朝の郵便です、奥さま」そう言って、顔をあげる。この屋敷の女夫人が裸で夫の上に座り、シーツもふたりの一部しか隠していないのを目にして、秘書は真っ赤に顔を染めた。「まあ」息を呑み、手紙を床に落とす。「大変申しわけありません！」

そして、扉の取っ手を手探りでつかみ、部屋から飛びだして扉を閉めた。

「テートの顔を見た？」ヴァイオラがささやいた。「どうしましょう。大変なショックを与えてしまったわ。昼間にこんなことをするなんて、まったく不道徳だと思ったはずよ。しかも、寝間着を着てないんですもの」

ジョンは寝返りをうって彼女の上にのしかかった。部屋の冷気を背中に、彼女の体のぬくもりを体の下に感じながら言う。「テートのことは忘れよう。どこまで行ったかな？」

「そうねえ」ヴァイオラが目を半ば閉じて頭をうしろにそらした。「あなたがわたしにキスをしたところ」

「ああ、そうだった」頭をさげて彼女の唇を味わう。「ブラックベリージャムがあればいいんだが」

この要望に応えるかのように、また扉を叩く小さな音がして、メイドが皿をかちゃかちゃ鳴らしながら入ってきた。「朝食です、奥さま、きゃあ！」

「やれやれ、勘弁してくれ」ジョンがつぶやくあいだに、メイドは大急ぎで盆をテーブルの上に置き、すぐに姿を消した。扉が閉まる。

ジョンの耳に、廊下で何人かの話し声と、驚いたようなくすくす笑いが聞こえてきて、妻の寝室で朝を迎えた男がひとりもいなかったという事実を裏づけた。その声が聞こえなくなるまで待ち、別なメイドが火床に加える石炭を持って入ってこないことを確認してから、ジョンは妻の甘美なまでの肉体を探求するという最高に心地よい行為を再開した。

「朝食を召しあがりたくないの？」ヴァイオラがいかにもいたずらっぽく彼を押しやり、彼をほほえませる。

「きみからもらうもの以外は興味ないんだ」そう言って、片足を彼女の脚のあいだに滑りこませた。

今度は廊下から彼の寝室に入る扉が開いた。「旦那さま?」スティーブンズが呼んでいる。

「ミスター・ストーンが下で待っておりますが」

「スティーブンズ」ジョンは、開いた戸口越しに彼の寝室に向かって叫んだ。「出ていけ!」

「かしこまりました、旦那さま」

扉が閉じる音が聞こえたが、彼の従者の邪魔は余分だった。得難い瞬間はもはや過ぎ去ってしまっていた。

「きょうじゅうに朝の日課について使用人たちと話そう。もしぼくが忘れていたら言ってくれ」ジョンはついに諦めて仰向けになった。

ヴァイオラが笑いながらベッドをおりた。肩にかかった髪を揺らしながら、寝間着と部屋着を拾って身につけた。「きっとあなたが欲ばりすぎなのよ」部屋着の帯を結びながら言う。

「欲ばり、ぼくがか?」ジョンもヴァイオラを追ってベッドから飛びだした。ヴァイオラが笑いまじりの悲鳴をあげて、届かないところに逃げようとしたが、すぐにつかまえ、ウエストをつかんで引き寄せた。「きのうの夜、貪るようにぼくを求めて、最後まで満足しなかったのはきみのほうだろう?」

「なんですって? なんてひどいことを言うの!」彼を押しやる。

だが、その首筋にキスをした。「認めろよ」

「そんなことないわ！　相変わらず、うぬぼれが過ぎること」彼の抱擁から身を引き、ベルを鳴らしてメイドを呼んだ。「あなたの秘書が下で待っているんでしょう？　それに、わたしもきょうは街に戻らなければならないから、ふたりともそろそろ怠けるのはやめて、仕事を片づけたほうがいいわ」

「なぜロンドンに戻らなければいけないんだ？」

「舞踏会があるのよ。後援している慈善舞踏会よ、病院のための」

彼はうめき声をあげた。「行かなければならないのか？　ぼくはああいう仮装が大嫌いなんだ」

「慈善事業はわたしにとってとても重要なものだし、昨年は出席できなかったから、二回続けて参加しないわけにいかないわ。それに、なぜあなたが文句を言うのかわからない」つけ加える。「あなたは参加できないのに」

「なぜできないんだ？」

ヴァイオラが、自分の優勢を確信したらしく、うれしそうににっこりした。「あなたに招待状を送っていないもの」

「かまわないさ」ジョンもにやりと笑い返した。「ずっと前に、策を弄してレディ・ディーンから招待状を手に入れてある」彼はヴァイオラにキスをすると自分の寝室に向かって歩きだした。

「きみがチェスが下手なのも無理ないな」そう言って、嘆かわしげに首を振り、部屋に入った。

扉を閉めたが、それでも、扉越しにヴァイオラの声が聞こえてきた。「あんな人と結婚したなんて、まったく信じられないわ！」


彼の秘書が書斎で彼を待っていた。「きみに会えてうれしいよ。麻疹が全快してよかったな、ストーン」声をかけながら、書斎机の向こうにまわった。この机を使うのは何年ぶりのことだろう。机に向かって立つと、うれしい気持ちがこみあげた。

「ありがとうございます、旦那さま」秘書が書類を入れた箱を開けた。「返事が必要な手紙がかなりありますね」

「きみが十日間もクラッパムでのらくら過ごしていたから、そういうことになるんだぞ」

長らくジョンのもとで働いているのだから、からかわれていることくらいわかりそうなものだが、悲しいかな、ジョンの秘書はあまりにユーモアのセンスに欠けていた。「まことに申しわけございません、旦那さま」

ジョンはため息をつき、気軽な会話を諦めた。「重要な件はあるかな？」

答える代わりに、ストーンは開けた書類箱をまわしてジョンが中身を見られるようにした。満杯になっている。詰まっていたのはすべて、ピンク色の紙を小さくたたんで封印した手紙だった。エマからだ。

ジョンはあり得ない量の手紙を凝視した。楽しい気分が消え失せ、苛立ちに代わった。

「なんてことだ」つぶやいた。「何通あるんだ？」

「五十九通です、すべてカレーから出されたものです」

「これが全部、この十日のあいだに届いたのか？」片手で何通かつかみ、こんなことをするとは、彼女はいったいどうしてしまったのかといぶかった。秋と冬にかけて彼の愛人だった女性のことを思いだそうとしたが、あいまいなつまらないことしか思いだせなかった。赤毛、緑色の瞳。どちらかと言えば、優しくて気を遣わずに楽しめて、すぐに忘れてしまうような女性だ。「こんな手紙の集中攻撃をしてくるとは、いったいなにが欲しいのだろう？　もっと金を払えというのか？」

ストーンは答えなかった。答えを求められていないことがわかっていたからだ。神妙に指示を待っている。

「ストーン、きみに頼みたいのは、この手紙を――」

彼の指示は、扉が開く音にさえぎられた。「ジョン、出発は何時頃がいいかしら？」ヴァイオラが戸口で立ちどまった。視線が、彼が持っているピンク色の手紙の束に向けられている。青ざめた顔と見開かれた目を見て、ジョンはヴァイオラの考えを、まるで頭上に書かれているかのように読むことができた。

「ヴァイオラ――」

「ごめんなさい」ヴァイオラが彼の言葉をさえぎった。「お邪魔をするつもりではなかったの。失礼しました」口に手を当て、くるりと背を向けて歩きだした。

「ヴァイオラ！」うしろ姿に向かって呼びかけた。

ヴァイオラはいったん立ちどまったがすぐに歩きだし、振り返らないまま、角を曲がり視界から消えた。

ジョンは手に持った手紙の束を箱に落とした。「全部燃やしてくれ」歩き去るヴァイオラに聞こえることを期待して、大声で指示した。「いや、それよりも、すべてをミセス・ローリンズに送り返して、これ以上銅貨一枚すら支払うつもりはない、二度と連絡してこないようにと書いた手紙を添えてくれ。わかったか？」

答えを待たずにジョンはヴァイオラを追った。ヴァイオラはテラスにいて、遠くを蛇行してきらきら輝いている川を見つめていた。敷石を踏むブーツの音が聞こえたはずだが、近づいていっても、振り返らなかった。

「ラブレターでしょう？」言ってから、自分をたしなめるような声をもらした。「わたし、なにを言ってるのかしら？　もちろんそうよね。ピンク色の便箋だし、戸口まで香水が匂ってきたもの」

「送りつけてきただけだ。ぼくからは出していない」

「そう」ヴァイオラはうなずいたが、川に目を向けたまま、やはり振り返ろうとはしなかった。

彼女があまりに冷静なせいで、ますますなにか言わないわけにいかなくなった。「エマとはまったく会っていない。何カ月も前に終わっている」

「弁解する必要はないわ」

「弁解なんてしていない。そもそも弁解するようなことはいっさいない。済んだことだ」

ヴァイオラは両腕で自分を抱きしめるようにして、彼のほうに少しだけ顔を向けた。「送ってきた書簡の量から見て、ミセス・ローリンズはその事実を理解していないのでしょうね」

「理解しているべきなんだ。はっきりと片をつけた。払うべきものを払って契約を解消した。パーシィが亡くなる何カ月も前のことだ。それ以降、だれとも関係していない。きみがぼくにとってただひとりの女性だ」

ヴァイオラが振り向いて彼を見つめた。「あなたを信じるわ」だが、言葉と裏腹に顔に浮かんだこわばった冷たい表情が彼を打ちのめした。

だめだ、と彼は心のなかで叫んだ。やめてくれ。

「エマ・ローリンズはあなたを愛しているのね？」

「愛？」その概念をまともに受け取ることができず、思わず辛辣な口調になった。ヴァイオラがたじろいだのに気づき、急いで声を和らげる。「彼女は愛人だったんだ、ヴァイオラ。報酬を受けていた。そうした契約に愛情は関係ない。そのことはわかるだろう？」

「それがわかっていないのはミセス・ローリンズだと思うわ」ヴァイオラがまた川のほうを向いた。ジョンは彼女のこわばった背中を長いあいだ見つめていた。妻が彼になにを言ってほしいのかわからなかった。どういう行動を取ってほしいのかもわからなかった。口のなかで悪態をつき、ジョンは妻に背を向けて歩き去った。

17

例年の通り、ロンドン病院のための慈善舞踏会は大成功を収めた。何千ポンドもの寄付金が集まったのは、この何年かの努力により、この舞踏会が、参加するためには多額の寄付金を払わねばならないにもかかわらず、シーズン中に開催されるもっとも人気のある催しのひとつになっていたからだ。

ヴァイオラは会が成功して心からほっとしていた。ロンドン病院はヴァイオラがもっとも力を入れている慈善対象のひとつだが、催し自体は苦労が多い企画だった。ジョンもヴァイオラと一緒に参加した。これまで一度もなかったことだったから、到着の数分後には、ふたりが同伴したことに関する臆測が舞踏会場じゅうを駆けめぐっていた。

ハモンド卿夫妻が実際に仲直りしたのだろうという結論が一般的だった。けさの時点でその意見は正しかったが、夜になった今、ヴァイオラはそこまで確信が持てなかった。チズイックから戻る馬車のなかは沈黙が支配していた。ジョンは話そうとしなかったし、ヴァイオラも黙っていた。エマ・ローリンズからの手紙の束は今頃フランスへ向かっているはずだが、それでも馬車の床に積みあがっているかのようにふたりのあいだに立ちはだかっていた。なぜそうなのかジョンが理解していないことはわかっていた。報酬を支払われている愛人が恋に落ちるという概念自体がジョンには理解できないのだ。

舞踏会では、最初にジョンと一緒にカドリールを一曲踊ったが、そのあとは分かれてほかの招待客たちと交流した。顔に笑顔を貼りつけたまま混雑した人々のなかをまわり、レディ・ディーンの招待したご婦人方とも遭遇せざるを得ない数時間を過ごしたのち、ヴァイオラは頭痛に襲われて部屋の静かな隅に待避した。

壁にもたれてグラスに入ったパンチをすすりながら、混みあった部屋に視線を走らせる。一カ月以上前に自分の招待客リストをテートと一緒に作成していたときに、レディ・ディーンの悪意についてジョンが警告した言葉が思いだされた。彼女のリストを男爵夫人に直接手渡ししなかったのは、いわゆる社交上の配慮からだったが、今になってそのつけがまわってきたことをヴァイオラは痛感していた。騎士や貴族、王女や道化、かつらをつけた判事やギリシアの女神たちのなかに、エマ・ローリンズを除くジョンの元愛人たち全員の姿があった。ここまで集めるとは、レディ・ディーンも多忙を極めたことだろう。ほんとうに底意地が悪い女性だ。

ヴァイオラは元愛人たちに視線を向けた。アン・ポメロイ、いつものようにとても上品でエレガントだ。ペギー・ダーウィン、笑顔が愛らしい。ヴァイオラと同じような金髪と榛色の瞳のジェイン・モロー、社交界に寄生する高級娼婦だが、いまだに人気は衰えず、この舞踏会の参加に必要な寄付金も充分支払えるほど稼いでいるのだろう。黒髪に黒い瞳のマリア・アレン。夫の決闘をロマンティックだと思ったのか、夫と和解しようと試みたが成功せず、現在はデューハースト卿の愛人になっている。エリザベス・ブラント、だれとでも関係を持つ美貌の伯爵未亡人、ヴァイオラが何年ものあいだ、お茶やカードの席での同席を耐えねばならなかったもうひとりの貴婦人だ。エルシー・ガラントまでも出席していた。年月は彼女に容赦なく、名を馳せるゆえんであった生気あふれる愛らしい容姿も、もはや彼女の今の姿――若くない高級娼婦――を如実に表しているに過ぎない。

ひとりずつ仔細に眺めながら、ヴァイオラは嫉妬を感じないことに驚いていた。意外なほど客観的で、まるで他人事《ひとごと》のように思え、逆に感じていたのは同情だった。

彼はどの女性のことも愛さなかったが、彼女たちはどう感じていたのだろう? カーテンを買いに行った日に、ペギー・ダーウィンがジョンを見て浮かべた優しい表情をヴァイオラは覚えていた。あれを見て、長年気づいていたこと、そして、ジョンが理解しようとしなかったことが確認できたのだ。すなわち、この伯爵夫人はかつてジョンを愛していたということ。おそらく今は違うだろうが、かつてはそうだった。そして、ミスター・ストーンの書類箱に入っていたピンクの手紙の山。気の毒なエマ・ローリンズ。

だが、自分自身はどうなのか? 彼の妻ではある。だが、持参金がないか、あるいは貴族の家柄に生まれておらず、彼と結婚していなかったとしても、いまだにジョン・ハモンドを愛していただろう。彼はそれほどたやすく女性の心を奪ってしまう。自分では気づきもせずに。彼の魅力的な容姿とほほえみと女性を笑わせる能力のせいだ。その女性の好きな食べ物や関心のある活動を、あるいは、どんなふうに触れてもらうのが好きかを覚えているせいだ。それでも、彼の心はけっして奪われることはない。彼が与えるつもりのない心を、どうやってつなぎとめておけるというのだろう。

ヴァイオラは額を手で押した。頭が痛い。心も痛い。月の障りが始まりそうな予感がしたが、それが原因で疲れや孤独を感じたり、これほど落ちこんだりしているわけではないとわかっていた。考えずにいられなかったのは、ほんの少しも気にかけてくれない男に対してあれほどたくさんの手紙を送らねばならなかった女性が、いったいどれほど傷つき、どれほど絶望しているかということだ。エマ・ローリンズの示した、愛してくれない男へのひたむきな愛情がヴァイオラには理解できた。夫の愛人だった女性に共感を覚えるとは、なんと奇妙なことだろう。

ヴァイオラとジョンは舞踏会を早めに辞し、その晩のうちにチズイックに戻った。ヴァイオラは、月経が始まりそうだというのを理由に、ひとりで床についた。ジョンがその言いわけを受けいれたのがありがたかった。ベッドに横になって泣く姿を彼に見られたくなかった。枕に顔を押しつけて声を出さずに泣いたから、ジョンには聞こえなかったはずだ。

妻は離れていこうとしている。はっきり感じた。ジョンはベッドに横になり、暗がりで天井を見つめながら、月経のせいだと自分に納得させようとした。女性の気分がそうしたことで影響を受けることは彼も知っている。そんな場合には、男は近づかないのが一番だとずっと昔に学んだ。

エマの手紙のときにあれほど奇妙な様子を見せたのも月の障りが原因だと自分に言って聞かせた。だが、そうでないことはわかっていた。妻は彼から離れていこうとしているのだ。

今夜の舞踏会も事態を改善してはくれなかった。くそったれレディ・ディーンの意地悪な性格のせいだ。だが、いくら彼女を罵倒したとしても、実際に咎められるべきは自分だとジョンはわかっていた。

両手で顔をこすり、何年ものあいだ自分に問い続けてきた質問を繰り返した。ヴァイオラは彼になにを望んでいるのか。いい関係にするためにはどうすればいいのか、なにを言えばいいのか。なにか方法があるはずだ。

本のページがめくられるように、何年分かの記憶が彼の脳裏を駆けぬけたが、心にとどまったのは最初の頃、とくにハモンドパークの情景だった。丘陵地帯で馬を駆り、ヴァイオラを笑わせたことを思いだした。ハモンドパークで彼女は幸せだった。それはたしかだ。

ふいに霧が晴れたように自分がなにをすべきかはっきりした。妻を家に連れていく——ふたりの家、彼女がいるべき場所に。あの大きいマホガニーのベッドで彼と一緒に眠り、あそこの図書室で彼とチェスをしてこてんぱんに負け、彼が彼女のために買ったあの元気な雌馬に乗る。彼の前をあの雌馬に乗って走りながら、帽子を振り落とし、笑っている妻の姿を思い浮かべて、ジョンはようやく眠りに落ちた。

ロンドンを離れることについてヴァイオラは異を唱えなかったが、ノーサンバーランドへの旅のあいだ、ほとんど口を開こうとしなかった。ときおり、ほほえみや笑い声を引きだすことはできたが、総じて感情を抑え、よそよそしい感じだった。月経のあいだは不調なはずで、その間《かん》六日も旅をしていれば機嫌がよくなるはずがない。だが、ジョンは、彼女の月経が何日続くか熟知していた。七日目にハモンドパークに到着したときも、彼女はよそよそしい態度を相変わらず鎧のようにまとい、彼を遠ざけていた。

そうであっても、今回ばかりは、寝室の扉を閉じることを許容するつもりはない。その晩、主寝室に入ったときには、夫婦でベッドを共有することを明白にしようとジョンは固く決意していた。

彼が部屋に入ったとき、妻はすでに寝間着に着がえており、化粧台の前に座って髪をとかしていた。彼の気配に一瞬手を止めたが、すぐにまたとかし始めた。

支度部屋に入ると、簡易ベッドが整えられていた。だが、それを使用するつもりは毛頭ない。今夜は使わない。いや、ほかの晩もだ。二度と使わない。服を脱ぎ、支度部屋から出て彼女の座っている椅子のうしろに立った。

ヴァイオラの手が止まり、ブラシが長い髪に当たったまま動かなくなった。鏡に映った彼の姿を見つめる。彼の裸の胸が背景になって彼女の顔を囲んでいる。

ジョンはかがんで両腕を彼女にまわした。首筋にキスをする。ヴァイオラはブラシを置き、両手で彼の手首をつかんで押しやろうとした。

自分がどういう状況に立ち向かわなければならないのかを理解し、ジョンは身を起こした。

「今夜は喧嘩をすることになるのかな?」静かに尋ねた。

「どうしてそんなことを聞くの? わたしがあなたと寝たい気分じゃないから喧嘩をしなければならないということ?」

これこそまさに、女性が不可解だと思う瞬間だ。「いや、なにかが正しくないのに、それがなにかぼくにわかっていないということだ」

「それはただ――」ヴァイオラは言葉を途中で切り、振り向いて彼を見あげた。ランプの明かりのなかで、彼女のなんとも形容しがたい悲しみの表情を見て、ジョンは胸のなかでなにかがねじれるような気がした。

「まだエマの手紙のことを怒っているのかい?」

「いいえ、ジョン。もともと怒ってなんかいないわ」

「では、この奇妙な雰囲気はなんなんだ? きみはまだ――」言葉を切り、彼女の腹部をあいまいな手振りで示しながら、そういう単純で一時的な理由であることを祈ったが、そうでないことも充分わかっていた。

ヴァイオラの頬がピンク色に染まった。「いいえ」

もうひとつ別な推測をする。「シーズンが終わる前にロンドンを離れたことを怒っているのか?」

「もちろん違うわ」

ジョンは降参した。「では、なんなんだ？」

ヴァイオラはどうしようもないというように片手をあげた。「あの女性をとても気の毒に思うのよ」

「どの女性？　エマ？」あまりに驚いたせいで、次の質問を尋ねずにはいられなかった。「なぜだ？」

「まあ、ジョン、なにもわかっていないのね！」怒りの表情を浮かべ、ヴァイオラはくるりとジョンに背を向けた。「彼女はあなたに特別な感情を抱いているのよ。絶対にそう。さもなければ、あんなに大量の手紙を送りつけるような恥さらしなまねをするはずないわ」

ばかげた質問をしたものだ。自分が気に入らない答えが返ってくることくらいわかっているべきだった。ジョンは両手をヴァイオラの肩に置き、額を彼女の頭のてっぺんに押し当てため息をついた。「それについてぼくにどうすべきだと言うんだ？」

「わからないのよ」ヴァイオラも認め、肩をすくめて、手を放して欲しそうなそぶりをした。

ジョンは放さなかった。顔をあげ、鏡のなかの彼女と視線を合わせた。「ぼくが鈍いのかもしれないが、ヴァイオラ、なにが問題なのか、やっぱり理解できない」

「わたしには、彼女がどう感じているかわかるのよ、ジョン」ヴァイオラがささやいた。「そういうこと。さあ、あなたもなにが問題かわかったでしょう」

彼はヴァイオラの肩に置いた手に力を込めた。「まったく違うことだ」

「まったく同じことなのよ。なぜ男の人たちは愛人が感情を持たないと思うのかしら。愛人は人を愛さないとでも？　そんなことないわ」彼がもどかしそうな声をもらすのを聞いて、言葉を継いだ。「愛よ。前にもあなたにそのことを伝えようとした。布地屋でペギー・ダーウィンに会ったあとに。彼女もかつてあなたを愛していた。そして、わたしもそのことを知っていた。あなたを見つめる彼女のまなざしを見て、なぜわたしがあんなに傷ついたと思うの？」

「ペギー・ダーウィンを愛したことはない」

「あなたの気持ちのことを言っているんじゃないわ。彼女の気持ちについて話しているの。それから、エマ・ローリンズの気持ちも。そしてわたしの気持ち。ああ、ジョン、どうしてわからないの？　女たちはあなたを愛してしまうのよ。あなたのほほえみ方やあなたの話し方を。あなたがすることすべてを」

そんなばかなことがあるか。ジョンは目を逸らした。「数回のほほえみを愛するに値すると思うなんて、そんなはずないだろう？」

「あなたは信じられないほどハンサムで、魅力がありすぎて、だれのことも惹きつける。女性を喜ばせて、いろんなことを覚えてくれて、気を配ってくれる。女はあなたの言いなりよ」ヴァイオラは一瞬黙り、それからそっとつけ足した。「わたしもそうだったわ」

「ヴァイオラ、きみが言いなりだったことなど一度もないよ」ジョンは断言した。「もしそうだったら」冗談めかして言おうとした。「今頃は息子が半ダースはいるはずだ」

ヴァイオラが腰を横にずらすようにして椅子から立ち、彼から離れてベッドにのぼった。

「もう寝たいわ」

ジョンは支度部屋のほうを一瞬振り向き、彼のために用意された簡易ベッドを見やった。それから、ベッドの裾の彫刻が施されたフットボードの上にかがみ、その縁をつかんで妻をじっと見つめた。

「ひとつだけ教えてくれ」そう言ってから、崖から飛びこむような気持ちで大きく息を吸った。ボードの縁の彫刻が強く手のひらに食いこみ、痛いほどだった。「きみはぼくに支度部屋で寝てほしいのか？」

ヴァイオラが目をそむけた。「わたし――」言葉を失い、唇を嚙む。

「イエスかノーか」

「愛し合いたくないのよ、ジョン。あなたに怒っているからそう言っているんじゃないわ。ただ……ただ、今夜はそういう気持ちになれないの」

先ほど少しだけ彼女に腕をまわし、軽く触れただけで、ジョンは欲望をかき立てられていた。隣りに寝てただ抱いているだけというのはまさに拷問のようなものだろう。だが、幾晩その状態が続こうとも、ジョンは使えるチャンスをすべて使って、さまざまなやり方で妻を説得するつもりだった。

彼女の瞳をのぞき込み、ヴァイオラに対して二度としないと誓ったことをやった。嘘をついたのだ。「きみがそうしたくないなら、ぼくもしたくない」

ヴァイオラがうつむいた。巨大なベッドで、天使のような髪で純白の寝間着を着た姿は信じられないほど愛らしい。彼女の生き生きした笑い声を聞けただけで、ばったり倒れてそのまま天国に直行してしまいそうだ。

「ぼくはどこで寝たらいい、ヴァイオラ？」

ヴァイオラがじっと彼を見つめた。永遠とも思えるほどの時が過ぎた頃、ついに寝具の端をめくった。ジョンは安堵感に包まれた。あまりにほっとしたせいで、それを表情に出さないだけで精一杯だった。ベッドの妻の隣りに滑りこみ、背を向けた彼女に両腕をまわした。しっかり抱いて、彼女の髪に顔を埋める。

「ジョン」ヴァイオラは咎めるような声を出したが、今度は彼の腕を払いのけようとしなかった。彼はじっと暗闇に横たわり、ぴったり身を添わせた状態で妻を抱いていた。わざと自分を苦しめているようなものだが、そうするしかないとわかっている。

ヴァイオラをハモンドパークに連れてきたときは、それですべてが解決すると考えていた。自信過剰な思いこみに、この苦難は当然の報いだろう。妻に関するかぎり、たやすいことなどひとつもない。


目覚めたとき、彼はもういなかった。ベッドに座り、目にかかった髪を払う。窓にかかったカーテンの隙間から陽光が差しこんでいる。ヴァイオラは周囲を見まわした。

ふたたびここにいるのは、とても不思議な感覚だった。初めての場所のような、でもとてもよく知っているような、そんな感じがする。ベッドの背にもたれ、濃い赤茶色の壁を見てそっとほほえんだ。この壁について、その昔ふたりでどんなふうに議論したかをジョンが思いださせたのは、ついこのあいだのことだ。ヴァイオラは忘れていたが、彼は覚えていた。

扉を小さく叩く音がして、メイドが盆を持って入ってきた。「おはようございます、奥さま」娘が恥ずかしそうににっこりした。「ヒルと申します。第二家女中《ハウスメイド》です。ミセス・ミラーに言われて朝食をお持ちしました。あなたさまはベッドで召しあがるのがお好きだからと」

「ミラーはまだ働いているのね？」

「ええ、もちろん。プディングをかき回せるかぎり働くっていつも言ってます」

ヴァイオラは笑った。「ミラーのクリスマスプディングのことはよく覚えているわ。九月に作って、この屋敷の人たち全員を調理場に呼んで一回ずつかき回させてから貯蔵室にしまっていたけど」

「今もそうしてますよ、奥さま。毎年です。旦那さまもかき回すんですから大変ですよね。気軽にしてくださいますけど」

「夫はけさはどちらかしら？」

「ミスター・ウィットモアとご一緒です、家令の」

「そう」盆を膝に置いてくれたのがメイドだったことに多少の落胆を禁じ得なかったが、なんといってもジョンは地所全体に目を配らねばならないのだ。みずからエンダービーを切り盛りした経験から、ヴァイオラは地所の管理が大変な仕事であることを理解していた。社交シーズンでしばらく留守にしていた場合はなおさらだ。ジョンが毎朝食事を運んできてくれるなんてもちろん期待すべきではない。あの最初の頃でさえ、毎朝そうだったわけではなかった。

「カーテンを開けてもよろしいでしょうか、奥さま」

「ええ、お願いするわ」

ヒルがカーテンを開けた瞬間、まぶしいほどの陽光が部屋にあふれた。ヴァイオラは盆を脇に置いてベッドからおり、窓辺まで歩いていった。「なんてよいお天気でしょう」

「はい、久しぶりに晴れました。旦那さまから、自分が戻る前に散歩に行くようだったら、厩舎のほうには行かないようにとお伝えするよう言われました。自分で見せたいとのことでした」

ヴァイオラはほほえんだ。朝食を一緒にできないことに対する落胆はすぐに消えた。彼は馬を見せてくれるつもりだ。「ありがとう、ヒル。わたしの小間使いを来させてくださいな。それから、ミス・テートに一時間後に客間で会いたいと伝えてくれるかしら」

「わかりました」娘はほほえみ返し、お辞儀をして扉に向かったが、途中で振り返った。「とてもうれしいです、奥さま。奥さまが帰っていらっしゃって、みんな喜んでいます」

「わたしもうれしいわ」ヴァイオラは言った。心からそう思った。

雌馬だった。ヴァイオラがこれまで見たなかで、もっとも美しい栗毛の雌馬だった。「ジョン!」馬丁が引いてきた馬を見て、ヴァイオラは叫び声をあげ、うれしくて声をあげて笑った。「どこで手に入れたの? タッタソールズで?」

「一カ月ほど前にね。気にいったか?」

「気にいったかですって?」ヴァイオラは手のひらで馬の鼻を撫でた。「こんな美しい馬、見たことないわ!」振り返り、飛びつくように夫の首に両腕をまわしてキスをした。「ありがとう!」大きく叫ぶなり、また雌馬に注意を戻した。「さあ、行きましょう。乗ってみましょうよ!」

ヴァイオラは手綱を持ち、ジョンが持ちあげると横鞍にひらりと飛び乗った。ジョンも自分の馬に乗り、ふたりは連れだって出発した。地所と農場を案内し、何年もかけて実行してきた改良点を見せてまわる。そうした箇所はたくさんあった。そのあと、ふたりのお気に入りの場所である丘陵地帯に向かった。牧草の生えた丘がなだらかにうねりながら、ハモンドパークのなかを何キロにもわたって広がっている。

ヴァイオラは彼の覚えている通りのことをやった。ギャロップで丘を駆けながら、乗馬帽を引っぱって取り、空中に高く放り投げると、頭を振って髪をとき、うしろになびかせたのだ。

ヴァイオラの横を駆けながら、ジョンは笑った。「きみがそうするのが好きだ」声をかける。

ヴァイオラが笑顔を返した。「知ってるわ」

丘陵地帯の端までくると、崖のひとつのそばで休憩して馬を休ませた。芝生に座り、眼下に広がる小作人の農地を眺める。

「見違えるように改善したのね、ジョン。最初にここに来たときは、少し荒れている印象だったもの」

「それでも、きみをここに連れてきたときのほうが結婚する前よりはるかにましな状況だったんだ。結婚前は、ぞっとするほどひどかった」

ヴァイオラは眉をひそめ、考えを声に出した。「それが理由で、スコットランドにあんなに長く滞在したのね？」

「そうだ。きみの持参金を使って、きみが到着する前にある程度まともに見えるようにした。きみのお兄さんから巨額の金を借りて、それまでの負債を清算し、ここの排水設備を修理した。それが完了してすぐに、きみをここに連れてきた」

「それから、すばらしい仕事をしたのね。今はすべてが順調に繁栄しているようですもの」

「今はね。きみのお金と、小作料収入のおかげだ」ジョンはヴァイオラのほうに顔を向け、彼女の手を取った。「きみの収入によって実現したことをきみに見てもらいたかったんだ、ヴァイオラ」

ヴァイオラはからませたふたりの手を唇まで持っていき、彼の手にキスをした。「ありがとう」

彼は真下の谷を見おろして、短く笑った。「奇妙なことだが、爵位を継ぐ前、ぼくはここの？」

が嫌いだった」

　ヴァイオラは聞き間違えたのかと思って、彼をじっと見つめた。「でも、ここはあなたの家よ。しかも、この九年間、力を尽くして救済してきた場所でしょう。それなのに、嫌いなの？」

「今は嫌いじゃない。子どものときは嫌いだった。この世でもっとも冷たい家庭だった。とくにあのあと……」彼は言葉を切って首を振り、それからまた話し続けた。「母とは一年に数回しか会わなかった。そのときの愛人がだれにしろ、たまには愛人のもとからこの家に戻ってこようと母が思いついたときだけだった。母のことはほとんど覚えてもいない。父は気にしてさえいなかった。父にもたくさんの愛人がいて、飲み過ぎていないときはそのだれかを訪ねていたからね。父が家にいるときは、父がデザートの前に酔いつぶれるのが我が家の日常風景だった。子どものときに、この場所に耐える唯一の方法はここから離れることだった。夏休みのあいだは、パーシィの家に入りびたりだった」

　ヴァイオラはなにも言わなかった。ジョンがこういうことを話すのは稀有なことだ。口を挟んで、その瞬間を損ないたくない。だから、ただ彼の手を握り、じっと耳を傾けた。

「学校に送られたのが、ぼくにとって最上のできごとだった。パーシィと一緒にハロー校に行き、その後はほとんど両親に会っていない。母が亡くなったときにケンブリッジから葬儀に戻ってきたが、二時間だけいて、すぐに帰った。ここにいるのが耐えられなかったから、父が亡くなるまで一度も戻ってこなかった」

首をまわしてヴァイオラを見つめた。「きみはぼくを知らないから知りたいと言った。自分のことをきみに話さなかったのは、ぼくがどれほど無責任なろくでなしだったかをきみに知られたくなかったからだ。きみの兄上のぼくについての評価はまったく正しかったし、ぼくは――」ジョンは困ったような表情を浮かべて軽く咳払いをした。「きみが兄上の意見を聞かず、ぼくをすばらしい男だと思っていることを知っていた。それがどれほど事実と違うか、きみに気づかれたくなかった」

ジョンがヴァイオラの手を強く握った。「ケンブリッジ時代は、ありえないほどめちゃくちゃなことをやった。六、七回は危うく放校になりかけた。四半期に一度の手当を使い尽くし、さらにそれ以上使った。借金漬けだった。大金を賭けて遊びまわり、大酒を飲んだ」

ヴァイオラの手を持ちあげ、キスをしてから放した。「それに、女性もたくさんいた。十五歳のときから愛人がいた。信じられないほど贅沢な贈り物をあげたりもした。なんでかまうことがある？　いつかは子爵になるんだから。大金を使いながら、その金がどこから来ているかなんて思いもしなかった。知らなかったし、知りたくなかった。つまりぼくは、父親とまったく同じだったんだ。あれほど嫌っていた男と」

彼が嫌悪に満ちた言い方で自分を語るのを聞くのはとてもつらいことだったが、その話が真実であることもわかっていた。彼を理解したいのなら、それを認めなければならない。

「あまりにも長くここを離れていたから」彼が言葉を続けた。「ハモンドパークがどんなにひどいことになっているか、まったく知らなかったし、正直な話、様子を聞こうと思ったこともなかった。ケンブリッジを卒業したあとは、エンダービーで暮らし、それから大陸巡遊《グランド》旅行《ツアー》に出た。ぼくがどこにいようと四半期に一度は父から手当が送られてきたから、それも平気で最後の一シリングまで使い果たした。そのあと、父が腸チフスで亡くなり、英国に戻った」

ジョンが手を横に振って、下の谷に広がる小作人の農地を示した。「あのすべてがぼくのものだったが、なんとお粗末な遺産だったことか。ここに着くまで、排水設備を修理しなければ、よどんだ水がチフス大流行の原因になるという知識さえなかった。亡くなったのは父だけじゃなかったんだ。何十人も亡くなっていた。地所をまわって、その状態に衝撃を受けたよ。排水設備だけじゃない、すべてだった。父は破産していたんだ。小作人たちは悲惨な状態で、家畜は病気、畑は作付けされておらず、おおぜいの債権者が限嗣相続のもの以外はすべて持っていこうとしていた」

以前にアントニーがハモンドの財政状態をヴァイオラに伝えようとした。あのときは聞くことを拒絶したが、今はみずから進んで耳を傾けている。「あなたにとっては、ほんとうにショックだったでしょうね」

ジョンは谷に散らばった萱葺き屋根の小屋のひとつを指さした。「あそこに十二歳の女の子が住んでいた。名前はナンだ。母親が亡くなったばかりだと、ほかから聞いた。この場所の視察でまわっていたとき、あの小屋の戸口に立っていて――当時は今にも倒れそうなあばら屋だった――腰に赤ん坊の妹を背負っていた。汚れてがりがりで、ぼろぼろの服を着ていたよ。新しい領主かと尋ねられたから、そうだと返事した。すると、ぼくの贅沢なスーツと白いリネンのシャツに上から下まで視線を走らせ、それから顔をあげてぼくの目をじっと見つめた。ショックだったのは、そのとき子どもの瞳に浮かんでいた軽蔑の表情だ。あの表情は死ぬまで忘れない。そのとき言った言葉もだ。今も耳について離れない」

「なんて言ったの？」

「『子は親に似るんですって。そうなの？』そう言うと、答えも待たずにぼくに背を向けてなかに入ってしまった。胃を蹴られたような衝撃を受けたその瞬間、ぼくのなかでなにかが変わった。このすべてをなんとかしなければいけないとわかったんだ。これはぼくの責任だ。ぼくは領主なのだと」

「お金のある娘と結婚しようと決心したのもそのときね」

彼の挑戦的な視線には恥じた様子はなかった。「そうだ。あまりにも脅え、あまりにも必死だったから、その女性を得るために嘘もいとわなかった。彼女に嘘をつき、思いつけるかぎりの手管で操り、彼女がぼくだと信じた虚像を愛するように仕向けた。同じことになれば、もう一度でもやるだろう。ぼくは後悔していない」ヴァイオラの両肩をつかみ、唇を押しつけた。強いキスは、彼の瞳と同じくらい挑戦的だった。ヴァイオラをやわらかい草の上に押し倒し、仰向けになるようにまわして下方の谷から見られないように芝生のくぼみに横たえた。のしかかるようにかぶさり、片腕をヴァイオラの頭のうしろに滑り入れる。「けっして後悔しない」

ヴァイオラは自分のハンサムな夫の誇りに満ちた顔を見あげた。「わたしも後悔しないわ」

「そうなのか？」

「ええ、ジョン」本心だった。「あなたと結婚したことを後悔していないわ。いつ、そう確信したのかわからないけれど。たぶん、あのボートに乗った日、あなたがわたしのことを詩に詠ってくれたときかもしれない」にっこりし、手を伸ばして指で彼の濃い茶色の髪をいじる。「あなたは口がうまい女たらしだから」

彼はかすかに目をしばたたき、それからヴァイオラにほほえみ返した。「ということは、きょうは何回かキスを盗んでもいいという意味かな」

ヴァイオラは唇をぎゅっと結び、今の質問を考えるふりをした。「よりけりね。あなたのほうから仲直りを申しでるかどうか」

「ノーだ」

「ノー？」ヴァイオラはおうむ返しに言い、手をおろした。「ノーってどういう意味？」

「仲直りを申しでたりしない」そう言いながらも、彼女の乗馬服のブロード生地を片手にいっぱい握り、スカートを上に引きあげ始めている。「前回はぼくがそうした。今回はきみの番だ」

彼はときどき、ひどく意地悪になる。「順番に仲直りすると決めたわけ？」

ジョンがうなずき、さらにスカートを引きあげた。ヴァイオラは怒った顔でスカートをおろそうと形ばかりの努力をしたが、そのあいだにも、ジョンの手は巧みにブロード地と肌着の重なった下に入りこんでいた。「仲直りの苦役を担当しているのがぼくだけという状況にうんざりしてきたんだ」言いながらブーツの上のふくらはぎを撫でる。

「それは、悪いことをするのがいつもあなただからでしょう」

「なんという詭弁《きべん》！」ふくらはぎに手のひらを滑らせ、ゆっくりと撫でまわしながら太腿にのぼらせる。「毎晩ぼくのすぐ隣りに寝ながらキスで慰めようという努力さえせずにぼくを苦しめているくせに、なにも悪いことをしていないと言うのか？」

「きのうひと晩だけのことでしょう」ヴァイオラはつぶやき、目を閉じて息を深く吸った。すでにうずくような熱が体をめぐり始めている。彼の両手に触れられると必ず起こる欲望のうずき。もはや降参するしかない。最初からわかっていたこと。「よっぽど苦しんだような言い方ね」

「きみには想像もできないほどだ。しかもありえないくらい大変だったんだ」彼が手をさらにあげ、ヴァイオラの太腿のつけ根のまさにあの痣がある場所を指でこすった。「さあ、ヴァイオラ。ぼくをそれほど残酷に苦しめて悪かったと言えよ」

ヴァイオラは目をぎゅっと閉じて首を振った。「悪く思ってないもの」

ジョンの手が太腿のあいだに移動したとたんに、ヴァイオラの頭から笑い飛ばそうという考えが消滅した。彼の下でみじろぎ、うめき声をもらす。彼の指が脚のあいだの茂みをそっとかすめたが、その計算された軽やかさはヴァイオラのやるせなさを増すだけだ。「仲直りしたいと言うんだ」

身をそらして彼の手に押しつける。敏感な場所を撫でられると激しい興奮がわき起こった。

「言わないわ」あえぎ声がもれ、腰の動きが彼の愛撫に合わせてどんどん速まっていく。

「言うんだ」彼の手の圧力が強まり、執拗な愛撫でヴァイオラの興奮をぎりぎりまで押しあげる。

「いいえ、言わない」

「そうか」彼が手を引き、身を離して仰向けに寝ころんだ。

「もう、なんて意地悪な人！」ヴァイオラは叫んで笑いだした。身を起こし、彼の上にかがみこむ。「こんなひどいやり方でわたしを苦しめて、あやまらなければいけないのはあなたのほうよ」言葉を切り、片手を彼の胸から平らなお腹まで滑らせた。「仕返しするわ」

股間に手をかぶせると、彼が張りつめているのがはっきり感じられた。ズボンのボタンをはずし始めると同時に、彼がはっと息を呑む。そして、彼のものを手に取るとうめき声をあげた。

急いではいけない。ずっと昔に彼が教えてくれたやり方だ。まだ覚えている。手で包みこんで撫で続けると、彼は腰を突きあげ始めた。握った手をゆるめ、指で下側を軽くさすって上下させる。こうすれば彼の苦悶が増すとわかっている。それから顔をさげ、息がかかるほど唇を近づけて先端にキスをした。彼の手がヴァイオラの髪に触れ、そのまま動かずにさらなる快感を与えてほしいことを伝える。だが、ヴァイオラは彼にとっては早すぎるタイミングを見計らって体を起こした。

「わかった、わかった」彼が言う。息遣いがさらに荒く激しくなっている。「きみの勝ちだ。ぼくが先に言う。仲直りしよう」

ヴァイオラは彼にまたがり、そそりたつものに身を沈めた。彼が突きあげる。彼女の奥深くに向かって何度も何度も突く。ヴァイオラは陽光に照らされた彼の顔を見つめ、彼が達してヴァイオラの名前を大きく叫んだとき、自分も同じように喜びを得たのだった。

ヴァイオラはかがみ込んで彼にキスをした。「うまくだませたわ。先に言わせたもの」

「たしかにそうだ」彼が目を開けて、あの心臓を止めるような笑みを浮かべた。ヴァイオラの髪をうしろに押しやり、顔をそっと愛撫する。「今夜もう一度、だましてくれることを願うよ」

18

ジョンはただちに指示を出し、朝食を運んできたときは廊下に盆を置き、扉を軽く一回ノックしてそのことを知らせるだけで充分であることを使用人たちに徹底させた。扉の外に盆が空になって戻るまで、いかなる使用人も主寝室には入らないこと。火事にでもならないかぎり。かくして、六月が過ぎるあいだ、彼とヴァイオラはほぼ毎朝ベッドで朝食をとった。チェスは、勝負のたびに彼がヴァイオラをこてんぱんに打ち負かしたが、ピケットのゲームで埋め合わせをした。丘陵地帯を競走して、そのたびジョンは彼女の髪がうしろになびく姿を楽しんだ。新しい乗馬帽にかなりの金を費やしたが、ジョンは気にもしなかった。

六月が過ぎて七月になった。ジョンのなかの空虚感――グロヴナースクエアで雨に濡れた晩まで存在すらも気づいていなかったむなしさ――がゆっくりと姿を消して、ジョンが心から望んでいた満足感に取って代わった。長年続いていた冷戦がどこかに行ったように感じ、ヴァイオラが隣りに寝ていなかったときがあったことさえも忘れ始めていた。

喧嘩はしょっちゅうだった。たいていは、ヴァイオラが話し合いたいと願い、ジョンが可能なかぎり避けようとした結果だった。ふたりはいつも仲直りし、ジョンはその部分が好きだった。ものすごく。どんなに頻繁に喧嘩しようと、支度部屋の簡易ベッドで眠ることは一度もなかった。

ヴァイオラをからかうのも好きだった。すぐに引っかかるからだ。妻がディランとグレース、アントニー、そしてダフネをハウスパーティに招待したいと提案したときも、すばらしい案なのにまず拒絶したのはそれが理由だった。

「だめだ」

ヴァイオラが朝食の盆から目をあげて彼を見つめた。髪を垂らしたまま真っ白なシーツや枕に取り囲まれて目を見開いた姿はとても愛らしかった。「なぜだめなの？」

「きみの兄上に嫌われているからだ」

「嫌ってないわ」

ジョンは薄切りのベーコンをゆっくり噛んだ。「いや、彼は罪に問われなくてすむなら、喜んでぼくの首をちょん切るくらいにぼくを嫌っている」

「ディランがいれば、その場をうまく収めてくれるでしょう」

「冗談だろう？　ディランはうまく収めるなんてことは絶対にしない。ただ座って喧嘩を楽しみ、大笑いするだけさ」

「でも、グレースは？　ダフネもいるわ」ヴァイオラが盆を横に押しやって彼に近寄った。

「ダフネはあなたに好感を持っているわ。ずっとあなたの味方をしているもの。わたしがあなたを悪党だと言ったときでさえ、あなたを弁護したのよ」

「そうなのか？」ジョンは驚いたものの、すぐに、ヴァイオラがエンダービーに逃げた日の義姉の表情を思いだした。

絶望したときにどう感じるかをわたしは知っているからです、ハモンド。

「トレモアの妻のことは心から尊敬している」ジョンは答えた。「だが、だからといって、きみの兄上がぼくを憎んでいる事実は変わらない」

ヴァイオラが彼に身をすり寄せて、耳にキスをした。「そろそろ和解する頃合じゃないかしら」

ジョンはヴァイオラのほうを向いてキスを受けた。それから、ベッドの背板にもたれ、半ば閉じた目で妻を見つめた。「ぼくが同意したら」ゆっくりと言う。「お返しになにかもらえるかな」

ヴァイオラの手が彼の裸の胸をさまよった。自分の勝利を確信したらしく、唇を結んで笑わないようにこらえている。「なにが欲しいの？」

彼が言うと、妻は頭から足の先まで真っ赤になった。だが、それから十日後、トレモア公爵とミスター・ディラン・ムーア、そしてふたりの妻たちは、八月最後の二週間をハモンドパークで過ごすようにという招待状を受け取ったのだった。

八月の暑くけだるい日々が過ぎていった。彼は毎日なにかを見つけてはヴァイオラを笑わせた。彼女を題材にばかげた五行戯詩《リムリック》を詠み、ときには以前に書いた詩を読んで聞かせることもあった。彼の機嫌やどんな気分なのかを察知できるようになってきたが、それでも依然として、彼に内面的なことを語ってもらうのは、生きている牡蛎がたまたま開いたときに中身をかいま見るほどむずかしいことだった。たいてい、気の利いたコメントか、さりげない話題の転換で話を逸らされてしまうのだ。そういう質問はしないことをヴァイオラは学んだ。話してくれるのは彼が話す準備ができたときで、まだその準備ができていないだけだとわかってきたからだ。ほんとうにまれに、彼は彼独特のやり方で自分のことを打ち明けてヴァイオラを驚かせた。その晩も、ふたりで図書室で過ごし、ヴァイオラが差し迫ったハウスパーティの献立を決めているときに、ジョンはトライフルのことを話したのだった。

ヴァイオラはミセス・ミラーの提案したメニューに目を通していた。「だめだめ」首を振りながら口のなかでつぶやく。「これじゃだめだわ」鵞ペンを取ってインクにひたし、コックの提案のひとつを線を引いて消した。

「なにがだめなんだ?」ジョンが新聞の上から顔をのぞかせて尋ねる。

「パテよ。アントニーはパテが大嫌いなの。昔からずっとそう。肝臓《レバー》と考えただけで真っ青になってしまうのよ。そんな思いをさせるわけにはいかないわ」

ジョンが笑った。「トレモアが青ざめる姿をぜひ見たいんだが」

「やめてよ、ジョン」警告の視線を投げる。「このパーティはあなたがたふたりが和解するという目的もあるのよ、わかっているでしょう? 友だちになってくれればどんなにうれしいか」

「わかった、わかった」ジョンは耐える夫を演じてため息をついた。「それでは、レバーはなしだ。きみの兄上の滞在中に耐えねばならないことはほかにあるかな？」

「トライフルはなしよ、それを心配しているなら」ヴァイオラは優しく言った。

「そのほうがいい。さもないとミラーを解雇することになる。彼女はわかっているさ」

それについて尋ねたかったが、話してくれるはずはない。ヴァイオラはまた献立に目を通し始めた。羊肉《マトン》は自分が嫌いなので線を引き、代わりに牛ヒレ肉を加えた。ダフネがチョコレートを好きなので、選《え》りすぐりのチョコレートを取り寄せるように指示を書き加えた。ジョンが話しだしたのは、ヴァイオラがワインの選定について考えているときだった。

「姉が亡くなったからだ」彼の声はとても低くて、ほとんど聞き取れないほどだった。

「お姉さま？」脈絡なく発せられたその言葉に驚いて、ヴァイオラは彼を見やった。夫はヴァイオラを見ていなかった。新聞の紙面を凝視していた。

「トライフルだ。ぼくの姉、ケイトが理由なんだ。ぼくは七歳だった。子ども部屋で夕食を食べているときに知らされた。話してくれたのは乳母だ。母はパリの愛人のもとから戻ってこようともしなかった。父はヨークシャーの愛人の家にいた。奇妙だと思わないか」

ヴァイオラは彼の椅子に近づき、そばにひざまずいて手を彼の膝に置いた。「奇妙ってなにが？」

「大昔のできごとなのに、ふいに思いだされて、心がかき乱されることだ。その日のことはなにひとつ覚えていないのに、デザートになにを食べていたかだけは覚えている。座って、皿をじっと見おろしていた。乳母にその話を聞かされたときに考えたのは、トライフルはケイトの一番の大好物で、ケイトがもう二度と食べられないということだけだった。

ケイトがいたからこそ、あらゆることに耐えられた。二十八年も経つのにばかげたことだとわかっているが、今もトライフルのあの赤いジャムと黄色いカスタードと白いクリームを見るたびに、ぼくは七歳に戻ってしまうんだ。両親は何百キロも離れた場所にいて、姉が亡くなったばかりの瞬間に。そして恐怖で胃が締めつけられて吐きそうになる」彼はヴァイオラを見なかった。座ったまま背筋を伸ばして、なにごともなかったように新聞をならし、読むふりを再開した。

こわばりながらも誇りに満ちた彼の横顔を見つめながら、ヴァイオラは十七歳のときに自分がこの男性に恋に落ちた理由を考えた。彼の笑顔とウィット、そして笑わせてくれたこと。だが、もはや十七歳でない今、こうして彼を眺めても、かつてそれほど大切だった要素は見いだせなかった。そして、その要素が存在しなかったゆえに、この瞬間に、ヴァイオラはあらためてジョン・ハモンドに恋をしたのだった。

いたわりの言葉はなにもないとわかっていたから、なにも言わなかった。代わりに、手を伸ばして彼からそっと新聞を取りあげた。「一緒に来て」そうささやき、両手で彼の片手を包んだ。

「どこに行くんだ？」

「気分転換に役立つことをわたしにやらせてほしいの」彼を引っぱって立たせ、階上に連れていった。主寝室にランプをともし、彼の服を脱がせる。上着とクラバットを取り脇に放る。胴着のボタン、それからズボン吊り、シャツとボタンをはずし、ひとつずつ取り去る。脱がせているあいだ、彼は黙って立っていた。唇に笑みはない。ヴァイオラの両手が彼の体をさまようのを見つめながら、ハンサムな顔に重々しい表情を浮かべている。体を微動だにせず、彼女のかすめるような愛撫の下で筋肉を固くこわばらせている。

裸になった上半身に両手を走らせた——幅広い肩から胸に、そして下腹まで。膝をつき、ズボンのボタンをはずした。屹立したものを手に取る。極度に張りつめている。その先端にキスをすると、彼は大きく息を呑み、片手を彼女のまとめた髪に差しこんだ。唇を開いて彼のものを口に含んだ瞬間、彼が首をそらして大きくうめいた。手のひらで撫でながら、口で吸いあげ、空いているほうの手で睾丸をそっと包む。

そのとき、彼が荒々しい声をあげて、ヴァイオラを制止した。彼女の両手を押しやり、肩をつかんで立ちあがらせる。強く口づけながら、自制のたががはずれたような性急さと激しさでスカートを両手でたぐり寄せた。

何メートルもありそうな絹と綿モスリンの布地を跳ねあげ、ふたりのあいだにスカートの塊をはさんだまま、両手で彼女の尻をつかみ、体を持ちあげた。「両足を腰にまわして」命令するように言い、ヴァイオラがその通りにしたとたんに壁に押しつけていっきに貫いた。

「ああ、すごい」彼がうめき、ぐいと強く突いた——一度、もう一度。そして全身を震わせて、すべてを解き放った。

ヴァイオラを壁に押しつけたまま、彼はしばらくあえいでいた。それからゆっくりとヴァイオラを床におろすと、熱狂的なまでの激しさで強く抱き締め、彼女の髪にキスをした。

「ヴァイオラ」そっとささやく。「ぼくの妻。ぼくの妻」

19

ジョンはヴァイオラの兄を迎えることに懸念を抱いていたが、ヴァイオラ自身は心待ちにしていた。アントニーがちゃんと振る舞ってくれることはわかっていた。それがヴァイオラのため、あるいはただ礼儀を重んじるためだからだとしても、彼女自身が満ちたりている姿を目の当たりにすれば、過去のことは水に流すはずだ。もちろん、ダフネも幸せな結果になるように後押ししてくれるだろう。ディランとグレースはどちら側とも友人であるゆえ、停戦の実現のために喜んで尽力してくれることは間違いない。二週間の訪問が終わる頃には、アントニーとジョンは互いを兄弟と見なすようになっているだろう。少なくとも、ヴァイオラはそうなるように願っていた。

ヴァイオラのそうした期待にもかかわらず、滑りだしはさんざんだった。最初の数日間のぎこちなさは想像をはるかに超えていた。夫と兄が礼儀正しくしようと努力しているのは伝わってきたが、ジョンが試みる気軽なユーモアがかえってアントニーを苛立たせたし、ジョンの過去の言動に対する兄の憤りは隠しおおせるようなものではなかった。そのせいで沈黙に包まれがちな晩餐の場を、ディランの場当たり的な発言とダフネとグレースとヴァイオラが交わす世間話によってなんとかしのいでいる状態だった。とはいえ、もっとも危ない綱渡りは、晩餐のあとに女性が客間に移動し、男性が食堂にとどまってポートワインとブランデーを楽しむときだった。慣習上、この試練はほぼ三十分ほど続けねばならないことになっているが、その半分の時間も経たないうちに男性たちが客間に合流するという状況が続いていた。五日目の晩までは。すべてが劇的に変わったのはその晩だった。

十五分が過ぎ、三十分が経過し、それが一時間になり、それでもまだ男性たちが現れなかったのだ。「あの人たち、下でなにをしているんだと思う?」ヴァイオラはほかのふたりの女性たちに尋ねながら、不安を押し隠そうとした。「うまくやっているのかしら、それとも殺し合っているのかしら?」

そのとき、突然男性の笑い声が階下から聞こえてきて、ヴァイオラはダフネの腕をつかんだ。「聞いて」ヴァイオラが言うあいだにも、またひとしきり男たちの楽しそうな大笑いが響いた。

「笑っているわ」ヴァイオラはぼう然と言った。ダフネに向けていた視線をグレースに移し、まだ戻す。「アントニーとジョンが一緒にいるのに、なんで笑っているの?」

「きっと酔っぱらったのよ」グレースが言ってマデイラワインをひと口すすった。口調は落ち着いていたが、ヴァイオラに向けた緑色の瞳にはおもしろがっている表情が浮かんでいる。

「ディランが言ってたの。親友ふたりのばかげた確執はもう充分長く続いたから、今夜は両方をとことん酔わせ、おしまいにさせるって」

「とことん酔わせるですって？」ダフネが繰り返した。「それがディランの解決策？　もしも互いに殺し合うことになったらどうするのかしら？」

「わたしも同じ質問をしたわ」グレースがほほえみ、ゆったり編んだ金髪をうしろにやってまたワインをすすった。「ディランは絶対にそうはならないと言ってたわ。ジョンは酔うととりわけおもしろくなるし、アントニーも、公爵として偉そうにしていなければならないことを忘れるから、ずっと感じがよくなるのですって」

男性たちの笑い声がまたひとしきり食堂から響いてきて、ヴァイオラは思わず立ちあがった。「我慢できないわ。好奇心でどうにかなってしまいそう。下におりていって、三人がなにを笑っているのか確かめてこなければ。さあ、行きましょう」

ほかのふたりも同行したくないはずはなく、三人は揃って客間を出て階下に向かった。食堂の扉の外に集まり、聞き耳を立てる。男性たちがなにについて笑っているかはすぐにわかった。三人で五行戯詩《リムリック》を作っていたのだ。それも下品な。

「チェシャーから来た売春婦」ヴァイオラが扉の端からのぞきこんだとき、ちょうどディランが始めたところだった。

「チェシャーから来た売春婦」ディランが繰り返して、そこで言葉を切った。「チェシャーと同じ韻はなんだ？」問いかけながら、目の前のすでに半分に減っている瓶から自分のグラスにブランデーを注ぐ。

「初歩的な質問だ、ムーア」ジョンがすぐに答え、ポートワインを飲んだ。「快楽《プレジャー》だ、もちろん。ほかにあるか？」

「計る《メジャー》」アントニーが言い、それから勝ち誇ったように声をあげた。「できたぞ」座ったまま身を乗りだし、グラスをかかげる。「チェシャーから来た売春婦。計り《メジャー》知れぬ素質の持ち主。顔はまさに酢漬けのライム。時間《タイム》を経た酸っぱい酢漬け。ところがびっくり、快楽《プレジャー》は極めつけ」

ほかのふたりの男がどっと笑いだしたのを見て、ヴァイオラは自分の目が信じられずに首を振った。あの兄がジョンとディランと一緒に下品な五行戯詩《リムリック》を作っているとは。

「驚いたな、トレモア」ジョンが言う。「絶対に才能があるぞ。もうひとつやってみよう。ノーフォーク生まれの娘さん……」

ヴァイオラは戸口から身を引いてささやいた。「どう思う？　こういう男たちが世の中をおさめているのよ」

「恐ろしいことよね？」グレースがささやき返す。

三人の女性はうなずき合い、抜き足差し足でそっと階段をのぼった。客間に戻ると、ダフネが崩れるように椅子に座り、うれしそうに笑った。「ヴァイオラ、ふたつのことはたしかだと思うわ。ひとつはわたしの夫とあなたのご主人が、今後はずっとうまくやっていけるだろうということ、もうひとつは、あすの朝起きたら、男性たちが三人ともすごく不機嫌だろうということ」

ヴァイオラはほほえみながら、家庭の平和のためなら、そのくらいの代償は小さなものだと思った。

その翌朝、どんな気分で男たちが起きたかについては、案の定ダフネの予想が的中したが、そうであっても、前の晩の結果は明らかに成功だった。客たちの滞在が一週間を少し過ぎた頃には、ジョンとアントニーは投機的事業について議論を交わし、一緒に鱒《ます》を釣り、政治問題のいくつかで意見の一致を見ていた。ディランはしばしば極端な反対意見を述べていたが、よく見ると、アントニーとジョンを結束せざるを得ない状況に追いこむためにわざとやっていることがヴァイオラにもわかった。悪魔のように賢い男であることは間違いない。

滞在の八日目には、ステイン卿夫妻の屋敷にお茶に招かれ、これでよい関係がさらに堅固なものになった。ステイン伯爵がジョンと仲良く、しかも、アントニーも敬意を払う存在だったからだ。

その翌日の朝は、六人全員で朝食前に乗馬に出かけた。アントニーは妹の美しい雌馬にいたく感銘を受け、繁殖させるときはぜひ子馬を譲り受けたいと言い張った。連れだって家に戻るあいだ、兄と夫が馬について議論しているのを眺め、ヴァイオラは心から安堵を覚えた。この滞在はきわめてうまくいっている。

「ハモンド、ここの庭はほんとうに美しいわ」ダフネが感想を述べたのは、六人が正面の石段をのぼり、屋敷の玄関に向かって広いポーチを歩いているときだった。「すばらしいお手本がたくさんあったわ。トレモアホールの庭に使わせてもらえそう」

「妻は英国式庭園に情熱を傾けていてね」アントニーがほかの男性ふたりに言う。「なぜだと思う？　雨に濡れながら、その庭を歩きたいからだよ。妻が言うには、雨に濡れた英国式庭園は天国のような香りがするそうだ」

その見解にだれかが意見を述べる前に、馬車の車輪がざくざくと砂利を踏む音が聞こえてきた。全員がポーチのなかほどで立ちどまり、音のほうを振り返る。紋章のついていない馬車が車道を入ってきて停止したところだった。

従僕が台から飛びおりる。扉を開けて踏み段を掛けると、なかから緑色の服に身を包んだほっそりした女性が姿を現し、顔をあげてみんなのほうを見つめた。

エマ・ローリンズだった。

ヴァイオラは自分の目が信じられなかった。エマはヴァイオラをちらりと見やって驚いたように目を見開いたが、すぐにジョンのほうを向いた。

「ごきげんよう」一番下の段で足を止めた。「話し合いが必要な用件があるんです」

用件？　前の愛人が男の自宅に押しかけるとは、なんと厚かましいことだろう。しかも、本人の妻と客たちの前でこのように話しかけるなどあり得ないことだが、エマはそうした礼儀作法をまったく気にかけていないようだった。

「用件などなにもない」ジョンの声は抑揚がなかった。顔も無表情だ。「すべて清算してあると思うが」

「清算？」エマの声がうわずって悲鳴のように響いた。「手紙の一通もなくどうやって清算できるんです？　わたしの手紙に返事もくれなかったくせに」

「最初の三通は返事を出した。そのあとは、出しても意味がないと判断した」

「読みさえしなかったでしょう？。ただ送り返してきて」スカートのポケットに手を突っこみ、ピンク色の手紙の束を取りだした。まさにヴァイオラがあの日、エンダービーで目撃したものだ。エマはその手紙をジョンの顔に投げつけた。「あなたはこの世で一番残酷な男だわ！」

「落ち着いてくれたまえ、ミセス・ローリンズ」手紙があたり一面に落ちるなか、ジョンが低い声で言った。「ほかにも人がいる」

「落ち着く？」エマが叫んだ。「なぜ？」ヴァイオラにさっと視線を投げた。「あなたの奥さんがここにいるから？　来客中だから？　あなたが恥をかくから？」エマは顔を激痛に襲われたようにゆがめ、泣きだした。「恥をかくのはわたし、あなたじゃないわ！」

突然力尽きたように、エマが彼の足もとに泣き崩れた。「あなたを愛してたんです」石段に突っ伏す。「ああ、どんなに愛していたか。あなたにすべてをささげたのに、ジョン。すべてを。それなのに、なぜこんな仕打ちを？」

ヴァイオラは恐怖におののいてエマを見つめた。泣いているせいで肩が激しくわななないている。彼のブーツのそばの冷たい灰色の敷石に指をついているが、その丸めた指も痙攣するように震えている。

ヴァイオラは周囲に目をやった。自分たちだけでなく、馬車の音に気づいて出てきた使用人も全員ポーチにいて、金縛りにあったようにエマを見つめ、恐ろしい事故を目撃しているかのような表情を浮かべている。だれも動かない。

「あなたもわたしを愛してくれていた」エマがうめく。「絶対にそう。そうじゃないはずがないわ。あなたが言ったこと。わたしを喜ばせるためにしてくれた特別なこと。黄色い薔薇を贈ってくれたのも、わたしが好きだと知っていたから。セイロンのお茶をくれたのも、わたしが好きだと言ったから。愛してくれていたはず。そうでしょう？」

ヴァイオラは夫の顔を見つめた。彼は手をうしろに組んで、足もとに手をついた女性を見おろし、口をきつく結んで黙っている。顔は完全に無表情で、愛情や同情はおろか、なんの感情も示していない。

「わたしがなにをやったと言うの？」エマは顔をあげ、まったくわからないという表情で彼を見つめた。涙が頬を伝う。「なにか悪いことをしましたか？」

ジョンは言葉にならない声を発し、彼の前のうなだれた頭に向かってまるで憐れみを施すかのように手を伸ばしたが、すぐに思い直して握りしめた手を口に当てた。

「手紙を書いたのに」エマが言葉を継ぐ。ほかの人々の視線など気にもしていないようだ。「何通も何通も。それなのに、あなたの秘書が二度とよこさないようにという添え書きをつけて送り返してきた」手負いの動物のような弱々しい悲痛な叫び声がヴァイオラの心を凍りつかせた。エマが前のめりにかがむと、赤い髪が落ちて顔にかかった。「秘書からなんて。ふたりであんなにいろいろ分かちあったあとで、一度は互いを思い合っていたこともあったのに、自分で手紙を書くことすらできなかったというの？」

ヴァイオラは石段で泣いている女性を見つめた。口に指を押しあてる。気の毒で心がずきずき痛み、とても耐えられない。一歩前に出たが、ジョンの妻である自分が彼女を助けたり慰めたりするのは、エマにとってあまりにも残酷だと気づいて足を止め、ダフネとグレースのほうを振り返った。

ダフネがヴァイオラの訴える視線に気づいてくれた。ぼう然自失から覚めたように身じろぎ、振り返ってグレースの肩に触れた。ふたりで同時に前に出て、石段をおりる。悲惨な姿をさらしているエマの左右にまわり、力を合わせて彼女を立たせようとした。

エマの頭がさっとあがった。朝日を受けて、赤い髪が炎のようにきらめく。自分を助け起こそうとした手を払いのけ、さっと立ちあがった。石段につまずいてうしろによろめいたが、なんとか踏みとどまってジョンをにらみつけた。「あなたが憎らしい！」両手をこぶしに握りしめて叫ぶ。「あなたを愛していた、でもその愛はすべて無駄だった。いったいなぜ？あなたを愛した結果を見せてやるわ！」

くるりと背を向け、馬車のほうに走っていった。帰るかに見えたがそうではなく、激しい勢いで扉を開き、手を伸ばして馬車のなかから包みを引っぱりだした。彼女がこちらを向いて初めて、ヴァイオラはそれがなにか見ることができた。赤ん坊だった。

「この子を見なさいよ！」エマが叫び、ジョンに顔が見えるように赤ん坊を抱き直した。

「あなたの息子を見なさいよ。あなたに送った手紙になにが書いてあったと思うの？　あなたが読みさえしなかった手紙に。子どもが生まれたことを書いたのよ！　そうよ、この子はあなたの子。あなたが扶養手当を払うべきでしょう！」

エマが小さな赤ん坊をまるで命のない人形であるかのように激しく振るのを見て、ヴァイオラの体が自然に動いた。石段をおりてエマの前に立ち、できるだけそっと赤ん坊を受け取る。エマは、苦しみと絶望の涙で緑色の瞳をきらめかせ、ヴァイオラの存在にほとんど気づいてもいないようだった。ジョンだけを見据えた瞳が正当な扱いを要求している。

赤ん坊は泣いていた。両腕に抱き、ヴァイオラはお尻のあたりを軽く叩き、小さな声で慰めた。振り返って夫のほうを向いたとき、彼がエマを見ていないことに気づいた。彼はヴァイオラを見つめていた。その顔は石像のようだった。

ヴァイオラはぞくりとした。この蒸し暑い八月に寒気を感じながら、なぜ男というものはこれほど胸の張り裂けるような悲しみの原因になれるのだろうかと思った。これほどの感情の吐露を目の当たりにしながら、なぜ、この気の毒な女性にただひとつの親切な言葉さえもかけないでいられるのか。ヴァイオラは夫を見つめ、彼がなんらかの行動に出ることを期待して待った。

彼の顎の筋肉が動き、なにか言うように口が開いた。だが、彼はなにも言わなかった。それからふいにきびすを返し、家のほうに大またで歩きだした。

「あなたなんて大嫌い、ジョン！」エマが彼の後ろ姿に向かって叫んだ。「大嫌いよ、死ぬまで憎んでやる！」ふいに馬車を向き、積んであった革の旅行かばんをつかんでヴァイオラの足もとに投げだした。そして、赤ん坊を取り返そうともせずに馬車に乗りこみ、扉をバタンと閉めて天井を激しく叩いた。従僕があわてて馬車のうしろに飛び乗り、御者が馬車を発車させる。馬車は砂利を敷いた道をファルストーンに続く通りに向けて走り去った。

ダフネとグレース、ディラン、アントニーは家に向かって歩きだしたが、ヴァイオラはついていかなかった。家に背を向け、別な方向に向かう。家の横にまわり、家庭菜園のそばで石のベンチを見つけて座った。ちっぽけな赤ん坊をそっと抱き寄せて頰にキスをした。胸をよじるような泣き声に耳を傾け、小さな涙を顔に感じる。「なんてひどいこと」ヴァイオラは泣いた。

ジョンは大またで家を通り抜けて裏側に出た。庭をまっすぐ抜け、厩舎を過ぎて森に入る。どこかに行こうとしていたわけではなかった。なにかを考えていたわけでもなかった。憤怒に全身を覆われて息が詰まりそうだったが、その怒りさえも耳に響くエマ・ローリンズの悲痛な泣き声を覆い消してはくれなかった。その声が周囲に反響しているように思えた――歩くたびに、踏んだ地面からわき起こり、森から空へ響き渡るようだった。

自分のなかで、なんとかこの怒りを正当化しようとした。彼の家まで押しかけてきたエマの厚かましさと彼女がヴァイオラに見せたおぞましい一幕に対する怒りだ。運命が、彼が必要としている跡継ぎにはなり得ない息子を与えたことに対する怒り、愛人の立場で相手を愛するというばかげた考えに対する怒り。紅茶、薔薇、当たりさわりのない、なんの害もない品々。なぜ女性は、そうした品物と寝室での奉仕に対する固くて冷たい貨幣を愛の証しと思えるのだろう？

エマのすすり泣きを消すようにヴァイオラの声が心に響いた。

ああ、ジョン、どうしてわからないの？　女たちはあなたを愛してしまうのよ。あなたのほほえみ方やあなたの話し方を。言ったことや好きなものを覚えていてくれて、気を配ってくれることを。

ばかばかしい。言われたときはそう思った。ヴァイオラが過剰に感情的になっていると、本来軽蔑すべき女性に対して優しすぎると。エマ・ローリンズがジョンを愛するなど愚かしいしばかげている。それなのに、つい数分前に、エマ・ローリンズは彼の足もとで恥をさらけだした。

実はそれほど愚かしいことではないのかもしれない。

知らなかったのだと自分に言ってきかせる。あの女性がそれほど情熱的な感情を彼に抱いているなど夢にも思わなかった。赤ん坊ができたなど、頭に浮かびもしなかった。なぜそんなことになったのか？　つねに適切な避妊をしていたはずだ。ほんとうに自分の子どもだと確信を持てるか？　そもそも愛人の感情など、ぼくの知ったことか？

だが、いくら自分を弁護し、正当化する言葉を並べても、吐き気をもよおすだけだった。吐き気のあとに嫌悪感が続く。自分自身に対する、自分の思いやりのなさと冷淡な振る舞いに対する嫌悪感。

それこそが、彼の怒りの真の原因だった。気の毒なエマに対して怒っているのではなかった。彼女は妊娠し、その恥辱から逃れるためにフランスに隠れ、あの手紙のすべてを彼に向けてしたためた。そのまま無視されたら、自分の将来がどうなるのだろうかと考えてひどく脅えていたことに疑問の余地はない。運命に対する怒りでもなかった。密通だろうが恋愛だろうが、避妊をしてようがしてまいが、子どもはいつかは起こりうる避けられない結果だ。女を抱いて分別が抜け落ちているときにそれを覚えているのが、男にとっていかにむずかしいことであろうと。違う。この怒りはすべて自分自身に向けられたものだ。

歩みを止め、一本の木に背をもたせる。なにも変わらなかったことを悟り、絶望にかられた。この九年間、信頼できる男になろうと努力し、家名と地所に対する義務を果たし、妻と彼自身の収入をきちんと管理してきた。だが、プライベートな生活では依然として若い頃同様に、軽率で他人の気持ちを思いやらなかった。そして、自分の行動の結果に対して無頓着だった。

崩れるように地面に座りこみ、両手に顔を埋める。エマの悲痛に満ちた泣き声が耳に残っている。彼女の感情的な振る舞いは浅ましいものだったが、その責めを負うべきは彼自身だ。彼だけの責任、ほかのだれでもない。

愛人はけっして相手を愛さないものとみなされているが、明らかに、そうでないときもある。ヴァイオラはそのことを彼に伝えようとした。説明し、彼に理解させようとした。自分はそれを聞くことを拒み、信じようとしなかった。そして、今になって、その否定できない事実と、それに伴う悲惨な結末に直面している。自分が向き合わなければならないのは、これまでずっと逃げてきたこと、すなわち、自分の弱さだ。

ヴァイオラが彼と結婚したのは、彼を愛し、信頼したからだ。そして、彼はヴァイオラに嘘をついた。そのときは、罪のない嘘だと思えた。かえって親切だと。無害と思ってやったことで、ここまで深くて治癒できない傷に苦しむことになるとは理解していなかった。

わたしを愛してる？　ヴァイオラは彼に問いかけた。あの美しい榛色の瞳は大きくて希望に満ちて、痛々しいほど無防備だった。

もちろん愛しているよ。彼は笑いながら気軽に答え、キスをして笑いかけた。それがヴァイオラの望んでいる答えだったから、そして、それが一番簡単だったからだ。都合のよいやり方であり、自分が欲しているものを獲得するただひとつの方法だった。彼の父親も、彼がやったのとまったく同じように嘘をついていたはずだ。まばたきひとつせずに。

初めて、ジョンは自分がなにものかを理解した。人の心を傷つける薄情者。九年前にヴァイオラの心を両手につかみ、そして、思慮なく無視することで粉々に打ち砕いた。自分がなにを手に持っているのかをわかっていなかった。

ペギー・ダーウィンも彼を愛していた。一度、言われたことがある。笑っていたが、彼が同じ言葉を返さないと瞳に苦悩を宿らせた。彼女は結婚していたが、相手は決して愛してくれない男だった。愛情に飢えていた彼女に、彼が進んでそれを与えた。そして、たいして考えもせずに、彼から関係を終わらせた。

それから四年が過ぎたが、数カ月前のあの布地の店でペギーが彼を見て瞳に浮かべた表情は、かつて彼を愛しているといったときに浮かべていたものであり、きょう、エマの顔に浮かんでいたものであり、ヴァイオラが結婚したときに彼に対して抱いていたものだ。ヴァイオラ。その思いがなによりも苦しかった。彼女の傷に当てることができる包帯はない。彼女の心を修復するすべもなく、すべてを笑い飛ばすこともできない。今となっては、これまでにも増して彼を憎んでいるだろう。彼を嫌悪しているだろう。彼が自分を嫌悪しているのと同じくらいに。そうでないはずがあるか?

ジョンは両手で顔をこすった。今、ヴァイオラについて考えることはとても耐えられない。一度にひとつのことだ。自分には赤ん坊がいる。まずそれについてすべきことを考えなければならない。

もう背を向けて立ち去ったりしない。それだけはわかっていた。ヴァイオラにそう言った。もう逃げださないと。そのときは彼女から、そして、彼女との結婚からという意味だったが、それは自分の人生の万事に当てはまるのだ。

ジョンは立ちあがり、屋敷の方向へ戻った。厩舎に直行し、馬丁に指示して彼の馬を用意させ、そのまま馬を駆ってファルストーンに向かった。

アントニーに庭のベンチに座っているところを見いだされたのは、涙がようやく乾いた頃だった。彼はヴァイオラの横に腰をおろし、彼女と腕に抱いた赤ん坊を見つめていたが、しばらくすると口を開いた。「ぼくが彼を殺してもいい。だが、なんとなく、きみがそうして欲しがっていないように思えるのだが」

「その通りよ」ヴァイオラは小さくほほえみ、兄を見やった。「でも、そう言ってくださってありがとう。妹としてとても誇らしいわ」

「慰めになるかどうかわからないが、彼はあのローリンズという女性と今シーズンが始まる前に別れている。ぼく自身でそう確認した」

「それはわたしもわかっているわ」ヴァイオラはひと呼吸置いた。「彼を愛しているの。これまでもずっと愛していたのよ。大嫌いだったときでさえもね」

アントニーがヴァイオラの肩に腕をまわした。「ここから連れだしてほしいかい?」

ヴァイオラが先ほどから一時間以上も熟慮していたのはまさにそのことだった。夫のことを考える。日々の暮らしにあれほどの喜びをもたらしてくれる魅力的な男性、仲直りしようとしている男性、その彼が、失意の女性が足もとにくずおれて泣いているとき、石像のような表情でただ立っていた。その姿を思い浮かべて、ヴァイオラはふいに、夫があのこわばった非情な表情を浮かべたとき、それがなにを意味するのかを理解した。すべてを正したいと望みながら、どうしたらよいかわからなくて苦悩している男の顔なのだ。

ヴァイオラは立ちあがった。「いいえ、アントニー」兄の質問に答える。「どこかに行くつもりはないわ。申しわけないけれど、皆さんには帰っていただければと思うの。ハモンドとわたしとふたりだけで解決すべきことだから」

アントニーも立ちあがった。「ほんとうにそう思っているのか？」

ヴァイオラは腕のなかの赤ん坊を見おろした。この子は彼女の夫の息子だ。彼とエマ・ローリンズとの関係は過去のこと、彼がヴァイオラのもとに戻ってくる前に終わったことであり、もはや過去について彼を責めるつもりはない。過去を取り消すことはできないけれど、大切なのは未来だ。

息子だと知ったからには、夫はこの赤ん坊を正当に処遇するはずだ。夫のすべてを理解していなくても、そう確信できるほどにはわかっている。そして、エマも、赤ん坊を置き去りにしたのだから、自分の手もとに置きたくないのは明らかだ。ここにとどまると、ヴァイオラは決心した。赤ん坊も、そして自分も。

ということは、自分が母親ということだ。やるべきことはたくさんある。子ども部屋を掃除しなければならない。授乳をしてくれる乳母と、世話をしてくれる乳母を雇う必要があるだろう。ヴァイオラは赤ん坊をしっかりと抱きしめ、キスをして声には出さずに約束した。実のお母さんが望まなくても、わたしはあなたを望んでいる。あなたを愛し、あなたのために最高の母親になれるよう全力を尽くすわ。

ヴァイオラは兄を見あげた。「ほんとうにそう思っているの」落ち着いた声で答えた。

20

エマはブラックスワンに宿泊していた。ジョンは宿屋の主人の妻に名刺を渡し、エマの部屋に届けてもらっているあいだ、談話室で待っていた。十分後、エマがおりてきた。談話室に入ってくるなり、後ろ手に扉を閉めてその扉に寄りかかった。

「赤ちゃんはあなたの子です」すぐに言った。「否定するというんですか？」

顔は青白く、まだ涙で汚れていた。その憤りと苦しみは明白であり、彼に対する愛は否定しがたかった。

「いや」ジョンは答えた。「きみを信じる」両手に持った帽子を見おろし、深く息を吸ってからふたたびエマを見た。「すまなかった、エマ」率直に言う。「ほんとうにすまなかった」

エマが部屋を横切ってソファに座った。ジョンも隣りに腰掛けた。エマが頭を垂れて両手をじっと見つめた。「すまなかったと言えば、すべてがうまくいくと思ってるんですか？」

「そうではない」ジョンは帽子を脇に置いた。「ただ、最近指摘されたことなんだが、ぼくは重要なことになるとうまく話せない。謝罪とかそういうことだ。うまく言えないが、申しわけないと思っている。いや、それ以上だ」

涙が彼女の手に落ちるのが見えた。

もう逃げださない。心のなかで決意を再確認した。

ハンカチを出してエマに渡す。「赤ん坊のことは知らなかった」

「手紙を読めば、わかったことです」

「最初の数通は読んだ。なぜ最初にはっきり言わなかったんだ?」

エマはすすりあげ、ハンカチを目に押しあてた。「最初はそのことを信じたくなかったんです。無視しようとした。ほんとうでないことをただ祈っていました。自分が弱いせいで、真実と向き合えなかった」

「よくわかる」実際によく理解できた。

「ケタリング邸の舞踏会であなたにお会いしたときには、もう事実を認めなければいけないとわかって、どうしてもお話ししたかったんです。ふたりきりで。でも、あなたは奥さんと一緒だった」

最後のひと言は悪意に満ちていたが、ジョンは無視することにした。彼女の立場から考えれば理解できることだ。「それで?」

「ブルームズベリースクエアのお屋敷を訪ねたけれど、あなたはお留守でした。少なくとも、お宅の執事にそう言われました」

少なくとも、それに関しては潔白だ。「きみが会いにきたことはまったく知らなかった。おそらく、実際に留守していたのだろう」

エマは手のなかのハンカチを揉み絞った。「その頃には目立つようになってきたから、街を離れないわけにいかなかったんです。ゴシップの種になるのが耐えられなかったから、あなたの示談金の残りをすべて持ってフランスに発ちました。カレーに住んでいる従姉妹の家に滞在し、あなたに手紙を書いたんです」

「ぼくのもとに代理人をよこせばよかったのに」

「だれに頼めというんです？」エマが彼を見あげた。見開いた緑の目に浮かんでいるのは無力感だ。「従姉妹はわたしと同じような未亡人に過ぎないし、彼女以外の家族からはとうの昔に縁を切られています。わたしがローリンズと結婚したせいで。夫はならず者で、亡くなったときもなにも遺してくれませんでした」

そう言うと、エマは黙りこみ、彼のハンカチに目を当てて声を出さずに泣いた。

そうした経緯で女性は愛人になるものなのか。せっぱ詰まった必死の思い。それについては、自分もよく知っている。女たちがならず者を愛してしまうことも。女性の不可解な面のひとつだが、その事実に反駁《はんばく》の余地はない。ジョンがまさにその生きた証拠だ。

かつてエマと会っていたとき、彼女のことはなにも尋ねなかった。家族関係も財政状況もその他のこともなにひとつ。彼の関心は完全に利己的なものだった。そういう男だったという恥ずかしさは一生彼についてまわるだろう。背負うべき十字架であり、受けるべき当然の報いだ。だが、あのときの男にもう二度となるつもりはない。もとには戻らない。

「ぼくの息子はなんという名前だ、エマ？」

「ジェームズ」

ジョンの父親の洗礼名だ。なんと皮肉なことだろう。「きみはぼくにどうしてほしい？」

「わたしには育てられません」絶望に満ちた声だった。「どうしても無理。私生児ですもの。みんなになにを言われるか。わたしも子どもも。あることないことひどいことを言われるでしょう。わたしには耐えられない。わたしはきっと愛人には向いてないんです。怖ろしくてたまらない」

「きみはそれに耐えられるほど強い性格ではない」ジョンは優しく言った。「ぼくがそのことをわかっているべきだったんだ。それで、どうするつもりだ？」

「アメリカに行きます。新しい人生を始めるために。だから、赤ちゃんは連れていけないの。あと二時間ほどで来る郵便馬車に乗らなければ。二日後にリバプールから出航するニューヨーク行きの船の渡航券を持っているんです」またすすりあげた。「ほんとうに自分勝手だとわかっているんですけど」

「いや、そんなことはない。よくわかるよ」ジョンは深く息を吸い、注意深く言葉を選んだ。「もしきみが赤ん坊を手もとに置けないなら、ぼくがそうすべきだと思う。ぼくが引き取り、育てる」

「え？」エマが不審げに彼を見やった。「あなたの家であの子を育てたいというんですか？非嫡出子の息子を？」

「そうだ」

エマの目からまた涙があふれだした。顔をそむけ、まるめたハンカチを鼻に押しあてる。声には出さなかったが、彼が結婚していなければよかったのにと思っていることははっきりわかった。赤ん坊を――ふたりの息子を――一緒に育てられればよかったのにと。

一瞬間があってから、エマが言った。「なにを――なにをしたらよいでしょうか。書類とか、署名をするんですよね？　あまり時間がないので」

「ぼくの弁護士がこの大通りを少し行ったところにいる。今すぐ訪ねていって、すべてを整えよう。そうすれば、きみは予定の船に乗り、新しい人生に旅立てる」

「ええ、ええ」エマが何度もうなずいた。安堵したことは間違いない。「すぐ行きましょう」

一時間後、ジェームズを彼の息子と定める書類がジョンのポケットに入った。エマはみずから進んで子どもの所有権をすべて放棄し、その代わりに現金を受け取ることで同意した。示談金の額に弁護士の眉があがったが、それでも充分ではないとジョンにははっきりわかっていた。だからこそ、郵便馬車のそばで乗車を待っているときに言わずにはいられなかった。

「エマ？」

エマは馬車に乗りこもうと踏みだした足を止め、振り向いて彼を見つめた。

「もしなにか、お金でも推薦状でも、その他なんでも必要なときは、手紙でそう言ってくれ」かすかにほほえんだ。「今度は読むから。誓うよ」

エマはまた泣きだし、そのまま彼に背を向けた。郵便馬車に乗りこむと、ようやく窓越しに彼を見つめた。「あの子にわたしのことを言わないでください。一生」

「さようなら、エマ」

ジョンは郵便馬車が去っていくのを見送った。エマの希望があっても、いつかはジェームズに実の母親のことを告げるだろう。あの子は尋ねるはずだし、自分の母親が優しい女性だったことを知るべきだ。彼女のただひとつの過ちは、ふさわしくない男を愛してしまったことだけだということを。

振り返り、馬を取りにブラックスワンに向かった。宿屋に着き、馬屋に向かって歩く。そして、ふいに足を止め、歩道に根が生えたように立ちつくした。

ブラックスワンと客を奪い合っている向かい側の宿屋、ワイルドボアの入り口の前に、豪華な装備の馬車がとまっていたのだ。まぎれもないトレモア公爵の紋章が掲げられ、トランクや旅行用の箱がいっぱいに積んである。

ヴァイオラが彼のもとから去ろうとしている。彼女の兄が連れていこうとしている。ジョンの心はその事実を受けつけようとしなかった。頭が真っ白になり、ただ体だけが動いて、ワイルドボアの入り口にまっすぐ向かった。

帰路につく一行が出発前に昼食をとるというので、ヴァイオラもついてきていた。ディランとアントニーが酒場に直行して宿屋の主人からエールのジョッキを受け取り、旅路の情報を得ているあいだに、女性三人は混みあった食堂でテーブルのひとつに座った。

「お乳をやってくれる乳母をどこで探したらいいのかしら」ヴァイオラはほかのふたりの女

性に尋ねた。「見当もつかないのだけれど」

「地元の医者に聞いたらいいわ」ダフネが答えた。「きっと知っているはずよ」

「その通りね。食事を終えたら、ドクター・モリソンを訪ねてみるわ」

「この役割を引き受けたいと、ほんとうに望んでいるの、ヴァイオラ？」グレースが問いかける。「いろいろ言われるでしょう。失礼なことや悪意のあることを。自分の子どもでない、非嫡出子の子どもを引き取るのは大変な困難が伴うわ」

「あなたはうまくやりとげたわ」ヴァイオラはディランの八歳の娘イザベルのことを指摘した。イザベルの実の母親は高級娼婦だった。

「それはそうだけど、イザベルはずっと大きかったし、ディランが引き取ったのは、わたしと結婚する前ですもの」グレースが言う。「しかも、ディランは貴族ではないから。あなたの立場ではもっとむずかしいと思うわ。貴族の妻が夫の非嫡出子を自分の家に引き取って育てるなんて、聞いたこともないわ。それに、もしもジョンが引き取りたくなかったらどうするの？」

「ジョンはあの子を手もとで育てたいはずよ」ヴァイオラはそのことを確信していた。なぜかわからない。おそらく、ニコラスを抱いたときに彼の顔に浮かんだ表情のせいだろう。

ちょうどそのとき、ディランとアントニーがやってきて、ジョッキをテーブルに置いた。

「ぼくもヴァイオラと同意見だ」ディランが妻の隣りに座りながら口をはさむ。「ハモンドは引き取るさ。赤ん坊が欲しくてたまらないんだ」

アントニーは鼻音のような声をもらし、懐疑的であることを顕著に示した。「どれほどよい父親になるか、ぼくにはそれが疑問だね」

「大切な疑問はただひとつよ」ダフネが言う。「ヴァイオラ、ハモンドはあなたを愛しているの？」

アントニーがうめいた。「なぜ女性は必ず、議論に愛情を持ちこむんだろうか」

「どうなの？」ダフネが繰り返した。夫の言葉は黙殺する。

ヴァイオラは義姉に向かってあいまいにほほえんだ。「正直言って、わからないのよ」

そう言った瞬間に、ワイルドボアの扉が開き、話題になっている当の本人が入ってきた。部屋のなかをさっと見渡してから、大またでヴァイオラたちのほうにまっすぐ歩いてくる。テーブルの前で立ちどまって帽子をぐいと取り、妻と向き合った。まわりの面々は完全に無視している。深く息を吸って、ヴァイオラの目をじっと見つめ、ひと言だけ述べた。「だめだ」

「なにが？」ヴァイオラは目をしばたたき、ジョンを見つめた。「だめって、なにが？　赤ちゃんのことを言っているの？」

「違う、きみは出ていかない。ぼくが行かせない」

なにを言われているかわからなかった。少し経ってようやく理解し、ヴァイオラは思わずぽかんと口を開けた。ジョンはヴァイオラが彼を置いて出ていくと思いこんでいるのだ。

「ジョン――」説明しようと試みた。

「これに関して議論はなしだ、ヴァイオラ」手に持った帽子を振ってテーブル全体を示す。

「みなさんは帰ってくれてもいいが、きみはどこにも行かない」

ヴァイオラはもう一度言い始めた。「わたしは――」

「それから、ジェームズはぼくたちのところにいる」

「え？」

「赤ん坊だ。ぼくたちで引き取り、育てる。きみとぼくで。一緒にだ。わかってくれ。これは、どうすべきかじっくり考えたうえでの結論で、そうしなければならないんだ。きみにこんなことを頼む権利はないし、大変であることもわかっているが、ぼくたちはやらなければならない。あの子はぼくの責任だ。ぼくが面倒を見るべきだし、ぼくがそうすることはきみもわかっているだろう。唯一の正しい選択だ」

「ええ、もちろんよ、でも――」

「エマはアメリカに向かった。あの子を望まなかった。だが、ぼくは望んでいる。そして、あの子を育てるためにはきみが助けてくれなければならない。あの子に母親が必要なのに、きみが去ることなんてできない。そうだろう？」彼は顎をぐっと引いた。「もう逃げださない、ヴァイオラ。ぼくたちふたりともだ。これまでずっと、それが問題だった。ふたりとも逃げていたことが。もちろん、ほとんどはぼくだったが。でも、これからは二度としない。きみにもさせない」

ヴァイオラはさらにもう一度試みた。「ジョン、わたしは――」

「いい加減にしてくれ、ぼくはきみに話そうとしているんだ。きちんと話すことをいつも望んでいたのはきみだろう？　せっかくぼくがそうしているのに、なんで邪魔するんだ？」

ヴァイオラは諦めた。

「ああ、ヴァイオラ、きみにはときどき、ほんとうに困惑させられる。話し合いを望み、ぼくがそうしようとすると……」言葉を切り、いかにも彼女に対して憤慨しているような声を発した。「きみだけだ、これほどぼくをいらいらさせるのは。なぜかまったくわからないが」

ヴァイオラは浮かびそうになる笑みを必死に抑えた。どうやら状況はよい方向に進んでいるようだ。ここで笑ったらすべてが台なしになる。

「いったい全体なんなんだ。きみだけだ、ひと目見られただけでずたずたに切り裂かれる気がするのは。ほほえまれると天国の扉が開かれたような気がするのは。きみ以外にはだれもいない、ヴァイオラ。これまでの人生にたくさんの女性はいた、たしかに。だが、胸のなかに空っぽな穴ではなく、心があることを思いださせてくれたのはただのひとりだけだ。そして、その女性はきみだ」

この短い演説を聞いているうちに、笑いたいという気持ちは完全に消滅した。彼は大真面目だ。気が利いているわけでも、おもしろいわけでもない。でも、こんなに美しい言葉を聞いたのは生まれて初めてだった。

ジョンはいったん言葉を切り、深く息を吸いこんでまた続けた。「ぼくはきみの泥のような瞳と陽光のような髪が好きなんだ。毎日ブラックベリージャムに心から感謝しているんだ。

きみの口の端のほくろが好きなんだ。きみの笑い方が好きなんだ。きみと喧嘩するのも好きなんだ。そのあとの仲直りが好きだからだ。あの日、ボートで作った詩は、全部本心だ。すべての言葉が。だれよりも麗しいその顔、だれよりもいとおしいその存在。ほかはいらない。永久にだ。人生の貴重な瞬間のために必要なのは、ただひとり、きみだけだ」

彼はヴァイオラをにらみつけていた。ハンサムで猛々しくて、しかもひどく怒っている。

「ほかのだれかにあんな詩を贈ったことはない。きみだけだ。ぼくはこの世でもっとも愚かな男かもしれないが――」

「そうだ、いいぞ」アントニーがつぶやいた。

ジョンはその声を無視した。「理解するまでに九年間かかったが、ようやく愛がなにかわかった。きみが教えてくれたからわかったんだ。きみを愛している。ぼくはきみにはふさわしくない。ふさわしかったこともない。だが、きみを愛している。自分の命よりも愛しているんだ」

突然黙りこくった。

少し待っても彼は言葉を続けなかった。ヴァイオラは小さく咳払いをした。「話はおしまい？」

ジョンがまわりにさっと目をやり、ようやくこの宿屋の食堂に人々があふれていて、その全員が彼を見つめていることを理解したのが、ヴァイオラにもはっきり見てとれた。彼は顎をぐっと持ちあげ、クラバットをまっすぐにした。「そうだ」

そう答えると、くるりと背を向けて大またで歩きだしたが、戸口でもう一度ヴァイオラのほうを振り返った。「ハモンドパークにいる」自尊心に満ちたあの挑戦的な表情を浮かべた。「ぼくたちの家庭に。ぼくの妻がいるべき場所に帰ってくるのを待っている！」

そう言うなり扉を開け、外に出ると、激しい勢いで扉を叩き閉めた。

食堂のなかがクエーカー教徒の会合のようにしんと静まりかえった。最初に言葉を発したのはディランだった。「さて」椅子の背にもたれる。「この件についてこれ以上議論する必要はないと思うが。あなたの旦那があなたを死ぬほど愛しているのは一目瞭然だ、ヴァイオラ、自分をここまでさらけだし、笑いものにしたんだからね」

子ども部屋はハモンドパーク内でジョンがけっして行かない数少ない場所のひとつだった。だが、その午後、彼は訪れた。部屋にはメイドのヒルがいて、木製の揺りかごの脇に置いた椅子に座っていた。かつて自分が寝ていた揺りかごだろうとジョンは思った。夏の日差しが部屋にあふれ、黄色い光が象牙色の壁に当たっている。

彼が入っていくと、ヒルはあわてて立ちあがり、ぴょこんとお辞儀をした。彼女の横に歩み寄り、揺りかごをのぞき込む。赤ん坊は白い無地の寝間着に包まれて眠っていた。頭には綿の帽子がかぶせられている。その下からふわふわした濃い色の髪がはみ出し、驚くほど長い黒いまつげにかかっていた。

ジョンはその子をしばし眺め、ためらいがちに手を伸ばして指で赤ん坊の手をそっと触ったが、すぐに引っこめた。「こんなに小さいのか」

「すぐに大きくなりますわ、旦那さま」ヒルが赤ん坊を見てにっこりした。「まだ生まれて一カ月ほどだと思いますよ。これからどんどん成長します」

ふたりの声のせいか、赤ん坊が目を開けた。茶色い瞳が彼を見あげる。ブランデーと同じ茶色。ジョンの瞳の色と同じだ。

「やあ、ジェームズ」ジョンは話しかけ、それからメイドを見やった。「抱きたいが、壊れそうだから無理かな」

「壊れる赤ちゃんなんていませんよ」ヒルが母性に満ちた笑顔を浮かべる。「赤ん坊は抱いてもらうようになっているんですわ。まだ小さいので、首のうしろを支えることだけ気をつけないといけませんけれど」

ジョンは上着を脱いで、脇に放った。「どうやるか教えてくれ」

娘が揺りかごから赤ん坊を抱きあげるのをじっと見守り、両手の位置に注目した。片手をジェームズの尻に当て、もう片手をしっかりと頭のうしろに添えている。曲げた腕に赤ん坊を乗せてもらうと、ジェームズは揺りかごの脇の椅子に腰を沈めた。

「正しく抱いているかな?」

「これまでもずっと抱いていらしたみたいですよ、旦那さま」ヒルの言葉で、トレモア邸でベッカムに同様の批評をされたことを思いだした。ベッカムとヒルが正しければいいが。なぜなら、英国じゅうで一番すばらしい父親になるつもりだからだ。とはいえ、今のこの瞬間は、到底自分の手には負えないように感じていた。

ジェームズが目を閉じて、小さなため息とともにまた眠りに落ちた。

ヒルもため息をつく。「なんてかわいらしいんでしょう。こんなことを申しあげて旦那さまがお気になさらなければいいのですが」

もちろんジョンはまったく気にしない。

ヒルが小さく咳払いをした。「申しわけないのですが、旦那さま、洗濯した赤ちゃんの衣類を取ってこなければならないんです。いつ、着替えが必要になるかわからないので。もうお戻しになりたいでしょうね？　わたしは抱いたまま行ってこられますので」

ジェームズは首を振り、寝ている息子を眺めた。「いや、まだ抱いていたい。洗濯室に行ってきてくれ、ヒル。戻ってくるまで、ぼくがここにいてこの子を見ているから」

「そんな、とんでもありません、旦那さま！」恐怖にかられたような口調だった。「置いていくわけにはいきませんわ。泣きだすかもしれませんもの。男の方はとても嫌がります」

「ぼくは嫌がらない」ジョンは顔をあげた。「ヒル、美しい顔をしかめるのはやめて、行っておいで」

ジョンはウインクをしてほほえみかけ、ヒルを笑わせた。女性に軽口を叩く恥知らずであるところは変わらないようだ。おそらく、一生変わらないのかもしれない。致し方ない。

娘がまたぴょこんとお辞儀をして部屋を出ていき、ジョンは息子とふたりきりになった。

赤ん坊の頬に触れる。こんなやわらかいものに触れたのは生まれて初めてだった。「ぼくたちはきみに地所を買うつもりだよ」思いを声に出す。「鉄道株もだ」

ジェームズが眠ったまま身をよじり、嫌そうな声を発した。

「鉄道株が嫌なのか？」ジョンはつぶやいた。「鉄道はこれから有望だ。嘘かどうか、見ていろよ。地所と優良投資で、きみもケンブリッジを卒業したときには金持ちだ」

息子は小さなこぶしでジョンの胸を叩いたが、目を覚ましはしなかった。

「ケンブリッジだ」ジョンは強調した。「オックスフォードでなく」

そのきっぱりした声に起こされたのか、茶色の目がぱっちり開き、また閉じた。小さな口が開き、いかにもつまらなそうな大あくびをする。

ジョンは静かに笑った。「もう学校に飽きているんだな？　だが、ラテン語をやらされるまでは、ほんとうの退屈がなにかわからないだろう」赤ん坊の額にかかった茶色の細い髪をそっと撫でた。「世の中はきみに冷たく当たるはずだ、ジェームズ。それを避けるすべはない。みんなに私生児と陰口を叩かれるだろう。それについてはほんとうに申しわけなく思っている。だが、頭を毅然とあげ、まったく気にしていないように振る舞うことをぼくが教えてやるからな。それが男というものだ、わかるな」

ジェームズがまた身をよじり、顔を横に向けた。鼻がジョンのくしゃくしゃになったシャツをかすめる。まだ眠っているのに、手がそのくしゃくしゃの布をつかんだ。

ジョンはうつむき、息子の小さくて完璧な形をした手をじっと見つめた。彼のなかに熱い激しい感情がわき起こる。驚嘆と畏敬と愛情が混ざった強い感情が、ジョンの魂に開いた穴の最後の裂け目をふさいだ。

「きみの面倒はしっかり見るよ」しゃがれ声でささやいた。「いっさい心配しなくていい。きみが脅えたり、やけになったりしなくてすむように、きみ自身の収入を確保するからな。そして、きみがばかげたことに無駄遣いしないように、しっかり見張るぞ。借金にまみれないように。賭け事にのめり込まないように。女に……」

ジョンはしばし考えてからため息をつき、避けられない事実を受け入れた。「その面に関してきみに道理を説こうとしても、失敗することは目に見えているな」前かがみになり、息子の眉にそっとキスをしてつぶやいた。「ヴァイオラに言わないことにしよう。きっと怒るからな」

もしも彼女が帰ってきてくれたらの話だが。

この思いに心がかき乱された。まるで寒い部屋で悪寒が走るような感じだった。もしもヴァイオラが帰ってこなかったら、自分はどうすればいいのだろう。

恐ろしい無力感がふたたび襲ってきた。ワイルドボアのなかで彼女を見たときに感じたのと同じものだ。彼の短いスピーチにヴァイオラがまったく感銘を受けなかったと自信を持って言える。なにを話したかさえ覚えていないが、気が利いた言葉でも賢い言葉でもなかったことは間違いない。もちろん詩的でなかったことは明らかだ。あそこでヴァイオラは座ったまま、ぼう然と彼を眺めていた。彼が正気を失ったせいで、あんなことが起こったあとにずうずうしく彼女を追ってきて、愛について語っているとあきれていたのかもしれない。

彼女に家に戻ってきてもらうために彼にできることは、もはやなにもないとわかっていた。過去を取り消したり、過ちを正したりするために言えることもない。皆無だ。彼女は戻ってこないだろう。なんと言っても、これまで逃げだしていたのはいつも彼だったのだ。ヴァイオラが今回、立場を逆転させても驚きではない。彼にとっては当然の報いだ。

だが、男は絶望に追いこまれれば藁にもすがる。ジョンはそのことをだれよりも知っている。絶望にかられた男はただ祈った。「帰ってきてくれ、ヴァイオラ」息子を抱いて、ジョンは声に出して必死に祈った。「帰ってきてくれるだけでいいから」

ヴァイオラは口にこぶしを押しつけて、耳を澄ましていた。ああ、どんなにこの男性を愛していることか。今までもずっと愛していた。これからもずっと愛するだろう。

ヴァイオラはそっと戸口から部屋に入り、揺りかごの横に座っている彼を見つめた。腕に赤ん坊を抱いた彼を見ただけで、甘い喜びに心がうずき、ほとんど息ができないほどだった。ヴァイオラはずっと、善良な男性の誠実な愛情を得るというロマンティックな夢を見てきた。それがもう夢ではなく、人生になった。自分の想像していたような人生ではない。たやすくはなく、無上の至福でもなく、もしかしたら、涙と苦悩を伴う人生かもしれない。なんとかやっていくことを学ぶ日々となるだろう。それでもこの人生は真実であり、得難いもの、そして、彼女自身のものだ。これからは、その人生とこの男性を放さない。どんなことがあろうとも。

戸口でわざと音を立てた。赤ん坊が起きないくらいの小さな音だったが、彼はすぐに顔をあげた。だが、ヴァイオラを見ても、ジョンはほほえまなかった。身動きもしなかった。微動だにしない彼と腕に抱いた赤ん坊に陽光が燦々と降りそそぎ、まるでレノルズの描いた肖像画を見ているようだ。ヴァイオラは歩いてふたりに近づいた。「仲直りするために帰ってきたの」

「ほんとうか？」

ヴァイオラはうなずいた。「あの演説のせいよ」出ていくつもりがなかったことは、彼に言わないことに決めた。いつかは打ち明けるだろう。たぶん。もしかしたら、打ち明けないかもしれない。「わたしがこれまで聞いたなかで、もっとも支離滅裂で、もっとももとりとめがなくて、もっとも美しい演説だったわ」椅子のかたわらに膝をついた。彼の膝に手を置く。

「わたしもあなたを愛しているわ」

ジョンが信じがたいというように短い笑い声を立てた。「なぜかまったくわからない」

ヴァイオラは夫を見つめた。手を伸ばし、こめかみのところの乱れた髪をうしろに撫でつけながら、にっこりほほえんだ。「またださまれてしまったのよ」そして、声を立てて笑いだした。「あなたはほんとうに口がうまい女たらしですもの」

エピローグ

「ぼくは上に行きたいんだ」ジョンはハモンドパークの長い廊下の一番端でまわれ右して、親指の爪を噛みながらまた階段のほうに戻った。「くそっ、なんでぼくは上に行ってはいけないんだ?」

アントニーがグラスにポートワインを注いでジョンに近づいた。「夫は許されていないんだ」彼がこう言ったのは、おそらく十二回目だ。

「ばかげている」ジョンがつぶやく。「ぼくたち男がこのすべてを引きおこしているそもその原因だというのに」片手で髪をかきあげた。この待っている時間がたまらない。この無力感が許せない。あまりにひどく脅えて、胃のなかのものを吐いてしまいそうだった。

義兄がグラスを差しだす。「もう一杯飲んだらいい」

「飲みたくない。なぜあなたはそんなに落ち着いていられるんだ?」

アントニーはため息をつき、ジョンの祖父である第十代ハモンド卿の肖像画の下に置かれたテーブルにワインのグラスを乗せた。「きみがどう感じているかはわかっている。信じていい。それに、落ち着いているわけでもない。きみよりもうまく隠しているだけだ」

最寄りの階段のほうから泣き叫ぶ声が響いてきた。激しい苦痛をこらえる声だったが、すぐに扉がバタンと閉まる音がして、はっきりとは聞こえなくなった。その叫び声にジョンは胃が引き裂かれるような気がした。「もうだめだ」そう断言し、階段に向かって歩きだす。

「ぼくは上に行く」

アントニーがジョンを引きとめた。「行ってはいけない」

「ちくしょう」ジョンは口のなかでつぶやき、行ったり来たりを再開した。「もう夜も半分過ぎたじゃないか。いったいいつまで続くんだ？」

「永遠と思っていたほうがいい」

足音が頭上に響くのを聞きながら、さらに一時間が過ぎたが、だれもおりてこなかった。ジョンの恐怖は廊下の端で方向転換するたびにさらに深まり、もう一度、妻の苦痛の叫びが階段から響いてきたときには、ほとんど全身が爆発しそうだった。

「上に行く。妻にはぼくが必要だ」アントニーにつかまれたが、その手を振り払い、階段を駆けあがる。踊り場で、ちょうどおりてきたダフネと鉢合わせした。

この瞬間に感じた恐怖は生まれて初めて経験するものだった。足が止まる。「ヴァイオラは？」

「大丈夫よ」ダフネが請け合う。「あなたが心配していると思って、それを言うためにおりてきたの」

「心配？」彼が感じていることを示すには、いくらなんでもおとなしい表現だ。ジョンは思わず笑いだしそうになった。

ダフネがジョンの腕に手をかけた。「さあ、こちらよ」そう言って、彼を連れて階段をおりようとしたが、ジョンは抗った。「ジョン」ダフネがきっぱりと言う。「あなたは役に立てないの。邪魔になるだけ。さあ、おりましょう」

ジョンは引っぱられ、仕方なく階段をおりた。

「こうしたことは時間がかかるものなのよ」ダフネが言う。「わたしは二日間かかったわ」

「そんな!」これが二日続いたら、絶対に気が狂う。

ダフネがなだめるように彼の背中をそっと叩いた。「ヴァイオラはとてもうまくやっているわ、ほんとうよ」

一緒に廊下に戻る。「すべて順調よ」ダフネはアントニーにそう言うと、すぐにまたあがっていった。

さらに一時間という永遠とも思える時が過ぎた頃、ようやくダフネがまたおりてきた。ダフネに名前を呼ばれたとき、ジョンは廊下の一番端にいた。「ジョン?」

彼は走りだし、ダフネが次の言葉を口にしたときには、すでに廊下の半分まで戻ってきていた。「もう上にあがれるわ」

「妻は大丈夫なのか?」ジョンは叫びながら義姉の横を駆け抜けた。

「ええ」答えながら、ダフネもジョンを追って階段をのぼり始めた。

大丈夫なことを自分の目で見なければならない。階段を一段とばしで駆けのぼり、ドクター・モリソンの横も走り抜けて寝室に駆けこんだが、妻の姿が、その青白い顔と乱れた髪が目に入ったとたんに戸口でぴたりと足を止めた。心臓が喉から飛びだしそうだった。

妻はとても疲れた様子に見える。

「ヴァイオラ」ベッドの脇に近づくと妻が抱いている赤ん坊が見えた。顔を赤くして、とてつもなく小さな鼻を鳴らしながら、むせぶように泣いている。

「ヴァイオラ」もう一度名前を呼んだのは、それ以外に言うことを思いつけなかったからだ。ジョンはベッドのすぐ脇にひざまずいた。

ヴァイオラが手を伸ばして彼の髪に触れた。「わたしが結婚したはずの口のうまい女たらしはどこへ行ってしまったの？」つぶやき、疲れきったようなしゃがれた声でくすくす笑う。

ジョンは首を振り、ヴァイオラの片手を両手で包んでキスをした。いったい全体、こういう時に男はなんと言うものなんだ？　ふさわしい言葉などひとつもない。ただ、中腰になってヴァイオラの頰と髪にキスをした。

「ジョン」ヴァイオラが言う。「わたしは大丈夫。赤ちゃんも元気よ」

「ほんとうか？」

ヴァイオラはうなずき、唇を嚙んで彼を見つめた。「女の子だったわ」

「女の子？」ジョンはあぜんとしてまた膝をつき、赤ん坊を眺めた。怒りにかられたような激しい泣き声が次第におさまり、しゃっくりに変わる。そして、そのうちにヴァイオラのV字形に開いた寝間着のなかに顔をすりつけて乳房を探し始めた。お腹がすいているらしいとジョンは思った。

女の子。

かがんで顔を近づけ、薄暗いランプの光のなかで赤ん坊をじっくり観察する。そのときだった。赤ん坊の口の隅に小さなほくろを見つけたのは。喜びが波のように押し寄せた。ジョンは笑いだした。女の子。

「なんて美しい子だろう！」大声で叫んだ。「ほんとうに美しい。母親にそっくりだ」

「まあ、やめて」ヴァイオラも口もとをほころばせる。

「ものすごい美人だ」ダフネのほうを振り返った。医者と一緒に戸口のそばに立っていたのだ。「じゃないかな？」

ダフネがにっこりした。「あなたの言う通りだと思うわ」

「絶対そうだ」妻に視線を戻した。「見てごらん」言いながら、赤ん坊の頭に触れて、濡れている、ほとんど識別できないほど細くてふわふわした金髪を撫でた。「きみの髪を受け継いでいる。このほくろもだ。なんと、このかわいい口もだ」ジョンはまた笑った。「瞳の色は池の泥色だ。千ポンド賭けてもいい」

今度はヴァイオラが笑いだす番だった。「まだしばらくわからないわ。生まれたときはみんな青い瞳ですもの。楽しみに待ちましょう」

ジョンは待つ必要がなかった。彼の娘である美しい赤ん坊を眺め、それから美しい妻を見つめた。そうだ、とジョンは思った。池の泥のような瞳と金色の陽光のような髪、そして、彼のような男を愛してくれる広い心。そして、階上の子ども部屋には、元気で健康な彼の息子が眠っている。まったく、自分のような無責任で無謀な厄介者がなぜこんな幸運に恵まれたんだ？

訳者あとがき

大変お待たせいたしました。ローラ・リー・ガークの〈ギルティ・シリーズ〉第三弾、『愛の眠りは琥珀色《こはく》』をお届けいたします。

今回のヒロインはトレモア公爵の妹で、ハモンド子爵の妻であるヴァイオラ。第一作『愛のかけらは菫色《すみれ》』で、一見地味なヒロイン、ダフネの魅力と内に秘めた情熱をいち早く見抜き、兄アントニーと結びつけるキューピッド役を務めた女性です。といっても、本シリーズはこの作品が初めてという読者の方もご安心ください。ガークのすばらしさは、それぞれの作品が緻密《ちみつ》に連動しているにもかかわらず、一冊だけ読んでも一〇〇パーセント楽しめる完成度の高さですので、ぜひお手にとってくださったこの作品から読んでいただければと思います。

さて、公爵の妹という特別な地位を享受し、際だつ美しさと華やかさを兼ね備えたヴァイオラですが、内実は幸せではありませんでした。第一作をすでに読まれた方は覚えていらっしゃるでしょうか。ダフネと出会った最初の頃に、結婚には愛情が不可欠というダフネの意見を聞いて、とてもつらそうな表情を浮かべましたね。当時から、夫であるハモンド子爵とのあいだがうまくいかず、ほとんど別居状態だったのです。その後、ハモンドがほかの女性をめぐる決闘で重傷を負ったとの知らせが届き、ヴァイオラは急遽《きゅうきょ》ノーサンバーランドのハモンドパークにいる夫のもとに旅立ちました。第一作ではそれ以降ヴァイオラの登場はなく、ハモンドの負傷の結末も明かされません。夫婦の関係がどうなったのだろうとお思いになった読者も多かったことと思います。

第二作『愛の調べは翡翠《ひすい》色』はその二年後。そこでもハモンド夫妻の状況に変化はないようでした。主人公である作曲家ディランの友人として、夫妻は別々に登場しますが、八年越しで疎遠な関係であると文中にもはっきり記され、いまだ不仲は解消していない模様。前作でヴァイオラは負傷した夫のもとにかけつけたはずなのに、仲直りはしなかったのでしょうか。

この夫婦の関係がこれほど気になるのは、これまでハモンド子爵が謎めいた存在だったということも一因でしょう。第一作では本人は登場せず、ただヴァイオラとトレモア公爵の会話でしばしば話題になるだけです。しかも、妹思いの公爵から、放蕩者で救いがたいごろつきと一方的に非難されるばかり。また、第二作でも、悪名高き放蕩者ディランの悪友として遊びにいそしんでいる姿だけが描かれ、相変わらずヴァイオラの悲しみの原因と公爵の怒りの対象になっているようですが、具体的な人物像はまったく知らされません。

そうしたすべてがようやく本作で明らかになります。ジョン・ハモンドとはいったいどんな人物なのでしょうか。ヴァイオラとの関係がここまでこじれてしまったほんとうの理由は？　冷え切った夫婦関係は修復できるのでしょうか。そのために、ジョンはどんな方法を取るのでしょうか?

物語は、ハモンド子爵が一通の速達を受け取ったところから始まります。それは郷里の地所ハモンドパークを任せていた従兄弟パーシィとその息子の突然の死を告げるものでした。親友でもあったその従兄弟の死がもたらしたものは、悲しみだけではありませんでした。ヴァイオラとの不仲によってみずから跡継ぎを設けることを諦めていたジョンは、この信頼できる有能な従兄弟親子に地所を引き継いでもらうつもりでした。そのふたりが亡くなった今、次の後継者候補はもうひとりの従兄弟バートラム。この浪費家で強欲な従兄弟が跡を継げば、ジョンが九年間心血注いで立て直してきた地所が以前の荒廃した状態に戻るのは目に見えています。地所の管理は子爵としてすべてに優先する責務。こうなった今、選択肢はただひとつ、ヴァイオラに嫡出子を産んでもらうこと。しかし、ジョンに対するヴァイオラの嫌悪感は、たやすく解消できるものではありませんでした。関係修復を言下に拒否され、ジョンは氷のような女性でなく、結婚当初の生き生きした情熱的な妻を取り戻したい一心で、あらゆる手を尽くしてヴァイオラの気持ちを軟化させようとしますが……。

一方のヴァイオラは十七歳のとき、ジョン・ハモンドに出会ってひと目で恋に落ちました。愛するがゆえに、兄の反対を押し切ってまで彼と結婚したヴァイオラでしたが、情熱に満ちた幸せな結婚生活が半年あまり過ぎた頃、自分への求愛期間中も夫が愛人と関係を持っていたことを知ります。自分を愛してくれたのではなかった。ただ、持参金のためだけに結婚したのだという思いに打ちのめされたヴァイオラは、ショックのあまり夫を拒絶し、寝室から締めだしてしまいます。それでも、そのときは夫を愛していたから、謝ってくれれば、いつかは許したはず。しかし、夫は一カ月だけ待ってヴァイオラの気持ちが和らがないことを知ると、ただ背を向けて、ほかの女性のもとに去っていきました。

その後の八年間、ジョンは次々と愛人を替え、ヴァイオラはそのたびに傷ついてきました。子どもを持ちたいという願いも、夫に愛されたいという願いもすべて諦め、ただ自尊心だけにすがって心のまわりに壁を築き、長年かけて、それなりに充実した自分だけの生活をようやく確立したところなのに、嫡出子が必要だからといって、なにごともなかったかのように夫婦生活を始めるなどとんでもないこと。とはいえ、もしも夫が法律に訴えれば、妻の立場では勝ち目がありません。かといって、彼の要望を受け入れても、夫は子どもを手に入れれば、愛人のもとに行ってしまうはず。そして、自分はまた傷つくだけ……。

どんなに愛し合っていても、相手を理解するのはとてもむずかしいことです。そして、もっとむずかしいのは、自分の気持ちを率直に相手に伝えること。感情表現が豊かな人ならまだしも、自分の感情をあらわにするのが苦手だったり、相手を傷つけることを怖れたり、口論を嫌って言わずに済ませてしまったり……。恋人同士ならばそれも情熱で補えるかもしれませんが、夫婦として何年も生活を共にしていれば、不満と期待が積もり積もっていつしかふたりを隔てる壁となり、気づいたときには諦めの境地ということになりかねません。喧嘩するほど仲がよいと言いますが、たしかに喧嘩をすれば相手の気持ちなど考えずに自分の感情をぶちまけ、その結果、互いに理解が深まるということなのですね。

率直で一途なヴァイオラと、けっして心を打ち明けないジョン。一見してジョンに非があるように見えますが、彼の立場や想いが、彼の見方を通して丹念に描かれているせいで、ヴァイオラだけでなくジョンの苦悩もひしひしと伝わってきます。実際に危機の渦中にいるご夫婦はもちろんのこと、今は幸せいっぱいの新婚夫婦も、あるいはそのうち結婚するかもしれない恋人たちも、自分たちの状況や想いに重ね合わせずにはいられないはず。ひと味違ったおとなの情感と葛藤の機微をお楽しみいただければ幸いです。

さて、大好評の〈ギルティ・シリーズ〉も次回でついに四作目となります。現時点でシリーズ最後となるこの作品は、第二作でいかにも外交官らしいまっとうな人物として描かれていたディランの兄イアンがイタリアのお姫さまと恋に落ちる話。二〇〇七年のリタ賞ファイナリストとなった秀作です。また、次に執筆中の〈ガール・バチェラー（独身女性）・シリーズ〉も着々と巻を重ね、本年九月には第四作目の"*With Seduction in Mind*"が刊行予定とのこと。ますます魅力を増すローラ・リー・ガークの作品、今後もどうぞご期待ください。

二〇〇九年六月

旦　紀子

愛の眠りは琥珀色

2009年７月17日　初版第一刷発行

著……………………………ローラ・リー・ガーク
訳……………………………………………旦紀《だんのり》子《こ》
カバーデザイン…………………………小関加奈子
編集協力………………………アトリエ・ロマンス

発行人……………………………………高橋一平
発行所…………………………株式会社竹書房
〒102-0072 東京都千代田区飯田橋2-7-3
電話：03-3264-1576（代表）
03-3234-6208（編集）
http://www.takeshobo.co.jp
振替：00170-2-179210
印刷所………………………凸版印刷株式会社

ISBN978-4-8124-3895-4 C0197
Printed in Japan

「わたしの黒い騎士」

リン・カーランド 著　旦紀子 訳／定価 960円（税込）

無垢な乙女と悪名高い騎士の恋は……心揺さぶる感動作！

13世紀イングランド。世間知らずなジリアンが嫁ぐことになったのは、〈黒い竜〉とあだ名される恐ろしい騎士クリストファー。しかも、彼には盲目であるという秘密があった。亡き親友との約束で結婚したクリストファーは最初はジリアンを疎ましく思うが、いつしかその強さに心惹かれていく……。世間知らずで無垢な乙女と、秘密を抱える剣士の恋は、せつなくて感動的。リタ賞作家の心揺さぶるヒストリカル、日本初登場！

リタ賞作家リン・カーランドの感動作、ついに登場!!

「騎士から逃げた花嫁」

リン・カーランド 著　旦紀子 訳／定価 1050円（税込）

結婚から逃げだし、男装して暮らす花嫁。運命のいたずらの末にたどり着いたのは、かつての婚約者の住まいだった……

フランス貴族の娘、エレアノールは世界一凶悪な騎士、バーカムシャーのコリンに嫁がされそうになって逃げ出し、男装して騎士の振りをして名家の娘シビルの世話役をしている。ところがシビルの結婚が決まり、世話役として付き添ったエレアノールがたどり着いたのはなんと、コリンが住むブラックモア城だった……！

リタ賞作家が贈る、ロマンティック・ヒストリカル

「危険な公爵を夫にする方法」

ジュリア・ロンドン 著　寺尾まち子 訳／定価 910円（税込）

高嶺の花から貧乏娘に。〈不運なデビュタント〉たちの運命は!?

エヴァとその妹フィービー、いとこのグリアの3人は、美しいデビュタントとして社交界を満喫していた。ところが母親の急死で事態は一変。財産を継父に奪われて貧乏になったことが知れ渡ると求婚者はいなくなり、継父からは面倒を見るのは今シーズン限りとお達しがきた。残る二人の幸せのため、お金持ちになろうと決心したエヴァが眼をつけたのは、レッドフォード公爵家の跡取りで、危険な男と噂のジェイリッドだった。

リタ賞ファイナリスト。人気作家ジュリア・ロンドン日本初登場!!

「危険なプリンスと恋に落ちる方法」

ジュリア・ロンドン 著　寺尾まち子 訳／定価 940円（税込）

失われた財産を求め、旅を続ける令嬢を待つのは危険な魅力に満ちた〈プリンス〉の城……

華麗なるデビュタントとして社交界を楽しんでいたグリアは、ふいに訪れた貧乏生活から脱出するため、ウェールズへ旅立った。叔父が相続した、本来彼女のものである遺産を受け取るために。ところがその叔父もすでに亡くなっており、遺産は、“プリンス”と呼ばれる大貴族のものになっていた。彼は顔に傷のある、危険な魅力に満ちた男。おまけにグリアのことを詐欺師だと疑っていて……。

リタ賞フィナリストの実力派作家が描くウェールズ・ロマンス

「囚《とら》われの恋人――ジュリアン」

シェリリン・ケニヨン 著　佐竹史子 訳／定価 960円(税込)

「想像がつかないほどの悦びをきみに教えてあげよう――」

満月の夜、友人にそそのかされて呪文を唱えたグレースの前に現れたのは、本の中から出てきた超ゴージャスな男性、ジュリアン。驚くグレースに、ジュリアンは次の満月までのあいだ、望みのままに尽くすと語る。だが、彼が呪いで本に閉じ込められたままだと知ったグレースは彼を解放し、つかの間の自由を味わってもらおうとする。ふたりは激しく惹かれあうようになるが……。

NYタイムズベストセラーリスト2位の大人気シリーズ、ついに刊行!!

「暗闇の王子――キリアン」

シェリリン・ケニヨン 著　佐竹史子 訳／定価 990円(税込)

トラブルメーカーの姉と間違われ誘拐されたアマンダ。
目覚めたとき、隣にいたのは鋭い牙を持つ、美しくて危険な男――

26歳の会計士、アマンダはある日双子の姉の家を訪ねたところを誘拐されてしまう。目をさましたとき、アマンダは夢のように美しい男と手錠でつながれていた。ダークハンターと名乗った男性は長い牙を持ち、闇の中でしか生きられないという。アマンダはどう見ても普通ではないその男に、惹かれて行くのを止められなかった……。

NYタイムズベストセラー〈ダークハンター〉シリーズ、ついに始動!!

「スウィートハートは甘くない」

スーザン・アンダーセン 著　加藤洋子 訳／定価 860円(税込)

故郷で待っていたのは、いけすかないバーテンダーと熱い恋。

姉の死を知ったヴェロニカは、姪の生活のため姉のバーを維持することに。ところが、そこにいたのは横暴な金髪バーテンダー、クーパー。そりの合わない二人だったが、姪のため、姉のためにヴェロニカは奮戦する。そして、クーパーにはある秘密が……。

J・A・クレンツ、S・E・フィリップスほか大推薦のノンストップ・ロマンス!

「シュガーキャンディはご機嫌ななめ」

スーザン・アンダーセン 著　加藤洋子 訳／定価 860円(税込)

シェフのリリーは友人の窮地を救うため、
カリフォルニアから西海岸を北へ!!

シェフのリリーは友人の留守中、家を借りることになった。ところがその兄、ザックが休暇で帰ってきた!裕福で騙されやすい妹を案ずるザックは、リリーも金目当てだと決めつけ、二人は反発しあう。おまけに恋人と旅に出た妹を追いかけるザックに、リリーも同行するはめになった上、誘拐事件まで起きて……。波乱万丈の〈海兵隊《マリーン》〉シリーズ!

セクシーでホットな旅の行方は!?